純友追討記

物語の舞台を歩く

下向井龍彦

山川出版社

企画委員◎福田豊彦－五味文彦－松岡心平

口絵では『楽音寺縁起絵巻《がくおんじえんぎえまき》』の5つの場面から8箇所を取り上げる。『縁起』が語る藤原純友《ふじわらのすみとも》の乱のストーリーは，確実な史料が語る純友の乱とは全く異なっている。すると『縁起』は荒唐無稽な虚構？　そうではない。『縁起』もまた純友の乱の「真実」を語っている。本書を読めば，なるほど！と膝を叩いて納得していただけると思う。

『楽音寺縁起絵巻』第1場面　天慶《てんぎょう》年間，藤原純友は備前《びぜん》国釜島《かましま》に城郭《じょうかく》を構《かま》え，兵船を使って西国から京《みやこ》に進上される年貢を掠奪していた。立烏《たてえ》帽子《ぼし》を被《かぶ》り弓を杖にしている甲冑《かっちゅう》姿の武士が純友。配下の者たちが掠奪してきた米俵を検分《けんぶん》している。

第2場面(右部)　朱雀《すざく》天皇が誰に純友を追討《ついとう》させるかを公卿《くぎょう》会議に諮《はか》ると，公卿らは安芸《あき》国流人《るにん》藤原倫実《ともざね》を推挙した。天皇は勅宣《ちょくせん》を降《くだ》して倫実を召し上げ，純友追討を命じた。場面は，安芸国沼田《ぬた》郡の倫実の館。着座して勅宣を読む白狩衣《しろかりぎぬ》・立烏帽子姿の人物が倫実。衣冠《いかん》・緌《おいかけ》・把笏《はしゃく》姿で対座する人物が勅宣をもたらした勅使《ちょくし》。前庭の馬は倫実から勅使へ贈与する馬。

第2場面（左部）　上洛《じょうらく》した倫実が参内《さんだい》して天皇から純友追討宣旨《せんじ》を賜与《しよ》された。緋《ひ》色の位袍《いほう》の束帯《そくたい》姿の人物が持つ箱のなかに追討宣旨が納められている。黒色の束帯姿で跪拝《きはい》しているのが倫実。馬は天皇から賜与されたもの。

第3場面（右部）　追討宣旨を受けた倫実は釜島の純友を攻めたが，純友の反撃を受けて敗北。船底《ふなぞこ》の味方の死体の下に隠れて息を潜《ひそ》め，髪のなかに込めた小薬師《しょうやくし》像に祈ると，とどめを刺してまわる純友勢の前に突然海亀が首を現す。それを見た純友配下は笑って手元が狂い，倫実は九死《きゅうし》に一生《いっしょう》を得た。場面は，釜島の純友勢を攻撃する兵船上で兜《かぶと》を被らず矢を番《つが》えている倫実（左）。迎《むか》え撃《う》つ兵船上で日の丸扇《おうぎ》をかざす純友（右）。純友勢が倫実勢を殺戮《さつりく》する場面へと展開（左上）。

第4場面　倫実は上洛して敗戦を天皇に奏上《そうじょう》。ふたたび追討宣旨を賜《たまわ》る。上は内裏《だいり》で天皇から被物《かずけもの》の女装束を賜り跪拝している束帯姿の倫実。下は内裏門外で緋色束帯・浅靴《あさくつ》姿の五位蔵人《ごいのくろうど》？から追討宣旨を渡される黒色束帯・深靴姿の倫実。賜与された女装束を肩に担いだままである。背後に倫実の郎等集団が蹲踞《そんきょ》している。

第5場面（右部と中央部）　右は，追討宣旨を受けて，ふたたび釜島の攻撃に向かう倫実の軍勢。軍勢の中央にいる立烏帽子を被り片籠手《かたこて》姿の騎《き》馬《ば》武者が倫実。画面上端の山際《やまぎわ》から上半身がのぞく4人の先頭を歩く雑《ぞう》兵《ひょう》が掲《かか》げる文杖《ふづえ》に挟《はさ》んでいるのが追討宣旨。画面左は釜島に上陸して純友勢を攻撃する倫実勢。

第5場面（左部）　『縁起』のクライマックス。海陸から倫実勢の攻撃を受け総崩《そうくず》れする釜島の純友勢。画面右端は上段の続き。画面中央は，船に満載した茅萱《ちがや》に火を放たれ，おりからの強風にあおられて紅蓮《ぐれん》の炎につつまれる純友の城郭。猛火《もうか》にあぶり出されて周桑狼狽《しゅうそうろうばい》する陸地の純友勢に，敢然《かんぜん》と挑《いど》み懸《か》かる倫実勢の兵船2艘《そう》。先をゆく兵船船首の垣楯《かいだて》のうしろで矢を番えている武士が倫実。画面左は，捕縛《ほばく》した純友勢を斬首する倫実勢。赤地に金の日の丸扇を持つ騎馬武者が倫実。

第6場面（右部）　純友首級《しゅきゅう》を持って上洛する倫実のパレード。長刀《なぎなた》に純友首級を結んで担《かつ》ぐ騎馬の雑兵。次に捕虜を先頭に歩騎《ほき》の一団。その中心にいる立烏帽子，緋色の直垂袖《ひたたれそで》の騎馬武者が倫実。画面上下に，パレードを見物する牛車《ぎっしゃ》と僧俗老若男女が並《なら》ぶ。

物語の舞台を歩く

純友追討記

目次◎

『純友追討記』あらすじ

伊予《いよ》国住人の伊予掾藤原純友《じょうふじわらのすみとも》は海賊の首領であった。生来残虐で礼節・法令を無視して大勢の配下を率いて南海・山陽両道諸国を横行して乱暴を働き、官物を奪い、官舎を焼き払うなどの悪行を繰り返していたが、平将門《たいらのまさかど》の反乱を知って、反乱を企て上洛を目指した。

そのころ京《みやこ》では、連夜、放火事件があり、男たちは屋根で夜を明かし、女たちは庭に水を運ぶ不安な日々が続いていた。連続放火事件は京に潜入した純友士卒の仕業だった。それを風聞した備前介《びぜんのすけ》藤原子高《さねたか》は、このことを天皇に奏上しようと、天慶《てんぎょう》二年（九三九）十二月下旬、妻子を連れて陸路、上洛を目指した。

それを知った純友は、子高を殺すために郎等藤原文元《ふみもと》に追跡させた。文元は摂津《せっつ》国菟原《うはら》郡須岐《すき》駅（芦屋駅）で子高一行に追いつき、十二月二十六日寅刻（午前三時〜五時）、合戦のすえ子高を捕獲し、耳を切り鼻を割き、妻を拉致し、子息を殺害した。朝廷は大いに驚き、固関使《こげんし》を諸国に送ったが、純友には教喩官符を与えて従五位下に叙した。

しかし純友の野心は改まらず、海賊活動はますます活発化した。讃岐《さぬき》介藤原国風《くにかぜ》の軍が賊軍と戦ったが大敗を喫し、介国風は警固使坂上敏基《さかのうえのとしもと》とともに阿波《あわ》国に逃れた。純友は讃岐国府に入って放火焼亡し、公私の財物を掠奪《りゃくだつ》した。介国風はさらに淡路《あわじ》国に逃れ、政府に純友の行状を緊急報告するとともに、淡路に二ヵ月間とどまって軍勢を集め、讃岐国に帰り、官軍の到来を待った。

このころ朝廷は長官小野好古《おののよしふる》・次官 源 経基《みなもとのつねもと》・判官藤原慶幸《よしゆき》・主典大蔵春実《おおくらのはるざね》ら

を追捕使《ついぶし》に任命した。彼らはただちに播磨《はりま》・讃岐二国に向かい、二〇〇余艘の船を作って賊地伊予国に向かった。対する純友勢は一五〇〇艘の船を用意していた。

官軍（追捕使の軍勢）が到着するまえに、純友の次将藤原恒利《つねとし》が裏切って讃岐介国風のもとに逃げてきた。恒利は賊徒の宿所・隠家《かくれが》や海陸両道の抜け道を熟知していたので、国風は彼を参謀として軍勢を預け、賊を撃破させた。賊は散り散りに海上に逃れた。官軍は陸地では逃げ道を遮断し、海上からは彼らの停泊地を制圧していったが、激しい風波に遭い、海陸ともに賊の行方を見失った。

その間、賊徒は大宰府《だざいふ》を攻略した。大宰府の軍勢は水城《みずき》を出て防戦したが、賊に撃破された。大宰府に入った賊は、累代財物を奪取し焼き払った。賊が大宰府管内を制圧している間に、追捕使好古らが陸地から、慶幸・春実らが海上から博多津に攻め寄せた。賊は、官軍を迎え撃って決戦を挑んできた。戦い酣《たけなわ》に、春実が、裸袒《らたん》乱髪《らんぱつ》、白刃を振りかざし名乗りを揚げて賊軍のなかに突入し、恒利・藤原遠方《とおかた》らがそれに続いて、多数の賊を討ち取ると、賊はこんどは船に乗り込んで戦おうとしたが、官軍は賊船を焼き払い、撃滅した。官軍は賊船八〇〇艘を鹵獲《ろかく》、死傷者数百人、官軍の威勢を恐れて入水《じゅすい》した男女は数知れなかった。散り散りになった賊徒主従はあるいは逃亡し、あるいは投降した。

純友は小舟に乗って伊予国に逃げ帰ったところで伊予警固使橘遠保《たちばなのとおやす》に捕えられ、次将らもみな各地で捕えられた。純友は身柄を禁固され、獄中で死んだ。

（以上は、「あらすじ」というより、全体の現代語訳といってよい）

1章

はるかなる京

今度帰ってくるときには
安逸に暮らせる身分になって
（バイロン『海賊』第一編十四）

年号	西暦	天皇	関白	当時の世相	純友関連事項
元慶7	883	陽成天皇			
8	884		藤原基経	藤原基経関白就任，関白のはじめ	
仁和元	885	光孝天皇			藤原元名誕生
2	886				
3	887				純友誕生？
4	888	宇多天皇		阿衡の紛議	
寛平元	889				
2	890				
3	891			基経死，寛平改革はじまる	
4	892				
5	893			新羅の賊，九州を襲う	
6	894			遣唐使派遣中止	純友をともない，父良範大宰府赴任？

1 プロローグ 語り得ぬ純友にかかわって

『純友追討記』

平安時代中期の軍記《ぐんき》物。総文字数は800字にも満たない。作者・成立年代はつまびらかではない。独立した伝本はなく，皇円《こうえん》著といわれる『扶桑略《ふそうりゃく》記《き》』(第25)天慶３年(940)11月21日条の内供奉十禅師明達《ないぐぶじゅうぜんじみょうたつ》が摂津《せっつ》国住吉《すみよし》神宮寺で毘沙門天調伏法《びしゃもんてんちょうぶくほう》を修した験によって純友らが捕得《ほとく》されたという記事に，純友の反乱が何であったのかを説明するために引用したものと，その『扶桑略記』からさらに抄録した『古事談《こじだん》』(第４　勇士)のものが伝わる。『群書類従』合戦部所収『純友追討記』は，『扶桑略記』引用文を『古事談』で校合《きょうごう》したものである。『扶桑略記』引用文末尾の「月日慥《たしか》ならず。追って勘《かんが》え入るべし」の記述から，『扶桑略記』著者は日付を欠いた『純友追討記』記事に，他の資料を調べて日付を記入しようとしていたことがわかる。このことからも『扶桑略記』所引本は，抄録ではなくほぼ原作のままだと思われる。文体は全体として和風漢文体であるが，事件の局面局面で実況的であったり説明的であったりするのは，素材とした文書・記録の文体に引きずられたものであろう。『扶桑略記』巻末記事の年次から，『純友追討記』の成立は寛治《かんじ》８年(1094)以前といわれているが，私は，『将門記』と同じく純友の乱平定後，京人《みやこびと》たちの興奮醒めやらぬ時期に，乱にかかわって授受されたさまざまな文書をみることができる立場の実務官人か，彼と親交深く文書を借用または筆写できる立場の文人か僧侶が，それらの一件文書・記録をもとに一気に書き上げたものではないかと考えている。

純友に寄り添って

藤原純友《ふじわらのすみとも》は、長い間、一〇世紀前半に瀬戸内海を荒らしまわった海賊の首領といわれてきた。彼は、社会から脱落した暴徒を組織して掠奪《りゃくだつ》をほしいままにした、悪逆非道の乱暴者か。はたまた、颯爽《さっそう》と権力に立ち向かった反体制の英雄か。あるいは、瀬戸内海運を握り東シナ海に雄飛する夢を抱いた風雲児か。そんなロマンに掻き立てられながら、本書を手にした読者も多いと思う。

しかし私は本書で、そのような純友ファンの期待にこたえる純友像を提供することはできない。私が描こうとする純友は、一〇世紀前半の政治的世界のなかで、相応の地位を求めて志半ばで倒れた、登場したばかりの一人の「武士」の痛ましい姿である。旅の道連れとしてはやや重苦しいかもしれないが、純友の思いに寄り添いながら、純友の足跡をたどる旅にお付き合いいただきたい。

『純友追討記』の「歪み」

『扶桑略記《ふそうりゃくき》』に収められている『純友追討記《ついとうき》』(以下、『追討記』とも)は、文字数八〇〇字にも満たないおそらくは未完成作品であり、この作品をもとに一書をものにするのは至難の業であるともいえる。私は本書において、そのような未完の『純友追討記』をもとに純友という一人の人間を描き出し、現代版『純友追討記』としてよみがえらせようと思う。

「承平・天慶の乱」ではなく「天慶の乱」である……………………………

従来，将門《まさかど》の乱と純友の乱は承平・天慶の乱と総称されてきた。しかし，承平年間の坂東での合戦は将門と叔父たちとの私闘であり，政府・諸国は将門の平和維持活動に期待してさえいた。将門が国家に敵対することになったのは，常陸国衙《ひたちこくが》を占領した天慶２年(939)11月であった。純友は，承平南海賊では平定側の立役者であった。純友が反逆するのは，同年12月，備前介《びぜんのすけ》子高《さねたか》を摂津《せっつ》国須岐《すき》駅に襲撃したときであった。

すなわち，承平年間の状況と天慶２年冬以降の反乱はまったく異質のものである。したがって，この差異を見えにくくし，承平年間から一貫して将門・純友が反逆者であったという通俗的な言説を下支えする「承平・天慶の乱」の呼称はふさわしくない。二つの乱を総称するなら，「天慶の乱」とすべきである。

『追討記』はつぎの一節から筆を起こす。

伊予掾《いよのじょう》藤原純友は彼国に居住す。海賊の首為《かしらた》り。唯《た》だ受くる所の性《しょう》、狼戻《ろうれい》を宗《むね》と為《な》し、礼法に拘《こだ》わらず。多く人衆を率い、常に南海山陽等《なんかいさんよう》国々を行き、濫吹《らんすい》を事と為す。暴悪の類、彼の威猛を聞き、追従せるもの稍《や》や多し。官物《かんもつ》を押取し、官舎を焼亡し、之《これ》を以《も》って其の朝暮の勤《つとめ》と為す。

ここには、純友が天慶《てんぎょう》二年（九三九）十二月の蜂起《ほうき》以前から極悪非道の海賊の首領であったことが描かれている。この記述は、『日本紀略《にほんきりゃく》』承平《じょうへい》六年（九三六）六月某日条冒頭のあの有名な、

南海賊徒《ぞくと》の首藤原純友、党を結び、伊予国日振島《ひぶりしま》に屯聚し、千余艘《そう》を設け、官物私財を抄《しょう》劫《ごう》す。

の記事と響き合い、純友が承平年間から一貫して海賊の首領だったという俗説を支えてきた。

『追討記』冒頭の悪逆非道な人物像は、どのように生み出されたのだろうか。純友蜂起《ほうき》直後の十二月二十九日の対策会議で、公卿《くぎょう》たちは純友を「年来彼国に住み、党を集め群を結び、暴悪を行う」（『本朝世紀《ほんちょうせいき》』）と評し、はやくも「年来暴悪」のレッテルを押し当てている。その後、純友の活動が拡大し長期化するにしたがって、政府首脳の純友に対する憎悪と敵意ははげしさを増していく。そしてこの紋切り型の純友像が、たとえば「藤原純友は年来伊予国に居住し海賊を為し、舟船を艤《ぎ》し滄海《そうかい》に泛《うか》ぶ」（『本朝世紀』天慶四年〈九四一〉十一月五日条）などの文言で、公卿

将門の乱と『将門記』

将門の乱は，承平初年にはじまる坂東土着平氏内部の将門と叔父たちとの主導権をめぐる紛争，天慶２年(939)の武蔵国内の対立(権守《ごんのかみ》興世王《おきよのおう》・介源経基《みなもとのつねもと》と郡司《ぐんじ》武蔵武芝《たけしば》)や同年冬の常陸国における介藤原維幾《ふじわらのこれちか》と住人藤原玄明《はるあき》らの対立への将門の介入が，複合的に絡みあって勃発した。無双の武芸を誇る将門は，政府・諸国司から坂東の平和維持を期待される存在であったが，天慶２年(939)12月，玄明の救援要請を受けて維幾を破り常陸国衙を占領，坂東諸国を次々に占領した。この段階で政府は反乱と断定し，中央からは追捕使，ついで征東大将軍を派遣し，坂東八カ国に押領使を配置して軍事鎮圧の方針で臨んだ。将門は「新皇《しんのう》」と称し，兄弟・部下らを坂東諸国司に任じて坂東武士・負名《ふみょう》層の多くを従え，政府に対抗する姿勢を示したが，翌年２月下野押領使藤原秀郷《ひでさと》・常陸押領使平貞盛《たいらのさだもり》ら反将門勢力＝政府軍との戦いに敗れ，討ち取られた。

私は将門を，恩賞(官職・位階)によって貴族社会に参入することを願望する武士(＝王朝国家の軍事力)とみなし，将門の乱を，坂東平和維持への貢献を評価しない政府に対する将門の不満と，国制改革によって権限を強化された受領支配に対する負名層の反発が結合して発生したととらえている。この点で将門の乱は，純友の乱と同一性格の反乱であった。

『将門記』は，将門が当代随一の武芸によって坂東の王者にまで登り詰め，武芸によって身を滅ぼした悲劇的英雄として描く。同書の内容・あらすじについては，本シリーズ村上春樹《むらかみはるき》氏『物語の舞台を歩く　将門記』の要を得た記述に委ねたい。同書の成立時期や作者については諸説あるが，私は，国衙からの報告書(国解《こくげ》)や戦闘報告書(合戦日記)が描く荒々しい合戦の様子や既成秩序をものともしない将門の行動に衝撃を受けた文人貴族が，乱平定直後の天慶３年(940) ６月に，国解や合戦日記，将門らの訴訟記録，将門の摂政《せっしょう》忠平《ただひら》宛て書状などをもとに，彗星の如くあらわれて坂東を席捲し，京をパニックに陥れ，瞬く間に消えていった悲劇的英雄将門はいったい何者だったのかを，彼なりにとらえようとして書き上げたものと考える。したがって『将門記』の記述は，著者の文飾・解釈を排除すれば，史料としての価値は非常に高い。

対策会議の議事録（「定文《さだめぶみ》」）や政府公式日誌（「外記《げき》日記」）に記録され、追捕使《ついぶし》や諸国に与えられる純友勢鎮圧令（「追討勅符《ちょくふ》」「追捕官符《かんぷ》」）や神仏への平定祈願の願文《がんもん》の冒頭を飾ることになる。『追討記』の人物評は、そのような政府の公式純友評にほかならない。私たちはこのように一方的に「歪《ゆが》められた」純友観からまずみずからを解き放ち、そのうえで純友の実像をとらえなければならない。

未完の『純友追討記』

このように冒頭の人物評をみただけで、『追討記』が純友を鎮圧した側の視点に立って、純友の乱の実像を極度に「歪めて」描いた勝った側の「物語」であることがわかる。本書で明らかにしていくように、私は『追討記』の筋立ての一つひとつの素材は、反乱鎮圧過程で政府と関係諸国・個人の間で取り交わされた文書群であり、『追討記』はそれらの文書群の抜き書きや要約を継ぎ接《は》ぎしただけのきわめて稚拙《ちせつ》な作品とみている。作者の創作にかかる部分はほとんどない。その点で、『純友追討記』は、完成した作品というより、素材を並べた未完成の原案であったというべきであろう。

『追討記』を資料として採用した『扶桑略記』の編者も、『追討記』の記事の末尾に「月日慥《たしか》ならず。追って勘《かんが》え入るべし」と注記している。編者は一つひとつのできごとに日付がないことが気になり、後日調べて書き込むつもりであったことがわかる。『追討記』の作者はさらに材料を集めて、できごとの一つひとつに日付をつけて、ゆくゆくは『将門記《しょうもんき》』のような作品に仕上

歴史家は過去に関する「真実の物語」をめざす

過ちを犯しつつも，歴史家はつねに自分の記述を「正しい」ものにしようと試みている。私たちは史料が実際に示しているものに忠実であろうとするし，何が起こったのかを完全に理解しようとして，利用可能な資料をすべて見つけだそうと努力する。そして，私たちは「事実」を捏造《ねつぞう》したりなどしない。…フィクション作家は登場人物や場所，出来事を創造することが出来るけれども，歴史家は史料によって示されるものに束縛《そくばく》されている。…すべての歴史家にとって重要なことは，実際に何が起こったかであり，そしてそれが何を意味しているかということである。いつなんどき幻想《げんそう》であることが明らかになるかもしれないある種の「真実」をつかもうとする不確かな試み，ここに歴史の魅力があるのだ。…歴史が「真実」であるといえるのは，それが基づいている事実つまり史料と矛盾していないときで，そうでない場合には，なぜ「事実」が間違っており，修正する必要があるかを示さなければならない。それと同時に，歴史とは「物語」であるともいえる。それはひとつの解釈であり，「事実」を広いコンテクストあるいは語りのなかに位置づけるからである。…歴史とは，過去に関する「真実の物語」から構成された，ひとつのプロセスであり，(歴史家の間で，また過去と現在の間でなされる)議論である。

ジョン＝H＝アーノルド(新広記訳『歴史』岩波書店，2003年)より

「史料を逆なでに読む」ということ

歴史的証言を…逆なでしながら，それらを産み出してきた者の意図にさからって―それらの意図について考慮すべきであることは当然であるとしても―読むということは，あらゆるテクストは統制されない要素を含んでいるという想定に立っていることを意味している。

カルロ・ギンズブルグ(上村忠雄訳『糸と痕跡』みすず書房，2008年)

げるつもりではなかったかと想像される。『追討記』はやはり未完の書だったのである。

「真実の物語」を目指して

本書で私は、『追討記』の巧《たく》まれた「歪《ゆが》み」を「逆《さか》なでに」読むことによって、同時に、「物語の舞台を歩く」趣旨にそって学術研究の限界を多少越境するスリルを味わいながら、未完の『純友追討記』を「真実の物語」として完成させようと思う。そうすることによって、およそ一〇七〇年もの間、身に覚えのない「海賊の首領」の汚名を着せられ続け、みずから弁明する術《すべ》をもたない純友になりかわって、彼の冤罪《えんざい》を雪《すす》ごうと思う。もう二〇年以上も前になる。私は純友の憤懣《ふんまん》と怨嗟《えんさ》に深い共感を抱きながら、純友の乱の研究を進めていた。本書はそのころの研究成果をもとに書き下ろしたものであるが、私は本書をこの「真実の物語」の主人公である純友と、現在を生きるすべての「純友」的人間に捧げたい。

2 はるかなる京

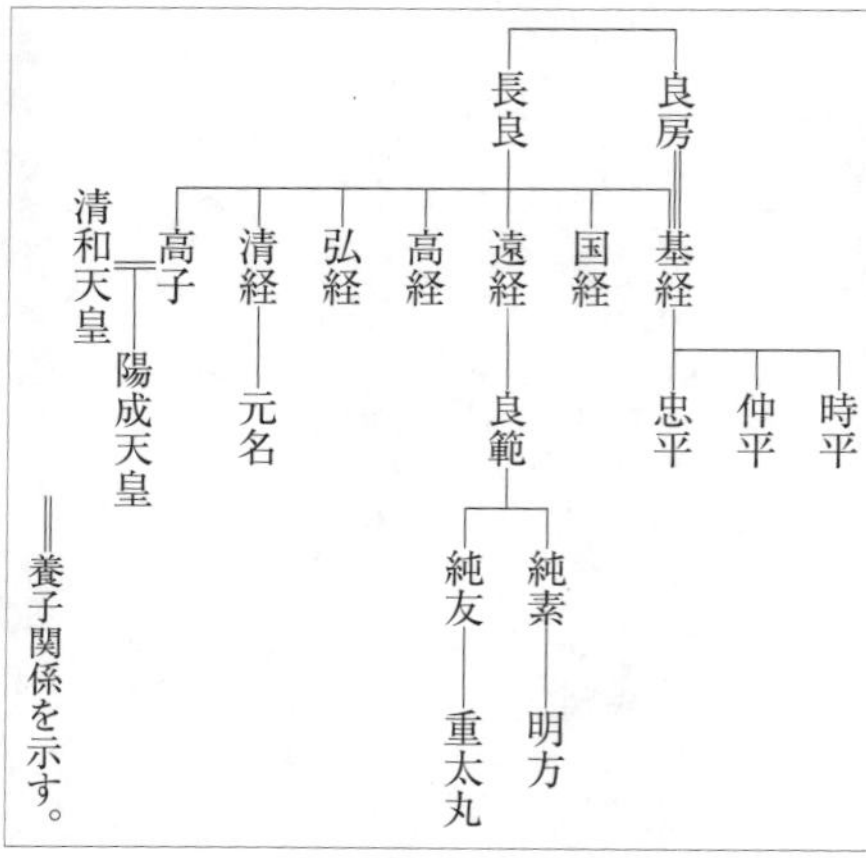

●純友関係系図

藤原忠平

関白太政大臣《だいじょうだいじん》基経の四男。母は人康親王《ひとやすしんのう》の女。左大臣時平《ときひら》・同仲平《なかひら》の同母弟。醍醐《だいご》天皇中宮穏子は同母妹。昌泰《しょうたい》3年(900)，21歳で参議となるが辞退して叔父清経《きよつね》に譲り右大弁に任官，延喜《えんぎ》8年(908)に参議に還任，翌年兄左大臣時平の死にともない兄仲平を越えて権中納言・氏長者《うじのちょうじゃ》となる。この抜擢は宇多《うだ》法皇・妹穏子の支持による。累進して延長2年(924)に左大臣，承平6年(936)には太政大臣。朱雀《すざく》・村上《むらかみ》両天皇の摂政・関白をつとめた。天暦《てんりゃく》3年(949)70歳で没した。延喜の国制改革期には，宇多・菅原道真《すがわらのみちざね》の改革路線を右大弁＝実務官人として受け継ぎ，時平死後は40年間の長期にわたって政権を掌握し，改革後の国家体制(王朝国家体制)の整備・確立につとめ，政治形態としては摂関政治を定着させた。将門の乱，純友の乱に対する断固たる態度にも彼の政治手腕がみて取れる。

しばらく『純友追討記』から離れて、「真実の物語」を語ろう。

天慶四年（九四一）六月上旬、純友は息子重太丸《しげたまる》らとともに、備前国《びぜんのくに》のとある浜辺に降り立った。五月二十日の大宰府《だざいふ》での決戦に敗れ、討っ手の探索をかわしながら、ようやくここまでたどり着いたのだった。疲れはててはいたが、それでも京を目指して東に向かった。軍門にくだり裁きを受けるためか。摂政藤原忠平《せっしょうふじわらのただひら》に一言、弁明するためか。あるいは残したままの妻子に一目会いたかったのか。それとも京の光景をその目に焼きつけて今生《こんじょう》の別れとしたかったのか。とにかく彼は京へと歩を進めた。

こんなはずではなかった。去年の春、五位《ごい》を授けられた純友は、瀬戸内海に平和をもたらしたヒーローとして、京の人びとから歓呼《かんこ》の声で迎えられるはずだった。あと一歩で貴族社会に復帰する夢がつかみ取れたのに。何が運命の歯車を狂わせたのか。しかし純友には、このみじめな上洛さえ叶わぬ夢となっていた。立ちはだかる討っ手を前に、ついに上洛をあきらめ、伊予を最期の地と定めて落ちていった。

宿命としての血

純友は、今をときめく摂政忠平とはそれほど遠くない血筋に生まれた。父良範《よしのり》と摂政忠平とは系図上では又従兄弟《またいとこ》であるが、忠平の父関白基経《かんぱくもとつね》は摂政良房《よしふさ》の養子であって、基経は純友の祖父（良範の父）遠経《とおつね》と実の兄弟であった。したがって純友の父良範と忠平は血脈上は従兄弟であった。純友の反乱について語るとき、純友がこれほどまで摂関家《せっかん》嫡流《ちゃくりゅう》に近い血筋に生まれたこ

純友の生年

純友の生年を推定するために，祖父遠経《とおつね》と父良範《よしのり》の生年を推算してみよう。遠経は貞観《じょうがん》8年(866)正月8日に叙爵したことがわかっている。遠経の同母兄国経《くにつね》は天長《てんちょう》5年(828)に誕生，異母弟基経《もとつね》は承和《じょうわ》3年(836)に生まれているから，遠経の生年は天長6年(829)から承和3年(836)の間ということになる。叙爵時の年齢は31歳から38歳ということになるが，国経は貞観元年(859)に32歳で叙爵し，弟高経《たかつね》は36歳，清経《きよつね》は24歳で叙爵しているから，兄国経，弟高経の叙爵年齢からみて不自然ではない。叙爵年齢を国経と高経の間を取って34歳と仮定してみると，祖父遠経は天長10年(833)の誕生と推算される。

父良範は元慶《がんぎょう》6年(882)3月，皇太后宮少進のときに従五位下に叙爵，仁《にん》和《な》元年(885)4月，周防介《すおうのすけ》在任のまま侍従に任じられたことがわかっている。良範の父遠経の叙爵年との年数差は16年だから，遠経より若く叙爵したことになる。仮に25歳で叙爵したとすると誕生は天安《てんあん》2年(858)，遠経26歳のときということになり，叙爵を30歳までさげたら誕生は仁寿《にんじゅ》3年(853)，遠経21歳のときになる。良範の誕生は斉衡《さいこう》2年(855)前後数年とみておこう。

このくらいまで父良範の生年を絞ると，純友の生年もかなり絞り込むことができる。父良範30代前半のころに生まれたとすると，純友の誕生はだいたい仁和年間(885〜889)と推算される(同様の手法で年齢推算した松原弘宣氏『藤原純友』〈吉川弘文館，1999年〉は元慶〜仁和年間とする)。

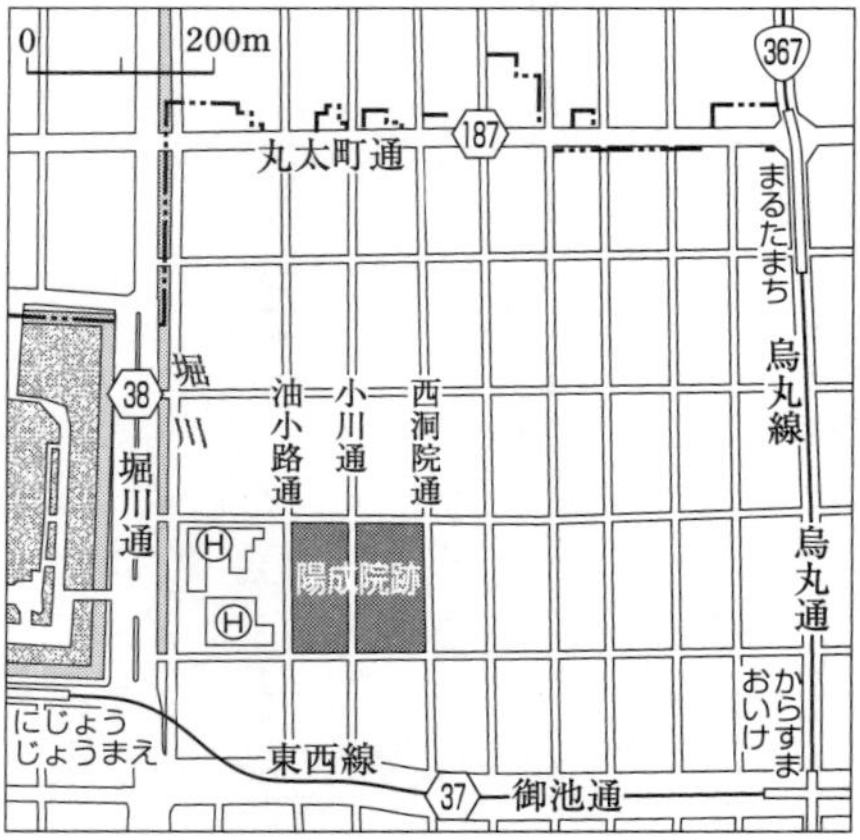

陽成院跡推定地

とを忘れてはいけない。純友の蜂起《ほうき》には、宿命としてのみずからの血へのこだわりが澱《よど》んでいた。

基経が良房の跡を継いで摂政、関白、太政大臣《だいじょうだいじん》に昇り詰めたことは、国経《くにつね》・遠経・高経《たかつね》・弘経《ひろつね》・清経《きよつね》ら兄弟の昇進にも好ましい影響を与えた。長兄国経は正三位大納言《しょうさんみだいなごん》、末弟清経は従《じゅ》三位参議《さんぎ》になっている。しかし純友の祖父である遠経は参議を目前に、仁和《にんな》四年（八八八）、従四《し》位下《いのげ》右大弁《うだいべん》在任中に没した。

祖父遠経は陽成《ようぜい》天皇の母后高子《たかこ》（清和《せいわ》天皇女御《にょうご》、遠経らの姉妹）の皇太夫人《こうたいぶにん》（中宮《ちゅうぐう》）時代の中宮亮《すけ》であり、元慶《がんぎょう》六年（八八二）に高子が皇太后になってからは、大叔父《おおおじ》国経は皇太后宮大夫《だいぶ》、父良範は少進《しょうしん》をつとめていた。このように高子にとって兄弟である大叔父国経・祖父遠経、甥《おい》（陽成の従兄弟）である父良範は、中宮・皇太后時代の彼女に仕えていたのである。元慶八年二月に譲位した陽成は、母后高子の御所である左京《さきょう》二条《じょう》二坊《ぼう》一三・一四町《ちょう》の陽成院（二条院）に住し、父良範は引き続き皇太后宮少進として陽成院に出入りしていた。良範宅も陽成院の近隣に営まれていたかもしれない。

純友は、仁和初年ごろに京で生まれた。その誕生、七夜《しちや》、五十日《いか》、百日《ももか》の祝いを父良範・母・祖父遠経・親族から祝福され、着袴《ちゃっこ》の儀ではその健やかな成長が期待されたことであろう。高子皇太后・陽成上皇母子からもあたたかく見守られたのではなかろうか。親たちの願いは、純友が順調に貴族社会で身を立てていくことであった。

陽成院

左京二条二坊十四町(現，京都市中京《なかぎょう》区)にあった陽成上皇・皇太后高子の御所。元慶８年(884) ２月４日，陽成天皇は内裏よりここに遷幸し，即日，時康《ときやす》親王(光孝《こうこう》天皇)に譲位。陽成上皇は，ここを御所と定め，同日夜，母后の皇太后高子も内裏常寧殿《じょうねいでん》より陽成院に遷御した。その後，二坊十三町が寄せられ，南北二町の大邸宅となり，十四町は陽成院北町，十三町は南町と呼ばれた。陽成上皇は永く陽成院を御所とし，天暦３年(949) ９月，ここで崩じた。その後，北町は民有地となり，南町は荒廃し，荒れた池には水精《みずたま》が棲むと噂された。光源氏の二条院は陽成院がモデルという。

陽成上皇と母后藤原高子

陽成天皇は名は貞明《さだあきら》。清和天皇第一皇子。母は藤原高子(権中納言長良女)。貞観11年(869) ２月，生後４カ月で立太子。同18年(876) 11月，清和の譲位によって９歳で践祚《せんそ》。藤原基経が摂政となる。元慶７年(883) 11月，宮中で殺人事件を起こして基経に退位を迫られ，翌年，17歳で仁明《にんみょう》皇子時康親王(当時55歳，光孝天皇)に譲位した。仁明以降の嫡系皇統は陽成をもって断絶した。

臣籍降下して源定省《さだみ》と名乗っていた光孝男子の宇多天皇にとって，譲位後も「当代(宇多)は家人にはあらずや」(『大鏡《おおかがみ》』)と直系意識を振りかざして高慢に振る舞う陽成母子は疎ましい存在であった。宇多即位からしばらく経った寛平元年(889)，陽成院が乗馬で京内下人《げにん》宅に押し入り従者たちが杖鞭を持って乱暴をはたらいたとか，陽成院が武装した従者を引き連れて山城《やましろ》国宇治《うじ》郷(宇治市)や摂津《せっつ》国嶋下《しましも》郡(茨木，摂津，吹田市など)で勝手に狩猟して住人を困らせているとか，陽成母后高子が菩提寺東光寺(京都市左京区)座主善祐の児を妊《みごも》っているなどという風聞が宇多のもとに届いているが，陽成院の憂さ晴らしの行動や高子の善祐への信任を，宇多朝の政府が意図的に吹聴し，「悪君之極」「物狂帝《ものぐるいのみかど》」を印象づけようとするものである。高子は寛平８年(896) ９月，８年前の善祐とのスキャンダルを口実に廃后という辱めを受けた。皇位を醍醐に譲り，あらたな直系の地位を不動のものにしようとする宇多による，旧直系陽成系に皇統を継ぐ資格がないことを思い知らせるための仕打ちである。高子は晩年を東光寺で閑かに送り，延喜10年(910)，69歳の生涯を閉じた。陽成上皇は，天暦３年(949)崩じた。

基経は元慶八年、宮中で殺人事件を起こした陽成天皇を廃し、宇多《うだ》天皇は譲位後も何かと尊大に振る舞う陽成上皇母子を徹底的に辱《はずかし》め、寛《かん》平《ぴょう》八年、高子を八年前の僧とのスキャンダルを口実に廃后とした。

不遇の歳月

しかし高子廃后は国経やその兄弟、甥たちの官歴にさしたる影響は与えてはいない。したがって純友の不遇の半生が高子廃后と直接関係があるとは思えないが、大叔父・祖父・父の縁《ゆかり》から、仮に純友が陽成上皇に仕え、世間の悪評のもとになっていた陽成愛好の狩猟のお供《とも》などをしていたとしたら、そのことが昇進を妨げたことは大いにありうる。しかしそれよりも、幼年期に祖父遠経が参議を目前に死去し、十代半ばに父良範がおそらく五位のまま死去したことが、純友の人生の歯車を狂わせた最大の要因であろう。

寛平六年、参議であった大叔父国経は大宰権帥《ごんのそち》を兼任し、在京のまま当時猛威を振るっていた新羅《しらぎ》海賊の追討将軍になり、父良範が国経の代官《だいかん》的立場の大宰少弐《しょうに》として大宰府に赴任した。一〇歳になるかならないかの少年純友は父にともなわれ、摂津《せっつ》国河尻《かわじり》（現、兵庫県尼崎《あまがさき》市）の港を後《あと》に瀬戸内海を西にくだる旅路についた。六章でくわしく述べるが、父の少弐在任中、新羅海賊襲来の危機のなかで少年純友は武芸に励んだ。後年、大きく花開き同時に身を滅ぼすもとになった純友の天才的な武勇は、ここ大宰府ではぐくまれたのだった。

だが父良範は、以後、記録にあらわれない。大宰少弐在任中か離任してまもなく亡くなったものと思われる。純友は十代半ばで父を失ったことになる。在任中の死だとしたら、純友の帰京の

寛平・延喜の国制改革

純友が要求を突きつけ，妥協を求め，対決を挑む相手は，摂政忠平率いる中央政府＝国家権力であった。常識的な律令制衰退論や摂関政治のイメージではこぼれ落ちる，国家権力・国家支配を視野に入れなければ，10世紀の歴史をとらえることはできない。

9世紀に入って律令国家の中央集権的統制が緩和されると，国司の国内支配における裁量権が拡大される一方で，編戸《へんこ》制・班田《はんでん》制の階層分解抑制機能が失われて富裕層＝富豪層が台頭し，調庸を人頭税《じんとうぜい》として徴税する本来の方式から富豪層の経営面積に課税する方式にかわった。しかし，まだ律令国家の支配原則＝編戸制・班田制・調庸制が建前としては維持されていた。この現実と建前との矛盾が，9世紀後半，富豪層と王臣家(貴族)との結託《けったく》による脱税闘争を活発化させ，調庸の累積「未進」が増大し，国家財政と国司の国内支配を危機に陥《おとしい》れた。この危機を克服するため，宇多天皇は寛平3年(891)以降，菅原道真らを抜擢して，受領の国内支配を立て直し，中央財政を安定させる国制改革に着手した。この改革は，醍醐天皇の治世でも継続され，寛平・延喜の国制改革という。

改革の主な内容は，①富豪層と王臣《おうしん》家との脱税目的の私的結合の禁断，②全国一斉土地調査によって国ごとの公田面積(＝課税面積)を固定し，富豪層を「負名」に編成して経営保障と納税義務をセットに公田を割り付ける土地制度改革，③成年男子数で算出される調庸額を諸国が大蔵省に一括納入し(未進累積が構造化)，同省から受給権者(王臣家・官司・官人)に分配する従来の中央集権的財政構造を放棄し，国司の累積未進を帳消にしたうえで全受給権者の年間必要経費を集計，政府支出総額を国司に割り当て，国司から受給権者に直接必要物を給付させる財政構造改革(「未進」累積は起こらない)である。また中央政府機構の簡素化，政務処理手続きの簡素化，叙位・任官方式の再編，壮大な国家儀礼から洗練された宮廷儀礼への転換などの諸改革，さらに改革に抵抗する東国富豪層の反乱の鎮圧過程で軍制改革も行われた。

この一連の国制改革によって，律令国家は王朝国家へと転換した。摂関政治はこの国家体制の上に営まれた政治形態であった。摂政忠平ら貴族たちが依拠していた国家権力は，転換まもない王朝国家だったのである。

旅は悲しいものになっただろう。祖父遠経もすでに亡く、帰京した純友には貴族として立身していく道は閉ざされていた。純友の不遇の人生が始まるのである。

それからおよそ三〇年、純友が何をしていたのかわからない。陽成上皇に仕え、朝廷に内舎人《うどねり》とか瀧口《たきぐち》の武士として出仕しながら、立身出世のチャンスをうかがっていたのかもしれない。醍《だい》醐《ご》天皇の皇子重明《しげあきら》親王が、のちに純友の動向に強い関心を示している（二二頁参照）ことから憶測するなら、純友は重明親王にも仕えていたかもしれない。寛平・延喜《えんぎ》の国制改革を通じて大きく変貌した貴族社会は、純友ら下積みの没落貴族にとって、なかなか浮かび上がりにくい環境になっていた。『今昔物語集《こんじゃくものがたりしゅう》』の説話が語る息子重太丸の年齢に間違いなければ、重太丸はこの間の延長《えんちょう》七年（九二九）に生まれた。

伊予掾として

承平二年（九三二）、五〇歳近くになった純友は伊予掾として伊予国に赴任した。掾だからおそらく位は六位《ろくい》であっただろう。父良範の従兄弟藤原元名《もとな》は、『公卿補任《くぎょうぶにん》』によれば、承平二年正月に従五位上で伊予守《かみ》に、同六年八月に大和《やまと》守になっている。平安中期の伊予守には三位、四位の参議クラスの公卿が任命されるのが通例で、『公卿補任』には承平二年から六年までに参議三人と従四位上の源自明《みなもとのよりあきら》が一、二年おきに守になっていた。彼らは在京して本官《ほんかん》をつとめながら守としての収益だけを得る兼国《けんごく》・遙任《ようにん》であった。従五位上の元名が彼らと同時に伊予守であったとは考えられないので、元名は守ではなく、介《すけ》として現地に赴任した受領《ずりょう》だったと思われる。在任期間

純友の出陣パレード

承平6年(936) 3月，純友は「追捕宣旨」を蒙り，兵を率いて京を発った。『小右記《しょうゆうき》』長元《ちょうげん》元年(1028) 7月15日条，8月5日条が，平忠常《ただつね》の乱を鎮圧するために派遣された追捕使平直方《なおかた》の出陣の様子を伝えている。

出陣の日程は陰陽師《おんみょうじ》の吉凶判断をもとに，乱対策担当公卿の右大臣藤原実資《さねすけ》が決定している。実資は最初，節刀を賜って派遣される将軍の場合は優吉日を選ぶが，追捕使の場合はしいて優吉日を選ばず凶日を避けるだけでよいとして，陰陽師に判断させず，7月23日に予定したが，陰陽師の最悪日との判断を受け，8月5日に変更した。

実資は，追捕使の出陣は「夜半」に行うのが例であるとの判断から，白昼に出陣しないよう，直方に指示していた。直方はその指示にしたがって，8月5日亥刻(PM 9:00～11:00)に「出立所」から出陣した。陰陽師が反閉《へんばい》して前途を祝福すると，追捕使直方を中心に副使明法家《みょうぼうか》中原成道《なかはらなりみち》以下随兵200人の行列が「出立所」を発って粟田口《あわたぐち》までパレードして東海道を下っていった。実資の従者が出立所で見物してその様子を実資に報告した。従者は最初，午刻(AM11:00～PM 1:00)に出陣するという噂を聞いて駆けつけたところ，「見物の上下，馬を馳せ車を飛ばし会集すること雲の如し」という光景であったが，夜になったので少しは分散したものの，夜半の出陣式を多数の見物車が見物していたという。

この直方の出陣式から一世紀前の純友の出陣式を想像したい。

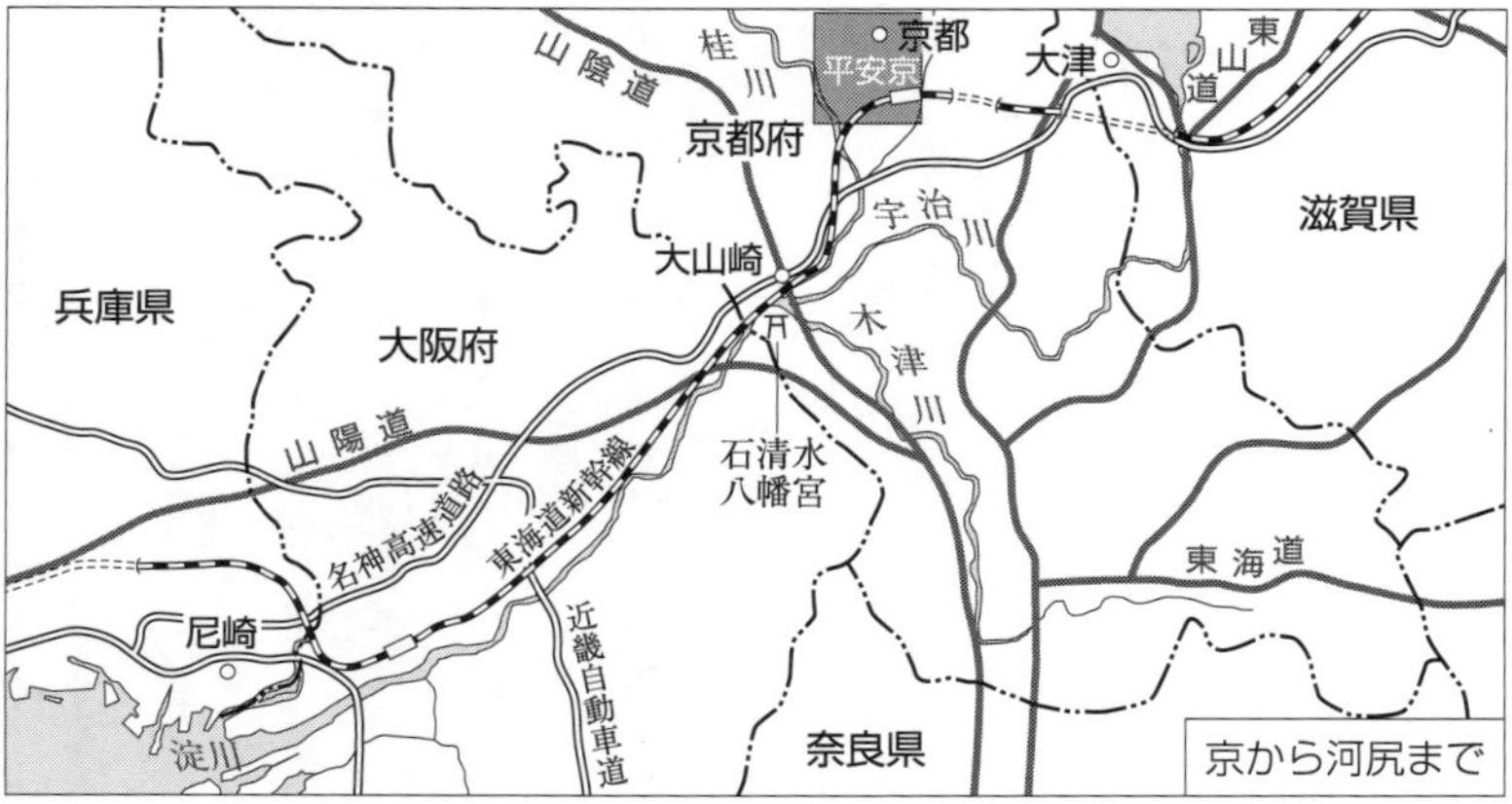

は通常の任期四年として承平二年正月から承平五年暮れまでである。当時の任国伊予では承平元年に始まる「承平南海賊《なんかいぞく》」が猛威を振るっていた。元名は赴任するにあたり、純友の武芸を見込んで、純友を伊予掾に推挙したのであろう。こうして承平二年正月、純友は元名にしたがって京を発《た》ち、摂津河尻の港から伊予に向かった。二度目の船出であった。

『公卿補任』から元名の生年は仁和元年となり、純友の推定年齢とほぼ同じである。少年時代、彼らはともに遊びともに学び、将来の夢を語り合った仲ではなかったか。成人後順調に貴族の階《かい》梯《てい》を昇る元名は、不遇の純友に何かと援助の手を差しのべたに違いない。元名が純友を伊予掾に推挙したのは、気心の知れた不遇の純友を海賊平定に活躍させ、自分の功績とするとともに純友に昇進のチャンスを与えようとしたのであろう。

元名の任期が切れた四年後の承平五年暮れごろ、純友は元名にしたがって帰京した。その後の純友の肩書きは前《さきの》伊予掾であるから、帰京後、在任中の活動が評価されることはなく、あらたな官職に就くこともなかった。元名は翌年八月の除目《じもく》（官職任命の政務的儀式）で大和守に遷任した。

海賊追捕指揮官として

帰京して間もない承平六年三月、今度は政府からじきじきに召し出され、摂政忠平から海賊追捕宣旨《ついぶせんじ》を受けた。出陣パレードの沿道には見物の人垣ができたことであろう。見送りのなかには妻子や甥《おい》の明方《あきかた》もまじっていただろう。八歳になった重太丸

純友は追捕海賊使か，伊予国警固使か

六位の前伊予掾純友が「追捕宣旨」を蒙って京を発ったのは3月であった。5月26日の従五位上で検非違使・左衛門権佐の紀淑人の追捕南海道使任命(「追捕宣旨」を蒙ることが追捕使任命である)とは別個の人選であるから，純友は追捕使副官としてではなく，伊予国警固使として派遣されたものと考えたい。承平南海賊や純友の乱への対策としては，表に示すように一国単位に警固使が配置されており，彼らは諸国掾クラスであった。警固使は，前伊予掾純友に相応しい処遇であったといえよう。

山陽南海道諸国の警固使配置状況

	氏名	本官・前官	備考	出典
国々警固使	———	——————	定遣	『扶桑略記』承平3/12/17条
備後国警固使	義友	内竪頭・伊勢掾		『貞信公記』天慶3/2/23条
阿波国警固使	藤原村蔭	碓氷関などの警固使		『貞信公記』天慶3/4/6条
讃岐国警固使	坂上敏基	——————		『純友追討記』
伊予国警固使	橘　遠保	遠江掾		『師守記』天慶4/6/20条
諸国警固使	———	——————	停止	『本朝世紀』天慶4/10/23条

河尻

摂津国西成郡(現，大阪市東淀川区)，淀川の河口にあった港。比定地については詳らかでないが，神崎《かんざき》川の上流に当たる江口・神崎辺りであったと考えられる。京から西国に下向する船はここから出航し，西国から入港し京に上る際には，ここで陸路・海路を選択した。紀貫之《きのつらゆき》は『土佐日記』に「かはじりにふねいりたちてこぎのぼるに，河の水ひてなやみわづらふ」と書き，また『源氏物語』玉鬘《たまかずら》には，筑紫からここまで逃げ上ってきた玉鬘一行が，「すこし生きいづる心地する。例の舟子ども，韓泊より川尻押すほどは，とうたふ声のなさけなきもあはれに聞ゆ」と描いている。『源氏物語』の注釈書『玉類抄《ぎょくるいしょう》』はこの河尻の用例として『吏部王記《りほうおうき》』承平6年3月条を引用したのであった。

は連れて行った。純友三度目の出京は、希望に満ちていた。ようやくチャンスがめぐってきたのだ。この機会をのがすまい。今度帰ってくるときは、五位の冠《こうぶり》だ。だがしかし、純友が京の土を踏みしめることは、二度となかった。

夜半に京を発った純友は、翌日午前には河尻港に到着したであろう。純友は港内にとどまり、摂津国司《こくし》の協力を得て兵糧米《ひょうろうまい》や武器をととのえ、出撃の準備を進めた。純友をよく知る重明親王のもとに、純友が河尻港内に入ったまま一向に動こうとしないという情報が伝わってきた。重明は一抹の不安を感じたが、しかしそれは杞憂《きゆう》であった。純友は兵船に乗り換え、準備万端ととのえて、伊予へと向かっていった。

それから三年九カ月たった天慶二年十二月、伊予国守紀淑人《こくしゅきのよしと》の制止を振り切って伊予を出た純友は、盟友藤原文元《ふみもと》を支援して、逃げる備前《びぜん》介藤原子高《さねたか》を摂津国須岐《すき》駅に追い詰め、恨みに燃える文元が子高に加える報復を見守った。河尻は目と鼻の先、そこから淀《よど》川を遡《さかのぼ》れば京だった。しかし彼は伊予に帰った。そして翌年二月、五位を授けられた純友は天皇に慶賀《けいが》を奏《そう》するために意気揚々と上洛をはかったが、突然の政府の方針転換によって、河尻の手前まできたところで、上洛を断られたのだった。

京の都はそんなにまで遠かった。夢にみた貴族社会は、ついに純友の手には届かなかった。

重明親王と純友

『吏部王記』承平6年3月条を訓読すると，

　この日，伊与前掾藤原純共(友)，党を聚め伊与に向かうも，河尻掠内に留連す。

となる。『吏部王記』は逸文が残るだけであり，この記事は一条《いちじょう》兼良《かねよし》が『源氏物語』の注釈書『玉類抄』のなかで淀川支流神崎《かんざき》川河口の摂津河尻の用例として引用したものである。

この記事の解釈は難しい。後半を「河尻に留連し内を掠む」と訓《よ》めば，純友が京を進発して河尻に逗留し港内を掠奪したということになり，純友は承平6年段階，すでに海賊の首領であったという俗説を裏付けることになる。ところが「掠」は，『河海抄』写本の木偏の文字の用例からみて「椋」と翻刻して「くら」と訓むのがよい。大輪田泊《おおわだのとまり》の「石椋」が防波堤であることを想起するなら「河尻椋内」は「河尻港内」と解釈しなければならない。「留連」は，途中でぐずぐずして予定地へ行こうとしない，あるいは任務を遂行しない，という意味である。

『本朝世紀』の，承平6年に純友は「追捕宣旨」を受けて海賊追捕を命じられたという記事と重ね合わせてこの記事を解釈すれば，「追捕宣旨」を受けて伊予国警固使に補任された純友は，夜半に出陣儀礼を行って京を発って伊予に向かったが，途中，河尻港内に入ったままなかなか出港しようとしない，という情報がその日のうちに，京の重明《しげあきら》親王のもとにもたらされ，それを知った重明は何をぐずぐずしているのだろうとやきもきした，ということになる。重明親王は，純友の動向に強い関心を抱いているのであり，純友と重明親王との関係の深さを窺わせる。それは，純友が重明親王に仕えていたのではないか，との推定に導く。

一条兼良『玉類抄』所収『吏部王記』承平6年3月条(宮内庁書陵部蔵)

2章

史料を逆なでに読む

——『日本紀略』承平六年六月某日条

テクストの内部を、
テクストを生み出したものの意図にさからって
掘り下げていくことによって、
統制されていない声を出現させることができるのだ
（カルロ・ギンズブルグ『糸と痕跡』）

年号	西暦	月	日	事項
承平元	931	1		承平南海賊の蜂起
2	932	12		追捕海賊使を派遣
3	933	12		国々警固使を派遣
				衛府舎人騒動を強盗に准じて追捕するよう指令
4	934	10		追捕海賊使を派遣
6	936	3		前伊予掾藤原純友，追捕宣旨を賜り伊予下向
		5	26	左衛門佐（検非違使）紀淑人，追捕南海道使として伊予派遣
		6		南海賊，無血一斉投降

1 『日本紀略』と『扶桑略記』

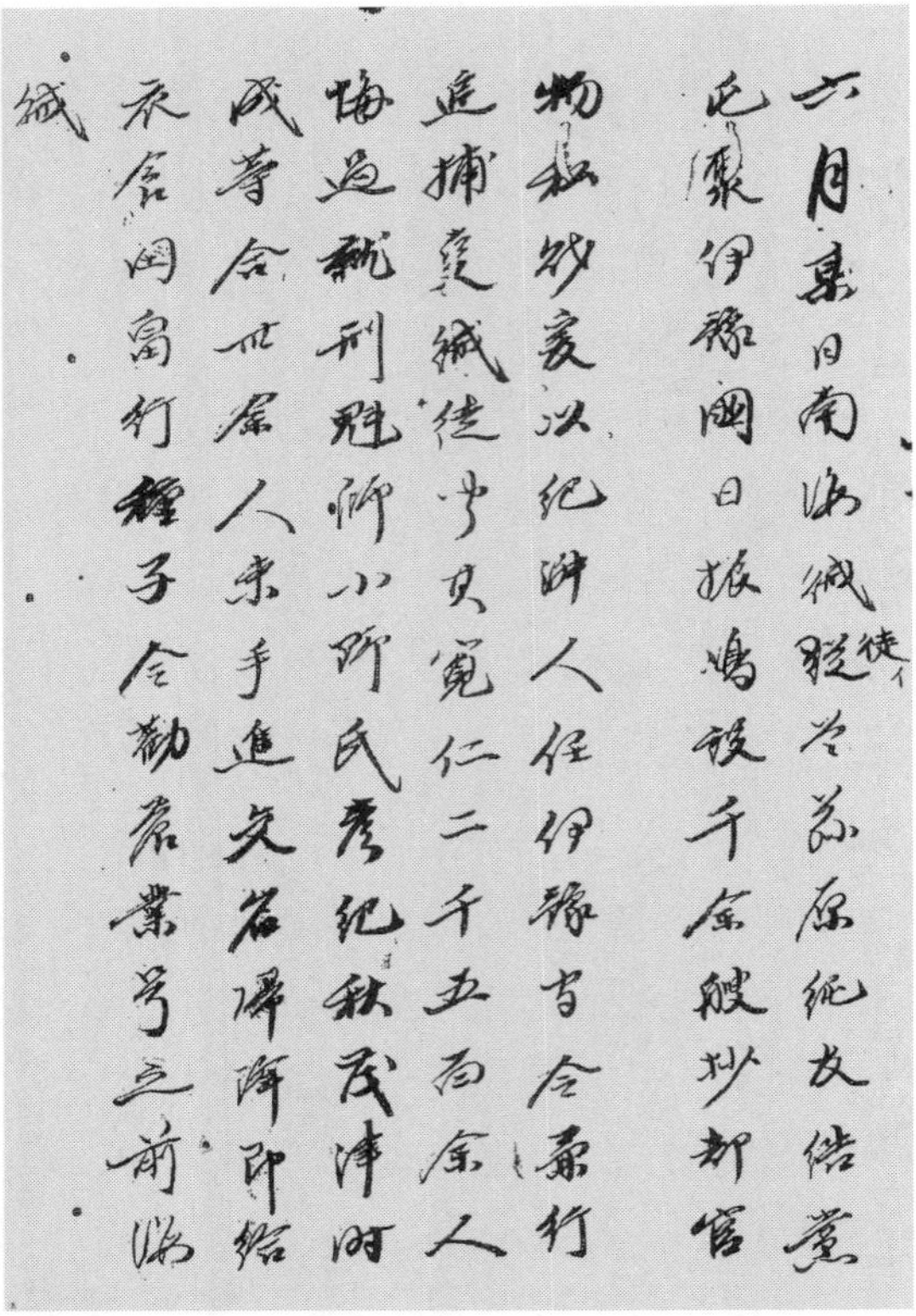

『日本紀略』承平 6 年 6 月某日条

『日本紀略』

神代から後一条《ごいちじょう》朝の長元《ちょうげん》9 年(1036)までを漢文編年体で記した史書。34 巻。編者未詳。編纂年代は白河《しらかわ》～堀河《ほりかわ》朝と推定。光孝《こうこう》紀までの前半は六国史《りっこくし》の忠実な抄出だが，宇多《うだ》紀(仁和《にんな》3 年〈887〉8 月)以降の後半は「外記《げき》日記」を中心とする公私の記録・日記をもとに編集。まとまった史料に乏しいこの時代にとっての根本史料。

『日本紀略』記事による通俗的「純友の乱」

さて、「物語」の形式をがらりとかえて、今度は、純《すみ》友《とも》の乱についての根本史料とされてきた『日本紀略《にほんきりゃく》』承平《じょうへい》六年（九三六）六月某日条（以下、『紀略』記事）を「逆《さか》なでに」読むことによって、通俗的な純友のイメージを打ちくだこうと思う。ややこしいかもしれないが、お付き合いいただきたい。歴史は、史料がはっきりと語る表向きの事柄だけでなく、細々と語る「つぶやき」や「ささやき」にまで耳を澄まさなければ、真実の姿をさらけだしてはくれない。

問題の記事をつぎに引こう。漢文の用語を生かしながら現代語にしてみた。

「南海賊徒首《なんかいぞくとのかしら》の藤原《ふじわら》純友は、党を結び伊予《いよ》国日振島《ひぶりしま》に屯聚《とんじゅう》し、千余艘《そう》を設け、官物《かんもつ》私財を抄《しょう》劫《ごう》していた。」そこで紀淑人《きのよしと》を伊予守《かみ》に任じ追捕事《ついぶのこと》を兼ね行わせたところ、賊徒らはその寛《かん》仁《じん》な人柄を聞いて、二千五百余人が過《あやまち》を悔い刑に就いた。魁帥《かいすい》（首領）の小野氏彦《おののうじひこ》・紀秋《あき》茂《もち》・津時成《つのときなり》らあわせて三十余人が手を束《つか》ね（謝罪恭順し）、交名《きょうみょう》（名簿）を進め帰降してきた。そこで淑人はすぐに衣食田畠を給い、種子を与え、農業を勧めさせた。「これを『前《さきの》海賊』と号している。」

この記事を主たる根拠に、これまで純友の乱はおおむねつぎのように語られてきた。摂関《せっかん》家傍《ぼう》流《りゅう》に生まれながら、栄達《えいだつ》の望みを失い不満をかこっていた純友は、伊予掾《じょう》の任期満了後、そのまま伊予に土着し、海賊の首領になって伊予国日振島を拠点に瀬戸内海を荒しまわっていた。し

『扶桑略記』

神武《じんむ》から堀河朝までの仏教に重点をおいた私撰の漢文編年体の史書。30巻。堀河を今上《きんじょう》とすることから，最末記事の嘉保《かほ》元年(1094)から堀河逝去の嘉承《かじょう》2年(1107)までの成立。延暦寺《えんりゃくじ》僧皇円《こうえん》撰とされるが，没年などから疑問視する説が有力。巻2～6，20～30の16巻の本文，寛平《かんぴょう》9～承平5年(898～935)の裏書(外記日記の抄出)，神武～平城《へいぜい》天皇の抄本が現存している。内容は，六国史と外記日記など(六国史途絶後)にもとづく年代記をもとに，往生伝・寺社縁起・高僧伝など，多種多様な古書を出典をあげて引用して構成されている。各天皇元年を仏滅年代と対比する末法《まっぽう》観がみとめられる。

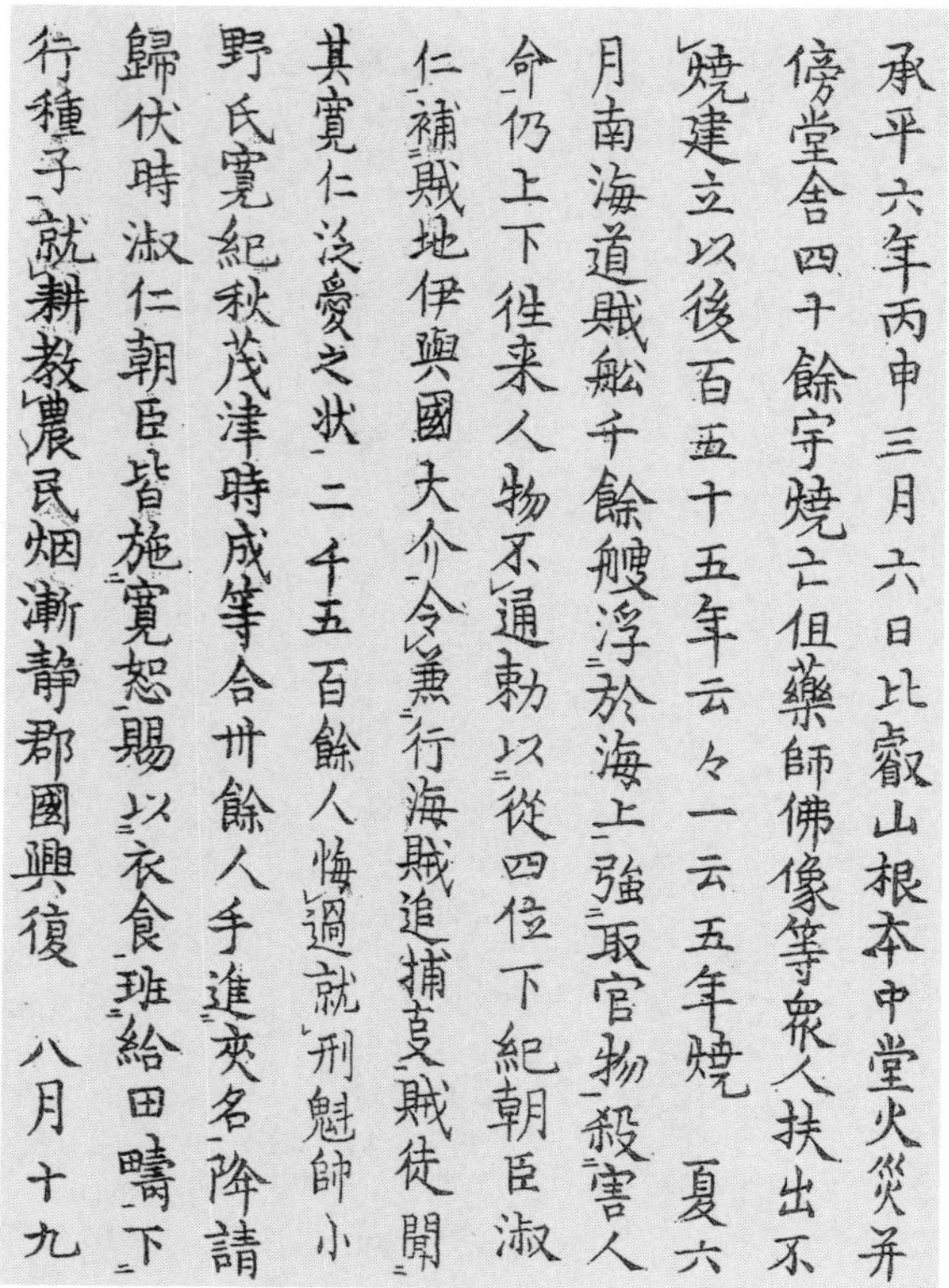
承平六年丙申三月六日比叡山根本中堂火災并傍堂舎四十餘宇燒亡但藥師佛像等衆人扶出不燒建立以後百五十五年云々一云五年燒 夏六月南海道賊船千餘艘浮於海上強取官物殺害人命仍上下往来人物不通勅以從四位下紀朝臣淑仁補賊地伊與國大介令兼行海賊追捕事賊徒聞其寛仁從愛之状二千五百餘人悔過就刑魁帥小野氏寛紀秋茂津時成等合卅餘人手進交名降請歸伏時淑仁朝臣皆施寛恕賜以衣食班給田疇下行種子就耕教農民烟漸静郡國興復 八月十九

『扶桑略記』承平6年3月6日条

かし承平六年六月、伊予守として着任した紀淑人の寛大な処置に懐柔《かいじゅう》され、配下の海賊とともに降伏し、瀬戸内海の海賊は一旦なりをひそめた。これが通説の純友の乱の第一段階である。つづく第二段階。純友は、天慶《てんぎょう》二年（九三九）十二月、将門《まさかど》の乱の情報に接し、本記事にみえる日振島を拠点としてふたたび海賊活動を始め、各地で掠奪《りゃくだつ》・襲撃を繰り広げたあげく、大宰府《だざいふ》での戦いに敗れ、伊予に逃げ帰ったところで討ち取られた。三年半の空白を隔てて承平年間と天慶年間の二回にわたって、純友は海賊の首領として活動したことになる。これが通説であり、承平・天慶の乱といわれるゆえんである。

『扶桑略記』記事と二つの記事の「原史料」

つぎに『扶桑略記《ふそうりゃくき》』承平六年夏六月条（以下、『略記』記事）をあげて、『紀略』記事とくらべてみよう。『紀略』記事同様、現代語訳にしてみた。

「南海道賊船千余艘が海上に浮かび、官物を強取し、人命を殺害していた。それによって上下を往来する人・物は不通になっていた。」そこで勅《ちょく》によって従四位下《じゅしいのげ》紀朝臣淑仁《あそんよしひと》を賊地伊与国大介《おおすけ》に補し、海賊追捕事を兼ね行わせたところ、賊徒らはその寛仁泛愛《はんあい》の状を聞き、二千五百余人が過を悔い刑に就いた。魁帥の小野氏寛・紀秋茂・津時成らあわせて三十余人が手を束ね、交名を進め帰伏を降請してきた。時に淑仁朝臣は皆に寛恕《かんじょ》を施し、衣食を賜い、田疇《でんちゅう》を班給《はんきゅう》し、種子を下行《げぎょう》し、耕に就かせ農を教えた。「こうして民烟《みんえん》は漸《ようや》く静まり、郡国

飛駅奏言……………………………………………………………………

馳駅《ちえき》とも。律令法で，非常事態に際し，中央と諸国の間で駅馬を乗り継いで交わされる緊急連絡。書式は公式令《くしきりょう》上式・下式に規定され，下式は勅《ちょく》，上式は奏《そう》である。公式令は飛駅奏言すべき事項，行程は1日10駅以上であることを規定する。『儀式』は飛駅儀として飛駅勅符作成と飛駅使発遣作法を定める。非常事態である反乱(謀反・謀叛，凶賊・凶党)の発生報告，鎮圧指令，鎮圧報告などの連絡は，飛駅奏言，飛駅勅符でなされる。9世紀末以降，飛駅解文(飛駅言上)・飛駅官符《かんぷ》も増えてくる。

国解・解文…………………………………………………………………

律令法で，所管・被管関係のある下級官司から上級官司に上申する文書形式を解《げ》といい，国司が太政官に提出する解形式の文書を国解という。書式は公式令解式条に規定され，「某(国名)国解申其(申請内容)事」の書出文言《かきだしもんごん》で始まり，「右」で始まる本文＝申請内容，「謹解」の書止文言《かきどめ》，年月日，国司四等官全員の位署の順で記す。個人の上申文書や売券や訴状としても使われ，解文・解状・申文ともよばれた。

は興復した。」

一見してわかるように、「　」部以外の主部の記事は非常によく似ている。紀淑人が伊予守兼追捕海賊使になり、その寛大な心を知って小野氏彦ら首領三〇人は謝罪して恭順の意を示し、彼らに率いられた海賊二五〇〇人が全員降服したという内容であり、文の構成はそっくりである(『略記』が名前を「淑仁」「氏寛」とするのは「寛仁」に掛けたもの)。それは原史料が同じだからである。両者に共通な主部の内容は、伊予守紀淑人が自分の人格の力で海賊を全員投降させ、更生させたという手柄話なのである。

平安時代、国衙《こくが》は、謀反《むほん》・群盗《ぐんとう》・海賊など重大な刑事事件を平定したら、政府に、犯人の姓名、事件の内容、平定までの経過、平定に勲功をあげた殊勲者などについて、飛駅奏言《ひえきそうげん》(早馬《はやうま》での緊急報告)または国解《こくげ》(通常の行政報告)で報告することになっていた。両史料の主部は、このような海賊平定報告・勲功申請の要件を備えており、両記事の原史料は伊予守紀淑人が政府に提出した、「寛仁」による無血一斉投降の勲功を誇示する国解＝海賊平定報告書であったとみて間違いない。その原史料となった国解(以下、原国解)が、『紀略』記事と『略記』記事の二系統に変容していったのである。

二つの記事の相違点

だが両記事の冒頭部分(「　」内)はまったく違う。『紀略』は「南海賊徒首の藤原純友は、党を結び伊予国日振島に屯聚し、千余艘を設け、官物私財を抄劫している」

陣定《じんのさだめ》

大宝《たいほう》令以来，中央政府は太政官であった。太政官は，最高会議である議政官と事務局である弁官局・少納言局(外記局)で構成された。

議政官は左右大臣・大納言・中納言・参議の公卿で構成されていた。10世紀には，通常，内裏の陣座《じんのざ》(左近衛陣座)を議場に陣定が行われた。天皇御前での「御前定《ごぜんさだめ》」，殿上の間での「殿上定《でんじょうさだめ》」，宜陽殿《ぎようでん》公卿座での定，摂関里第での定など，議場は時と場合によってさまざまであった。総称して公卿議定というが，ここでは陣定について述べる。

陣定では大臣か大納言が議長(上卿《しょうけい》)となって，公卿を招集して蔵人頭《くろうどのとう》から提示される天皇の諮問《しもん》事項(儀式関係・諸国申請事項・受領《ずりょう》成績判定など)を議題として審議された。審議は末席の参議から順次意見を述べ，記録係(執筆)の参議がいちいち筆録していく。途中で意見が分かれると議論が行われ，自説を撤回してよりよい意見に同調したり，自説に固執して譲らなかったりするが，難題でも議論を重ねて落ち着くところに落ち着く場合が多かった。それでも意見が一本化しないこともあるが，陣定は意見集約が目標ではなく，最終的に残った意見を各論並記のかたちで発言公卿名(賛成公卿名)とともに「定文《さだめぶみ》」に筆録して天皇に奏覧する。

この定文の意見を参考に天皇(摂関)が決定を下すのである。この間，天皇の仰せを摂関や上卿に，上卿の奏覧を摂関や天皇に取り次ぐ天皇秘書官が蔵人頭や蔵人である。摂関は定文を裁許する立場であって，列席して意見を述べることはない。

純友の乱に対する摂政忠平率いる政府の対策会議も，基本的にはこのような手順で行われた。

陣定復原図

とあり、純友を日振島を拠点に瀬戸内海で掠奪を繰り広げる「南海賊徒首」としているのに対し、『略記』は、「南海道賊船千余艘が海上に浮かび、官物を強取し、人命を殺害していた。それによって上下を往来する人・物は不通になっていた」であり、純友も日振島も出てこない。どちらの記事が原国解に近いのであろうか。『紀略』記事であるなら承平年間の海賊の首領は通説通り純友になるし、『紀略』記事冒頭が後世の加筆・改作であるなら『紀略』記事「　」内は史料としての信憑性《しんぴょうせい》を失うことになる。事は重大である。

不思議なことだが、私が取り上げるまで『紀略』記事と『略記』記事の信憑性について比較検討が試みられたことはなかった。それは『日本紀略』が太政官《だいじょうかん》の公式政務日誌である「外記《げき》日記」を主たる資料に編纂《へんさん》されたものであるのに対し、仏教年代記である『扶桑略記』には、信じがたい霊験譚《れいけんたん》も多数採録されており、一般的に『日本紀略』の信頼性の方が高いからである。しかし、『扶桑略記』には種々の典籍・記録を引用しているとはいえ、その根幹部分は「外記日記」の抄出《しょうしゅつ》であり、『略記』の内容すべてが史料的価値に乏しいわけではない。とくに当該記事は特定の日付で表示された条ではなく（『日本紀略』は「某日」条、『扶桑略記』は「夏六月」条）、「外記日記」によるものではないと考えられる。両記事の信憑性の優劣は、史料批判という学問的手続きによって決さなければならないのである。

まず両者の末尾「　」部分に注目しよう。『紀略』記事は「これを前海賊と号している」とあるが、『略記』記事にはなく、『略記』記事は、対句《ついく》形式の文章をしめくくる「民烟は漸く静まり、

外記日記……………………………………………………………………………

太政官の外記が記録した公的日記(政務日誌)。『扶桑略記』治暦《ちりゃく》3年(1067) 4月27日条に「是より先，窃かに外記日記二百巻を盗まる。新たに写し文殿《ふどの》に納め了ぬ」とあるように，平安後期までは膨大な量の日記が文殿(局底)で書写・保管・利用されていた。しかし外記の職務が局務《きょくむ》家中原・清原両氏の家業化していくなかで局務家の私日記がそれに代わるようになり，公日記の外記日記の書き継ぎは行われなくなっていった。平安時代の外記日記は，現在では逸文が伝わるにすぎない。『日本紀略』の宇多天皇以後の部分や『本朝世紀』，『扶桑略記』の年代記部分は，外記日記を主要な材料として編集されたもの。

史料批判……………………………………………………………………………

『日本紀略』記事と『扶桑略記』記事を対比し，その矛盾を徹底的に追究して原国解の内容を推論する本論のような史料操作の手続きを，歴史学では「史料批判」という。史料批判は歴史学が科学であるための必要条件である。「史料を逆なでに読む」とは，厳格な手続きでかつ柔軟な発想で史料批判をする，ということである。

史料批判について歴史学概論の古典的名著，ベルンハイム『歴史とはなんぞや』(坂口昂・小野鉄二訳，岩波文庫，1935年)は，「(史料)批判が決定すべきは，われわれの前にある史料証拠とそれからの結論として生ずる事項との事実性如何である。しかして批判の第一職能は，それぞれの史料におよそ証憑能力ありと認め得るか否か，またその程度如何について史料を選別かつ調査し，次に史料をさらに利用するための整頓(外的批判)にある。さらに諸証拠の内的価値，証拠力を確かめ，かつそれら証拠を彼此相互に検査考量(内的批判)し，最後に，獲た材料を時と所とに従って配列するにある。」と定義する(p. 177参照)。これではやや難解だが，多くをベルンハイムに依拠する今井登志喜『歴史学研究法』(東京大学出版会，1953年)は，「史料批判はその聚集された多くの史料がはたして証拠物件として役立つや否や，またもし役立つとするもはたしていかなる程度に役立つかを考察することである。これは大体前から用いられていた考証という語に当るが，Kritik という鋭い原語を生かしてこの訳語を用いる」とわかりやすく定義している。

郡国は興復した」という対句で終わっている。この違いはどこからくるのか。

『紀略』記事末尾の文言は、天慶二年十二月に始まる純友の本格的反乱を「後《のち》の海賊」と見立てたうえで、承平六年に平定されたこの海賊を「前の海賊」と特記しているのである。言い換えれば承平六年六月の時点からみれば、未来のできごとを歴史事実として認識したうえで書かれた文言なのである。したがって、承平六年六月に淑人が書いた原国解にはなかったと断定しなければならない。『紀略』記事は、明らかにのちの知識による加工が施されているのであり、それは史料としての信頼性を著しく損ねるものである。

『日本紀略』記事の矛盾

そうなれば、記事全体を疑ってかからなければならなくなる。記事全体をみても『紀略』記事はおかしいことに気づく。冒頭「　」部で海賊の首領を純友だといっておきながら、主部では「魁帥」すなわち首領が小野氏彦・紀秋茂・津時成ら三〇余人いるといい、そのなかに純友の名はない。にもかかわらず海賊は全員投降したという。純友はどうなったのだろう。純友が投降したのなら三〇余人の最初に名前が出るべきだし、投降していないのなら海賊平定を誇らかに宣言できない。全員投降とは別の事情で最高指導者純友が寝返ったのなら、そのことは特記しなければなるまい。いずれにしても、最高指導者純友がどうなったか、わからないのである。

このように『紀略』記事は、冒頭「　」部と主部が大きく矛盾している。逆に、『略記』記事は冒頭「　」部と主部との間に何の矛盾もない。私は『紀略』記事の矛盾は、『略記』記事のよ

安芸灘
山口県
岩国
山陽自動車道
188
光
斎灘
燧灘
今治
196
今治小松自動車道
317
松山
松山道
11
石鎚山
33
伊予灘
378
松山自動車道
56
愛媛県
四万十川源流
197
八幡浜
速吸瀬戸（豊予海峡）
378
高知県
日振島
大分
宇和島
豊後水道
56
四万十川
大分県
56
佐伯
321
0
30km
足摺岬

日振島位置関係

うな原国解の冒頭「　」部を、別の記事と差し替えたことによって生じた矛盾であると考える。『略記』の記事の方こそ、承平六年六月に淑人が提出した原国解に近い体裁だったのである。『略記』記事末尾の「民烟は漸く静まり、郡国は興復した」は、前の文言から続く対句形式といい、海賊平定を誇らかに報告する国解の末尾を飾るにふさわしい文言である。

なぜ日振島が根拠地に

それればかりではない。『紀略』記事冒頭は、純友が日振島を基地として、瀬戸内海を荒らしまわっているといっている。読者は日振島がどこにあるかご存知であろうか。瀬戸内海の島ではない。日振島は、豊後水道《ぶんごすいどう》の激しい潮流と波浪《はろう》のなかに浮かぶ、極端にいえば太平洋の孤島である。このような日振島を基地にして、瀬戸内海を荒らしまわることなど不可能である。

それでは『紀略』記事冒頭「南海賊徒首の藤原純友は、党を結び伊予国日振島に屯聚し、千余艘を設け、官物私財を抄劫している」は、後世のまったくの作り話なのであろうか。私はそうは思っていない。五章で述べるように、この記事は承平六年六月から数えて五年後の天慶四年五月の大宰府襲撃を前にした純友が、天慶三年十二月から翌年四月ごろまで、政府軍の追及をのがれて日振島に潜伏していた事実を語っている。すなわち『紀略』記事冒頭は、そのころ政府と伊予守紀淑人との間で取り交わされた国解や官符《かんぷ》の文言をもとにした記事なのである。

こうして『紀略』記事を退け、『略記』記事を信用するなら、承平年間、純友が海賊の首領で

紀淑人

父は中納言長谷雄《はせお》。兄弟に『古今和歌集』真名序を書いた淑望《よしもち》，従三位参議になった淑光《よしみつ》らがいる。父・兄弟は文章生《もんじょうしょう》出身コースの文人貴族の官歴を歩み，詩人・歌人として名高い。淑人の歌も『古今和歌集』に一首採録されているが，『古今和歌集目録』が載せる淑人の官歴は，一般官人＝受領層のそれである。延喜《えんぎ》9年(909)左近衛将監・蔵人，延喜13年従五位下，延長《えんちょう》3年(925)従五位上・左衛門権佐(検非違使佐)，承平5年(935)正月23日河内《かわち》守を経て，承平6年5月26日に検非違使佐のまま追捕南海道使兼伊予守となり，6月承平南海賊を一斉投降させた勲功により従四位下，そのまま伊予守在任，純友の乱後の天慶6年(943)丹波《たんば》守，天暦《てんりゃく》2年(948)河内守に任じたのが最後である。『尊卑分脈《そんぴぶんみゃく》』では淑望・淑人・淑信・淑光の順に排列され，淑望は延喜6年，淑光は延喜9年に従五位下に叙されている。文章生コースでない淑人が弟に先を越されることは大いにありうる。淑光は天慶2年死去したとき71歳だったから(『公卿補任』)，貞観《じょうがん》11年(869)生まれである。すると淑人は，追捕南海道使に任じられた承平6年，70歳前後だったと思われる。

老齢の歌人紀淑人

『古今和歌集目録』に彼の履歴が出ているのは，『古今和歌集』に彼の歌，

　　秋の野に　妻なき鹿の　年を経て　なぞ我が恋の　かひよとぞ鳴く

が収められているからである。ふつう，どうして長年自分の恋は叶わないのか，と解釈されると思われるが，晩秋の野に寂しげにたたずむ牡鹿《おじか》の鳴き声に仮託して，亡き妻の面影を偲《しの》んで涙している情景を思い浮かべたい。いずれにしても武人が読む歌ではない。このような文弱の老人が着任してすぐに，その寛大さを聞いて海賊が一斉投降したというのである。かなりの違和感がある。

閑話休題。鳴き声の擬音語「カイヨ」は面白い。平安時代の鹿は「カイヨ」と鳴いていたようだ。そういえば，平安時代の犬が「ビョ」「ビョウ」と鳴いていたことが話題になったことがある。

あったという証拠はなくなる。

2 『日本紀略』記事の改竄目的

模範とすべき名文

それではなぜ、『紀略』記事にこのような作為がなされたのであろうか。それは原国解《こくげ》を書いた紀淑人《きのよしと》が、『古今和歌集《こきんわかしゅう》』真名序《まなじょ》を書いた紀淑望《よしもち》の弟であり、文人《ぶんじん》貴族だったからである。原国解は、文体よりもその内容が名文だった。すなわち海賊勢力が淑人の寛仁《かんじん》なる人柄に心服して全員投降したという平定の仕方が、儒教《じゅきょう》的徳政《とくせい》観の模範として賞賛されるべきものだったのである。そのような模範となる名文のなかで、平定した相手が記憶の彼方に消えた無名の海賊であったら、その名文の価値は半減する。悪役は貴族たちの歴史的記憶に焼きつけられている純友《すみとも》でなければならない。こうして時期を異にする二つの伊予《いよ》国解（どちらも紀淑人作）が接合《せつごう》されて『紀略』記事がつくられたのである。何のために？

敦光勘文《あつみつかんもん》と院政期の海賊

文章博士藤原敦光は，父明衡《あきひら》・兄敦基《あつもと》とともに三蘇《さんそ》(蘇泉《そせん》・蘇軾《そしょく》・蘇轍《そてつ》)に擬せられた当代随一の学者であり，多くの編著・詩文を残している。敦光勘文は，保延元年(1135) 7月1日，崇徳天皇が諸道博士に求めた天下の変異疾疫・飢饉・盗賊対策についての諮問に，敦光が勘申《かんじん》(答申)したものである。中国の故実を引用し，災異の起こる要因を述べ，その救済の方法を論じる，という構成をとり，その博引旁証は彼の学才を遺憾なく示すものであるが，強く意識している三善清行《みよしきよゆき》の意見十二箇条に比して具体性に欠き，観念的抽象的思弁に終始している。それは，敦光が政治家・実務家でなく文人だったからであるが，それ以上に，院政期にはもはや中央政府が地方社会の深部に対して，実効性ある施策をすることができなくなっていたからである。

盗賊対策については，『紀略』記事を引用し，淑人に倣って良吏を派遣し，帰降を求める盗賊に田地を与えれば，国は富み犯罪はなくなる，と論じている。しかし当時問題になっていた海賊の実態は，延暦寺《えんりゃくじ》や興福寺《こうふくじ》の悪僧，石清水八幡宮《いわしみずはちまんぐう》や祇園社《ぎおんしゃ》に奉仕する神人《じにん》とよばれる人びとであった。彼らが，寺社荘園の年貢を元手に貴族・国司から庶民までの広汎な階層に高利貸を行い，債務《さいむ》者である国司らの運京船を襲撃して暴力的に債権を回収する活動を，海賊とよんでいた。田地を与えれば収まるという認識は(負名《ふみょう》体制に取り込むという紀淑人の現実的な施策とは異なり)，実態を知らない机上の作文でしかない。保延元年の実際の海賊対策は，平忠盛《ただもり》を追討使に任じ，配下の武士によって鎮圧させることであり，忠盛は自分の従者になろうとしない武士や神人を海賊とみなして捕縛させた。

平安時代の政府は、祭礼・儀式・政務処理などのあらゆる行事を、先例をひもとき先例に照らし合わせて執行《しっこう》していた。海賊対策についても同じであり、神仏に平定祈願するにしても、追討《ついとう》勅符《ちょくふ》・追捕官符《ついぶかんぷ》によって鎮圧を指令するにしても、先例とする願文《がんもん》や官符・国解の文言を参考にして、願文・官符を作成していた。依拠すべき先例は、神仏に願いが届き、国司《こくし》や武士を奮《ふる》い立たせる感動的な名文がよい。そのためにも悪役は、著名な純友でなければならないのである。『紀略』記事はこうして、文人貴族・実務官人が海賊平定のための先例として利用する便宜のために改作された、と私は考える。

「冤罪」の定着

保延《ほうえん》元年（一一三五）七月、文章博士藤原敦光《もんじょうはかせふじわらのあつみつ》は、崇徳《すとく》天皇の飢《き》饉疫病《きんえきびょう》盗賊対策についての諮問《しもん》に答えているが、盗賊対策については『礼記《らいき》』『呂氏春秋《りょししゅんじゅう》』『後漢書《ごかんじょ》』の記事を引用して論じたあと、純友を「南海賊徒首《なんかいぞくとのかしら》」とする『紀略』記事を抄出《しょうしゅつ》して、海賊に対して淑人のときのように寛大な処置をするのが国内を安定させ豊かにさせる第一の方策である、と述べている。『紀略』記事はこのように利用されたのであった。

改作した文人貴族は、決して悪意から純友を「承平南海賊《じょうへいなんかいぞく》」の張本《ちょうほん》に仕立て上げた訳ではなかった。文人たちは、直面する（あるいは将来直面するであろう）海賊を平定するために必要な名文として利用するために、プラグマティックな観点に立って改作して太政官《だいじょうかん》書庫（官文殿《かんのふどの》）や文人家の文庫に保管していたのである。そしてそれが『日本紀略』に載せられたのである。しか

反乱対策と名文

寛仁《かんにん》3年(1019) 4月21日，九州北部に来襲した刀伊《とい》賊に対する対策の一環として，諸社奉幣使《ほうべいし》が発遣されることになった。24日，大納言藤原実資《さねすけ》は，思いがけず文人小野美材《おののよしき》自筆の「寛平六年新羅凶賊の時の宣命《せんみょう》」の草案を入手したので，「宣命の趣が太だ優」なることを示すために，奉幣使発遣の上卿《しょうけい》(担当公卿)大納言藤原公任《きんとう》に書写して送った。公任は，「美材は文華抜群の者なり。菅家集(菅原道真の詩文集)に見ゆ」と，実資に感謝の返事を書き送ってきた。同27日，摂政頼通《よりみち》から，大宰府に命じる刀伊賊対策策定の上卿を命じられた実資は，陣定(公卿会議)で対策案をまとめ，頼通の裁可を得たうえで官符案の作成を左中弁経通《つねみち》に命じた。5月3日，実資は，頼通から「農業を懈怠《けたい》すべからず」の文言が「要須」だという指摘を受けて官符を修正させ，翌日発給させた。実資は日記『小右記《しょうゆうき》』に，弁官局が官符修正の資料として使ったと思われる，寛平5年(893)閏5月3日新羅海賊追討勅符の「当今の務，農要に在り。時を失わしむること勿れ。且は征し且は田するは，良将の術なり」の文言を書写し，また「耕種」の文言を含む著名な文人都良香《みやこのよしか》作の元慶《がんぎょう》2年(878) 4月28日出羽夷賊追滅勅符を「この勅書，大いに優なり」として全文書写している。これらの宣命・勅書は，弁官局文殿収蔵文書のなかにあったものと思われる。著名な文人が作成した過去の宣命・勅符の名文が，のちの反乱対策の宣命・勅符官符作成の参考にされていたことがわかる。

しこの改作文は、その後一人歩きを始める。のちの世代の人びとは、『紀略』記事をみて、純友が承平南海賊の首領であると信じるようになったのである。それは今日までつづいている。

以上、『紀略』記事を「逆なでに」読むことで一つの結論が出た。『紀略』記事を信用してはいけない。承平年間、純友が海賊の首領であったという通説の唯一の拠《よ》りどころは崩れ去った。逆に、次章でくわしく述べるように、承平六年三月、純友は海賊を追捕せよとの宣旨《せんじ》を受けて海賊勢力の説得にあたり、六月、着任早々の伊予守《かみ》紀淑人に一斉投降させるお膳立てをしたというのが、承平南海賊平定の真相であった。純友は海賊勢力の最高指導者どころか、海賊平定の最高殊勲者だったのである。

こうして一〇七〇年を経て、純友の冤罪《えんざい》はようやくにして晴らされた。純友は草葉の陰でよくぞやってくれたと喜んでくれているに違いない。

だいぶ回り道をしたが、読者にとっても、そんなに退屈ではなかったのではないかと思いたい。歴史家の仕事の面白さはこんな所にある。それではお待ちかね、『紀略』記事の呪縛から解き放たれた自由な立場から、純友の「真実の物語」に迫っていこう。

3章

純友蜂起

すでに彼の生来の心は一変していた。
「失意」の苦しみをなめて浮き世をすね、
自尊の心は高く、節をまげることはない。
（バイロン『海賊』第一編十一）

年号	西暦	月	日	事項
天慶2	939	閏7	5	反受領運動鎮静のため，臨時除目で藤原子高備前介に補任
		9	28	五畿七道に制兵官符がだされる
		12	—	純友，伊予国出国
			17	紀淑人の純友召進を求める国解が京都に届く
			19	公卿ら陣座において審議
			21	純友召進官符の発給
			24？	子高，国庁にて官符を受け，上洛をはかる
			26	純友ら，摂津国須岐駅で藤原子高らを襲う
3	940	1	1	藤原忠平，諸道追捕使を任命する
			3	承平南海賊の際の勲功者に臨時除目
			30	純友，五位叙爵
		2	10？	純友，位記を賜り，奏慶のため上洛をめざす
			22	忠平，将門死すの情報を得る
			25頃	純友，上洛かなわず摂津国河尻港から引き返す

1 藤原純友と伊予守紀淑人

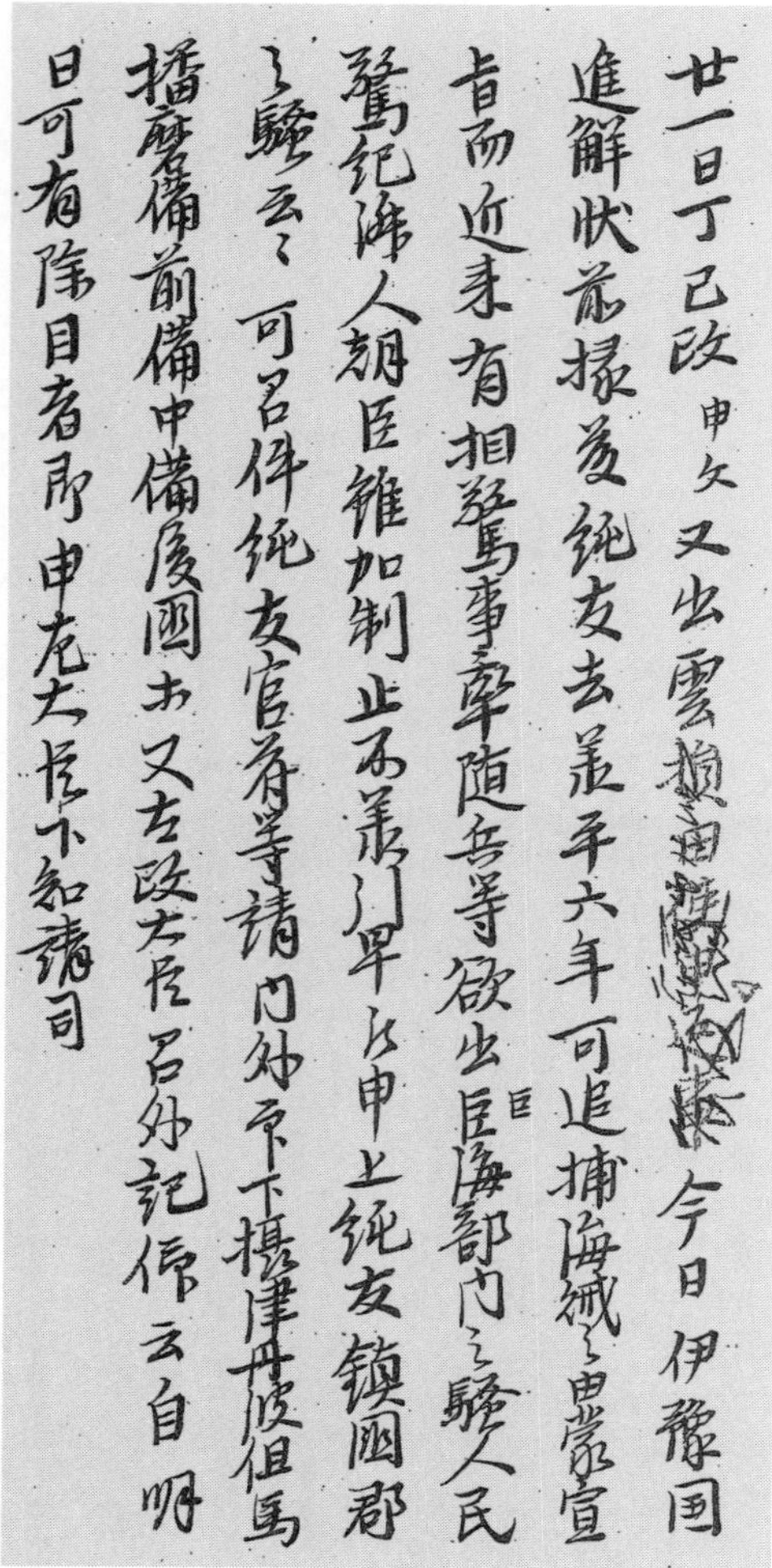
廿一日丁巳政申文　又出雲[illegible]　今日伊豫国
進解状前掾藤純友去承平六年可追捕海賊之由蒙宣
旨而近来有相驚事率随兵等欲出巨海部内之騒人民
驚愕紀淑人朝臣雖加制止不承引早召上純友鎮国郡
之騒云々　可召件純友官符等請印外記下摂津丹波但馬
播磨備前備中備後国等又左大臣召外記伝仰云自　明
日可有除目者即申左大臣下知諸司

『本朝世紀』天慶２年12月21日条

巨海に出ず――純友出撃

天慶《てんぎょう》二年(九三九)十二月中旬、純友《すみとも》は、国司紀《こくしきの》淑人《よしと》が止めるのも聞かず、部下を率いて伊予《いよ》国を出た。『本朝世紀《ほんちょうせいき》』同年十二月二十一日条は、十七日に伊予国から届いた解状《げじょう》(同解)の内容をつぎのように記している。

前《さきの》伊予掾《じょう》藤原《ふじわら》純友は去る承平《じょうへい》六年に追捕宣旨《ついぶせんじ》を蒙《こうむ》って海賊追捕を命じられた男である。その純友が最近驚くべきことに随兵《ずいひょう》を率いて巨海に出ようとしている。国内は騒然とし人民は驚愕《きょうがく》している。国守《こくしゅ》紀淑人は制止したが、純友はそれを振り切って伊予を出た。政府においてはすみやかに純友を京に召喚《しょうかん》され、伊予国内の騒然とした状況を鎮静していただきたい。

純友の出撃は、受領《ずりょう》淑人にとっても伊予の人びとにとっても寝耳に水の衝撃であった。誰も純友が反逆するような人物だとは思っていなかった。純友が伊予国内で事件を起こしたから国内が騒然としているのではない。出撃自体が国郡の騒ぎとなっているのである。どういうことか。純友は、伊予の人びととの間で絶大な人気と信望を集める英雄だった。その純友が軍勢を率いて伊予を出る。その真意をはかりかねて人びとは騒然とし、行動をともにすべきかどうか浮き足立っていたのである。

淑人はただちに政府に通報した。純友が、かつて承平六年(九三六)に追捕宣旨を受けて海賊平定に尽力した人物であることを力説しつつ、追捕ではなく召喚で対応するよう求めたのである。

純友が出た「巨海」とは？

古代瀬戸内水運史の権威である松原弘宣《まつばらひろのぶ》氏は，著書『藤原純友』(吉川弘文館，1999年)のなかで，天慶２年12月，純友が随兵を率いて出ようとした「巨海」とは，「常識的にみれば東シナ海」であり，「西瀬戸内海地域」の「海賊集団」を「基盤とする純友が…まさしく東アジア交通・交易へ参加しようという意志の表明であった」と述べている。私が本書で描く純友とはまったく異なる純友像であり，歴史愛好者のロマンを掻《か》き立てるスケールの大きい話である。しかし，事実立脚性と論理整合性にたえない主張は，歴史学ではなくファンタジーである。

随兵を率いて「巨海」に出た純友を，政府が備後以東の瀬戸内海諸国に召喚官符を出して待ち受けさせていることからも，政府は伊予守紀淑人の国解によって純友が備前方面にあらわれることを予測していたことがわかる。純友が乗り出そうとした「巨海」とは，まぎれもなく瀬戸内海だった。瀬戸内海を「巨海」とする史料は他にもある(『類聚三代格』貞観９年(867) ３月27日官符)。

『貞信公記』

関白太政大臣藤原忠平の日記。名称は忠平の諡《おくりな》による。自筆本や忠実な写本は遺されておらず，忠平の子実頼《さねより》による抄出本が伝存する。延喜７年(907)～天暦２年(948)の記事があるが，その間の欠落部分も多い。抄出本であるから記事は簡略化され，儀式・政務の詳細は記されておらず，解釈が難しい記事も多いが，史料の乏しい10世紀前半の政治・社会を知るうえで，きわめて貴重な史料である。『大日本古記録』所収。

淑人は、純友が取り返しのつかない事件を起こす前に、踏みとどまらせようとしたのだ。淑人も純友に厚い信頼を寄せていたのである。

純友は何を思って伊予を飛び出したのか。淑人と対立していたわけではない。「巨海」を東シナ海と見立てて、東シナ海へ雄飛しようとしたという説を唱える人もいるが、瀬戸内海を「巨海」とする史料は他にもあり、無責任な妄想にすぎない。純友は備前《びぜん》国を目指したのだ。何のために。反乱の火蓋《ひぶた》が切られるまであと半月。だが、劇的な序幕については二節まで待っていただき、本節では、伊予における淑人と純友の関係を語ることにしよう。

承平南海賊と伊予掾純友

延長《えんちょう》九年(九三一)正月二十一日、摂政《せっしょう》藤原忠平《ただひら》が海賊について醍醐《だいご》天皇に奏聞《そうもん》したことが、承平年間の海賊に関する初めての史料である(『貞信公記』)。九世紀中葉から後半にかけて政治問題化した海賊が一旦鎮静したあと、半世紀ぶりに瀬戸内海に姿をあらわした海賊は、以後、承平六年六月に平定されるまで六年間にわたって瀬戸内海を荒らしまわった。私はこの海賊を「承平南海賊《なんかいぞく》」とよび、天慶二年十二月に始まる純友の乱と区別しているが、この理解は近年ではおおむね支持されている。

承平二年四月には追捕海賊使が派遣され、同三年十二月に「南海国々海賊いまだ追捕に従わず、遍満《へんまん》す」という状況のもとで「国々警固使《けいごし》」が配置されたが、同月、諸国の受領に、国内居住衛《え》府舎人《ふとねり》の暴力行為を「強盗」に準じて追捕せよ、と命じていることが注目される。承平南海賊の

9世紀の海賊

9～10世紀の海賊は，政府の地方政策・財政政策による圧迫に対する地方有力者たちの抵抗運動という側面が強い。

9世紀後半の海賊は，主として請負能力を超えた調庸官米などの中央貢納物の運京《うんきょう》を国司から請け負わされた郡司富豪層が，請負額に達しない未進《みしん》分の穴埋めのために襲撃・掠奪したり，あるいは海賊被害を偽装して被害額分の弁償免除を認めさせようとするものであった。海賊被害偽装は，運京調庸を民部省でチェックして大蔵省(米の場合，大炊寮)に納める律令制的財政構造のもとでは，きわめて有効な未進分責任回避すなわち脱税の方法であった。被害場所を管轄する郡司の被害証明さえあれば，受付窓口の民部省は被害額分の納入を免除したからである。ところが9世紀末～10世紀初頭の財政構造改革によって，民部省の窓口チェックは廃止され，国司は国内から随時国司の在京倉庫に進納させ，本来，大蔵省から受給されていた消費官司の随時の請求に応じて進納する財政構造へと転換した。国から京へのモノの運搬は国司の私的領域となり，政府が被害額分を弁償免除することも制度的に廃止された。こうして9世紀末には，政治問題としての海賊問題は消滅したのである。

平安時代の海賊は，海賊を専業とする極悪人集団や零落《れいらく》した窮民集団でもなければ，瀬戸内交易権の独占をめざす海運業者集団の活動でもない。

正体が実は衛府舎人であったことを示唆《しさ》している。翌四年七月と十月にも追捕海賊使が派遣されたが、同年末には伊予国喜多《きた》郡不動三〇〇〇余石《こく》が奪い去られ、翌五年になっても「頃年、海賊追捕に従わず」「海賊いまだ平伏せず」という状況であった。

このような長期にわたって活動した海賊勢力は、一人の英雄的指導者のもとに結集した集団ではなかった。一章で述べたことであるが、承平六年六月に一斉投降したときに「魁帥《かいすい》小野氏彦《おののうじひこ》・紀秋茂《あきもち》・津時成《つのときなり》らあわせて三十余人、手を束《つか》ねて交名《きょうみょう》を進め帰降す」とみえるとおり、小野氏彦・紀秋茂・津時成ら三〇余人をそれぞれ首領とする小集団が乱立し、各個に活動していたのである。この小集団の乱立状態は承平南海賊の正体と関係している。

九世紀末まで免税特権を保障されてきた国内居住衛府舎人に対して、十世紀初頭に受領の課税権が認められ、過剰人員の大規模な削減が強行され、抗議行動をする衛府舎人は弾圧された。とくに、大粮米《たいろうまい》負担国に指定された瀬戸内海諸国の衛府舎人には、大粮米徴収権も認められていたから、特権剝奪のダメージはほかの地域にくらべて甚大であり、抵抗運動もより過激であった。彼らは解雇と特権剝奪を認めず、大粮米を要求して諸国の官米《かんまい》運京船や米蔵を襲ったのである。それは政府・受領からすれば海賊であった。承平南海賊の実態は、免税特権・大粮米取得権に固執する瀬戸内海諸国居住衛府舎人の反受領闘争だったのである。承平南海賊が長期にわたって抵抗したのも、解雇を不当とする確信犯だったからであり、三〇余グループ、二五〇〇余人だったというのも衛府の所属集団が活動単位になっていたからだと考えられる。

衛府舎人……………………………………………………………………

平安時代の天皇親衛隊＝六衛府の一般親衛隊員である近衛・兵衛《ひょうえ》・門部などを指す。このうちもっとも栄誉ある地位は，内裏内部の日華門・月華門の警衛を担当する近衛舎人＝近衛であった。

9世紀の正規近衛の定員は左右各400人の計800人であったが，定員外の近衛が定員の2倍に達していたという。近衛の任務は，①内裏内門宿衛・夜行《やこう》，②元日朝賀・即位式などでの整列・行進，③行幸供奉《ぐぶ》，④競技儀礼・娯楽儀礼での競技・奏楽，⑤臨時の犯罪鎮圧出動などであり，9世紀前半までは多数の員数を必要としていた。しかし8世紀末の新羅との外交関係解消によって，新羅使参加を想定した大量の衛府舎人が整列する壮大で威圧的な元日朝賀は次第に行われなくなり，京内の犯罪鎮圧任務が検非違使《けびいし》≒衛門府に限定されるようになると，業務は大量の員数を必要としない①④が中心になり(④の任務が増大)，娯楽儀礼で演技・演奏する馬芸・射芸・舞楽などの技能を家業とする少数の近衛だけで任務遂行は可能になっていった。

近衛の実質的任命権は近衛府＝近衛大将にあったから，9世紀後半，地方居住富豪層(大規模経営者)は近衛府に財物を献納して近衛舎人の肩書きを求めたが，それは，①調庸免除特権，②所属近衛府裁判権(すなわち国司の裁判権には従わない)，③給与(大粮米)取得権などの特権を欲したからである。在京勤務するなら当然享受《きょうじゅ》してしかるべき特権であるが，近衛舎人の肩書きを獲得した富豪層はすぐに帰国して大規模経営に従事していた。彼らは，近衛舎人の免税特権を楯《たて》に国衙の徴税を拒否し，暴力的納税拒否に対して所属近衛府裁判権を楯に出頭に応じず，大粮米徴収権を主張して国衙倉庫から米を奪取した。9世紀後半～10世紀初頭の国衙にとって，国内居住衛府舎人問題は，国内支配を危機に陥《おとしい》れる重大な政治課題になっていた。

そこで寛平・延喜の国制改革のなかで，宮廷儀礼の再編整備とともに，脱税闘争の隠れ蓑である大量の余剰衛府舎人の大規模削減政策を推進しようとしたが，諸国衛府舎人の抵抗運動にあってなかなか進展しなかった。承平南海賊は，このような瀬戸内海沿海諸国居住衛府舎人集団の抵抗運動であった。

俗説では『日本紀略《にほんきりゃく》』承平六年六月条の冒頭記事から、前伊予掾藤原純友が承平南海賊の首領であり、伊予国日振島《ひぶりしま》を拠点に海賊活動を繰り広げていたとされるが、この俗説の唯一の根拠に信憑性がないことはすでに述べた。

一章で述べたように、純友は承平二年正月に伊予介《すけ》（受領）になった藤原元名《もとな》により伊予掾に推挙され、元名とともに伊予国に赴任し、同五年暮れに帰京した。その四年間は海賊がもっとも猛威を振るっていた時期である。掾は本来、守《かみ》のもとで検察を担当する地位であり、純友が受領元名のもとで海賊追捕の任務につかなかったはずはない。そもそも元名が純友を掾に推挙したのも、不遇をかこつ一門を憐れんだだけではなく、純友の噂に高い武勇を海賊平定に利用し、みずからの功績として出世につなげようとしたからであった。

純友は四年間の伊予掾在任中、海賊追捕を任務としながらも海賊勢力＝解雇衛府舎人グループとかなり深く接触していたと考えられる。彼らの不満、彼らの願望に、同じく不平をかこつ身として共感するところがあったに違いない。期待された成果をあげることもなく、純友は承平五年暮れ、元名の任期満了とともに京に戻った。しかし彼は、伊予国や近隣諸国に巧《たく》まざる種を蒔《ま》いていた。海賊勢力＝解雇衛府舎人たちから、大きな信頼を得ていたのである。帰京後に昇進もあらたな任官もなく、純友の肩書きは「前伊予掾」となった。

紀淑人の追捕海賊使任命時期についての諸説

本書では，承平６年５月26日に紀淑人が伊予守兼追捕南海道使に任じられたことを当然のように書いた。その根拠は，『古今《こきん》和歌集目録』の履歴の「六年五月廿六日依為追捕南海道使任伊予守兼左衛門権佐」という記事にある。この記事と『紀略』の主部「以紀淑人任伊予守，令兼行追捕事」を重ね合わせれば，上記以外に解釈の余地はないように思われる。

しかし，本書でみたように私の『紀略』記事史料批判によって『紀略』記事の権威が失墜したことが百家《ひゃっか》争鳴《そうめい》を誘い，最近の研究論文では上記の私の理解に対して異論が多い。それらの研究の特徴は，履歴の「依為」を「たるにより」と読み，すでに追捕南海道使であった淑人はその実績によって承平６年５月26日に伊予守に任じられた，と解釈する点にある。私の解釈では「となすにより」と読む。

「たるにより」と読んだ場合にすぐに問題になるのは，淑人はいつ追捕南海道使に任じられたのか，ということである。短いコラムでは意を尽くせないが，大きく①「追捕海賊使を定めた承平４年10月22日説」(しかし同様の記事は承平２年にもある)，②「承平５年正月23日の河内守任官から伊予守任官までの間で河内守を辞任して追捕海賊使になった時点説」，に分かれる。しかしこれらの説では，『紀略』記事主部(原国解)との整合性が失われ，またその後の展開のつじつまが合わなくなり，何よりも純友の役割がかすんでしまう。

『古今和歌集目録』歌人履歴の補任文言を調べてみると，「任＋官職名」が最も多く，「兼」「補(令外官の場合)」「転」「遷」「如元」などがあり(補任文言がないものも多い)，少数ながら「為」もある。「為＋官職名」の用例は，すべて「となす」と読む。「となすにより」と読んで，はじめて他の史料と整合的に無理なく解釈ができる『古今和歌集目録』の淑人履歴を，あえて「たるにより」と読んで泥沼に足を取られる必要はない。

歴史学の鉄則は事実立脚性と論理整合性であり，それが歴史学の科学性を担保する(遅塚忠躬『歴史学概論』東京大学出版会，2010年)。

表の殊勲者紀淑人と陰の殊勲者純友

承平南海賊の活動が始まって六年目を迎えた承平六年六月、伊予守兼追捕南海道使として着任した紀淑人が、あれほど頑強に抵抗していた海賊たちに免罪と田地・種子支給を条件に投降をよびかけると、その寛大な処分を受け入れた魁帥三〇余人は総計二五〇〇余人の海賊とともに一斉に投降した。二章でみたとおり、『紀略』『略記』の記事はこのように語っている。

淑人が伊予守兼追捕南海道使に任じられたのが五月二十六日であったことは、『古今和歌集目録《こきんわかしゅうもくろく》』の彼の履歴からわかる。拝命してただちに任地に向かったとしても、伊予国府《こくふ》到着は六月上旬であり、着任してすぐに海賊たちは無血一斉投降したことになる。なんとも奇妙な幕切れである。それが淑人の「寛仁《かんじん》」なる人柄によるというのだから、話がうまくできすぎていないか。

その三カ月前の三月に注目したい。摂政忠平の政府は五日に平安宮豊楽院《ぶらくいん》で、十二日に治部《じぶ》省で、あいついで大元帥法《だいげんのほう》を修させた。大元帥法は怨敵・逆臣を調伏《ちょうぶく》する秘密修法《しゅほう》で、政府の軍事的危機意識のバロメーターであり、忠平ら政府首脳が承平南海賊を最終的に平定する決意をかためたことの表現であった。

同じ三月、帰京してまだ三カ月しかたっていない純友に「追捕宣旨」がくだされ、海賊追捕が命じられた。その出陣場面は二章のコラムで想像してみた。摂政忠平は従兄弟良範の息子純友の噂に高い武勇を見込んで、六年にわたった承平南海賊の最終的平定を託し、伊予国警固使に抜擢

大元帥法《だいげんのほう》

「帥」字は慣例として読まない。毘沙門天の眷属《けんぞく》の一つ大元帥明王を本尊として，鎮護国家，敵国調伏のために修する秘法。真言僧常暁《じょうぎょう》が唐からもたらし，承和7年(840) 6月，常暁が山科の小栗栖法琳寺《おぐるすほうりんじ》(京都市伏見区)ではじめて修法し，仁寿《にんじゅ》元年(851)以後，7日～18日の日程で宮中で挙行される国家主催の護国法会として，清涼殿御斎会《ごさいえ》・真言院後七日御修法《ごしちにちみしほ》とともに常寧殿で例修されることになった。法琳寺では，常暁没後も後継者によって例修された。延喜東国の乱，承平南海賊，将門の乱，純友の乱において，乱の調伏のために修せられた。

したのであろう。そして五月二十六日に伊予守兼追捕南海道使に任命された紀淑人が着任すると、海賊たちは一斉に投降したのであった。

この投降の背後に、純友の活動を想定しないほうが不自然である。三カ月間、純友は海賊勢力＝解雇された内海諸国居住衛府舎人の説得工作を進めていたのだ。どんな説得かは、決着の仕方が語っている。伊予掾時代の数年間、純友は彼ら海賊勢力と渡り合い、彼らの不満・願望を知り尽くしていた。投降すれば処罰しない、安定経営を保障する。そのかわりに受領の支配を受け入れ、営田面積に応じておとなしく納税せよ。すなわち「負名《ふみょう》」体制を受け入れよ。これが純友が海賊たちに示した条件である。海賊勢力も出口のみえない長い抵抗運動に疲労困憊《こんぱい》していた。彼らは純友が提示した条件をのんだ。

この純友の根回しこそ、海賊勢力が老齢の文人《ぶんじん》貴族淑人の寛大な人柄を聞いて、一斉投降したという作り話めいた顚末《てんまつ》の真相であった。淑人は着任してすぐ、純友のお膳立てのもとに、海賊勢力の投降を受け入れたのである。すなわち純友こそ、承平南海賊平定の陰の殊勲者だったのだ。降伏した海賊勢力、とりわけ伊予国の海賊勢力は、純友の説得工作のおかげで安定した「負名」の地位が保障されたことに深く感謝したことであろう。純友は彼らの心をつかみ、ヒーローとしてたたえられた。だからこそ三年半後の天慶二年十二月、純友が伊予を出国したとき国中が驚き騒いだのである。その純友が、後世、承平南海賊の首領の濡れ衣を着させられることになった経緯は、二章でくわしく述べた。

純友は勲功申請をしたのか？

承平6年6月の承平南海賊平定時に純友が勲功申請したというはっきりした史料があるわけではない。私が論拠とするのは，『貞信公記抄』天慶3年(940)正月3日条の「いささか除目あり。海賊時軍功を申す人ら」の記事である。本論でも触れたとおり，この時点で「海賊時」というのは3年半前の承平南海賊を指している。

この3年半前に「軍功を申した人ら」のうち，今回の臨時除目《じもく》で任官されたのが，同19日条「遠方・成康任官。軍監・軍曹等に補す」，20日条「文元等任官。軍監に補す」の記事にみえる3人を含む人びとだったと考えるのである。藤原文元は備前介藤原子高襲撃暴行の張本であり，藤原遠方・同成康は，純友の乱平定後の『本朝世紀《ほんちょうせいき》』天慶5年6月21日条に，去年の勲功による衛府任官者リストに名前を連ねている。純友がこの除目の対象になっていないのは，純友が要求したのが五位だったからであり，承平6年6月の海賊平定の状況からみて，純友が「海賊時軍功を申す人ら」の筆頭であったとみるのである。

このような私の推論に対して，3日の除目から19日と20日の任官は日時がかけ離れており，「海賊時軍功を申す人ら」の除目と遠方・成康・文元の任官は無関係であり，20日に任官した文元は，子高襲撃の張本文元と同一人物ではない，との批判が出されるのは自然なことである。しかし，除目＝任官決定と下名＝任官示達手続きにズレが生じるのは，それほど珍しいことではない。とくに将門征討軍幕僚である軍監・軍曹の補任と連動する除目であるから，征討軍幕僚補任の19日・20日に，3日の除目による任官を示達することは，決して異常な事態ではないのである。残された痕跡からいかに豊かな事実を再現するか，歴史家は過去からも未来からも試されている。

以上が，私が純友が承平6年6月の海賊平定時に勲功申請したとみる根拠である。

握りつぶされた勲功申請

六年間も頑強に抵抗した海賊を無血投降させた伊予守紀淑人は、海賊平定を国解で政府に報告した。国解は同時に淑人の勲功申請でもあり、また当時の刑事手続きからいって、純友ら平定側の活動記録（日記）、降伏した海賊らの過状《かじょう》（自白書）、「勘糺《かんきゅう》日記」（尋問調書）など種々の文書が添付されたはずであり、純友も勲功申請を提出した。

そしてこのとき勲功申請をしたのは、伊予国の淑人と純友だけではなかった。

それは天慶二年十二月の純友蜂起《ほうき》直後の正月三日、「海賊時に軍功を申す人ら」（『貞信公記』）に対して、あわただしく任官が行われた事実から明らかになる。ここでいう「海賊時」が承平南海賊を指していることは疑いない。このときの任官者のなかには、純友の乱のキーパーソン備前国住人藤原文元《ふみもと》や、のちに純友鎮圧軍に加わった藤原遠方《とおかた》・藤原成康《なりやす》らがいた。彼らは、純友とともに瀬戸内海諸国に配置され、承平南海賊平定に活動した人びとなのであり、彼らも平定後、勲功申請を提出していたのである。

しかし摂政忠平ら政府首脳が認定した恩賞は紀淑人の従四位下《じゅしいのげ》への昇進だけであり、純友らの勲功申請は黙殺された。恩賞は、文人貴族で老齢の淑人が文筆の力で独り占めする結果になったのであった。淑人は海賊追捕の最高責任者であり、純友はその配下の伊予国警固使にすぎなかった。

純友には、海賊たちが投降したのは自分の功績だという自負があった。どうして自分の勲功申

淑人の恩賞

紀淑人は，承平南海賊平定の恩賞として従四位下に叙された。これについても見解は分かれる。『尊卑分脉』紀《き》氏系図の淑人の注記は，「承平六年正月七日」に「搦捕海賊」賞によって従四位下に加階されたとするが，それは承平6年5月26日に伊予守兼追捕南海道使に任じられ，6月に平定報告書を提出した事実と矛盾する。『尊卑分脈』の人名注記の叙位任官日付には，たしかな史料で確認される日付と異なる場合がかなりあり，全幅の信頼を置くことはできない。しかしp.52コラムで触れた承平4年10月追捕海賊使補任説を唱える研究者たちは，問題の多い『尊卑分脈』の日付を信用し，淑人は承平6年正月までに承平南海賊を平定し，正月7日にその恩賞として従四位下に加階されたとするのである。これでは『古今和歌集目録』の記事も，『紀略』『略記』承平6年6月条の記事もまったく活かされず，純友が3月に海賊追捕宣旨を蒙って伊予に下向したのはいったい何のためだったのか，という根本的な問題に直面することになる。

請が評価されないのか。純友は深く落胆し、強い不満を覚えたことであろう。仮に世間を騒がす陽成《ようぜい》上皇に仕え、忠平にしっぽを振らなかったのだとしたら、そのことも勲功黙殺の理由だったのかもしれない。純友の憤懣《ふんまん》は内向していく。このルサンチマンこそ、三年半後の公然蜂起のエネルギーであった。

淑人と純友の絆

淑人は、純友に後ろめたさを感じつづけたに違いない。自分の従四位下の恩賞は、実は純友の働きのおかげである。なのに自分は純友に何もしてやれなかった。純友が伊予を出るとき、淑人は純友から目的を打ち明けられた。淑人は純友に思いとどまるよう説得し、純友が説得を振り切って出国するやただちに、政府に追捕ではなく召喚するよう願い出た。淑人は純友を罪人にしたくなかったのである。淑人も純友を信頼し、その武勇と手腕に惚れ込んでいたのであった。

淑人が純友と良好な関係を保ったもう一つの理由は、伊予国内をうまく治めていくためである。純友は伊予国内で絶大な人気を誇るヒーローであった。そのような純友を使いこなすことができなければ、それまで長期にわたって国衙《こくが》支配に反抗してきた旧衛府舎人たちをおとなしく従わせることはできない。そのような思いも淑人にはあったに違いない。承平南海賊平定後の三年半、伊予国はうまく治まっていた。それは淑人と純友の連携によるものであった。

純友と淑人の深い絆について語るためには、次節以降の記述と重なることになるが、天慶二年十二月二十六日、純友が摂津須岐《せっつすき》駅で反逆の狼煙《のろし》をあげたあとの二人の関係について触れなけれ

純友と伊予国衙

『倭名抄《わみょうしょう》』に「国府，越智《おち》郡に在り」とあるが，発掘調査ではまだ遺跡は見つかっていない。国分寺がある今治市桜井地区に伊予国府があったことは間違いなく，古国分・八町・中寺・町谷・出作・上徳などが候補地としてあげられている。近年では八町説が有力であり，竜登川と銅川の合流する入江が国府津であったとの説もある(p. 90参照)。

純友はこの国府に，承平2年(932)はじめから，同5年のすえまでの4年間の伊予掾時代には父の従兄弟の国守(介か)元名に従い，同6年3月に伊予に入って海賊勢と和平交渉をしたあと，天慶2年(939)12月に伊予から出撃するまでの3年6カ月は国守紀淑人に従い，この国府近辺に館を構えていたと思われる。国府津には船舶管理を行う国衙機構の「船所」や海運管理を行う「勝載所」があり，純友はこれらの「所」にも深くかかわっていたはずである。その間，運上物押領使(コラムp. 70参照)として，貢納物運京の引率や護衛に当たったこともあったのではないか。そうだとすれば本文の叙述とは異なり，その間，京宅に立ち寄り，妻子とひとときをすごしたこともあったであろう。天慶3年(940) 8月，純友が讃岐を急襲し政府軍兵船100艘を焼き払った兵船400艘は，国衙の船所・勝載所を通して動員したのではなかろうか。

数年前の春，郷里の桜井に帰っておられた恩師故渡辺則文先生のお宅を訪問したおり，燧灘《ひうち》を臨む桜井海岸の松原をご一緒に逍遙し，この海浜が渚100選，白砂100選に選ばれた景勝地であることを教えていただいた。純友が国府津から兵船で乗り出した燧灘は，のどかな日差しのなか春霞に揺らめいていた。純友も淑人とこの海岸を歩きながら，いろいろな話をしたことであろう。備前への出撃を打ち明けたのもこの海岸だったのかもしれない。渡辺先生と歩いたときには，桜井の地と純友との接点について気にも止めなかったが，思えば純友はここで10年近くをすごし，憤怒にかられて反抗を決意し，五位叙爵に有頂天《うちょうてん》になり，淑人と決別してこの地を離れたのであった。

ばならない。須岐駅事件のあと、純友は伊予国府に戻り、淑人の近くで摂政忠平の反応を待った。二月三日、五位《ごい》を要求する純友申文《もうしぶみ》が純友の甥明方《おいあきかた》によって政府に届けられたとき、それには純友を擁護する淑人の伊予国解が添えられていた。

淑人はその後も純友をかばう。伊予国府で純友に五位の位記《いき》を授けて三月二日に帰京した蜷淵有相《になぶちのありすけ》は、純友の「悦状《よろこびじょう》」とともに淑人が書いた伊予国解を持ち帰っていた。またも淑人は純友を擁護している。

しかし八月、純友が伊予の兵船四〇〇艘《そう》を率いて讃岐の政府軍を電撃的に撃破すると、淑人は純友の伊予国占領を飛駅奏言《ひえきそうげん》した。ここに至ってようやく淑人は純友を見放したのであった。

2 耳を切り鼻を割く

備前介藤原子高と藤原文元

摂津須岐駅

合戦があった場所を，『追討記』と『紀略《きりゃく》』は須岐《すき》駅とし，『本朝世紀《ほんちょうせいき》』は「藁屋駅」とするが，「藁」は「葦(芦)」の誤記であろう。『延喜式《えんぎしき》』は摂津国の駅《うまや》として草野《くさの》・須磨《すま》・芦屋《あしや》の3駅をあげており，須岐駅はみえない。しかし，芦屋駅は菟原《うはら》郡管内にあったから，菟原郡須岐駅は芦屋駅のこととみて間違いない。

近年，調査研究の進展が著しい古代山陽道関係遺跡のなかで，芦屋駅に比定されているのが芦屋市津知《つじ》町津知遺跡と神戸市東灘《ひがしなだ》区深江北町《ふかえきたまち》1丁目深江北町遺跡である。津知遺跡からは，以前から道路状遺構，平安前期の掘立柱建物群，奈良・平安の河原・墨書土器・緑釉《りょくゆう》陶器・銭貨が出土しており，官衙的遺跡であることから芦屋駅ではないかとされていた。最近になって，津知遺跡の東端に接する深江北遺跡から，津知遺跡と類似する多様な遺物とともに，「駅」銘墨書土器多数が出土した。こうして，この遺跡の周辺が隣接する津知遺跡とともに芦屋駅である可能性が，ますます高まってきた。

文元が子高を襲撃し，合戦した須岐駅は，現在の芦屋市津知町，神戸市東灘区深江北町1丁目一帯の地だったのである。ここから「藤原純友の乱」は始まる。

摂津国須岐駅事件

いよいよ『純友追討記《すみともついとうき》』の出番である。舞台は、天慶《てんぎょう》二年（九三九）十二月二十六日寅刻《とらのこく》（午前三時から五時）の山陽《さんよう》道摂津《どうせっつ》国須岐《すき》駅。昼間は荷車《にぐるま》や駄馬《だば》や人びとが集い行き交う喧《かまびす》しい宿駅《しゅくえき》も、漆黒の闇のなかで寝静まっていた。晴天であったなら、東の空に下弦の月が顔をのぞかせていたはずだ。その静寂を切り裂くように事件は起こった。辺りはにわかに騒然となった。放たれた矢が風を切って飛び交う。太刀《たち》が触れ合い火花を散らす。馬がいななき駆ける。人が叫びながら走る。男の怒号と女の悲鳴。命乞《いのちご》いする悲痛な声。――確かな記録によれば、上洛途中の備前介藤原子高《びぜんのすけふじわらのさねたか》が摂津国須岐駅で純友の「士卒《しそつ》」に包囲され、合戦のすえに子高は降伏し、本人は縛り上げられ子息は殺された。事件はその日のうちに馬を馳《は》せて入京した子高従《じゅう》者《しゃ》によって政府に報じられ、摂政忠平《せっしょうただひら》はただちに公卿《くぎょう》らを自邸に招集して対策会議を開いた。

『追討記』の記述はもっとくわしい。純友は、妻子を連れて京へと急ぐ子高を殺害しようと郎《ろう》等《とう》の藤原文元《ふみもと》に追わせた。文元は須岐駅で子高一行に追いつき、「寅刻」、両者の間で合戦が起こる。『追討記』は合戦のようすを、

> 純友郎等ら矢を放つこと雨の如《ごと》し。遂に子高を獲《とら》え、すなわち耳を截《き》り鼻を割《さ》き、妻を奪い将《ひき》い去るなり。子息ら賊《ぞく》のために殺され畢《おわん》ぬ。

と記す。文元らは子高と妻子を捕え、子高の耳を切り鼻を割く惨《むご》たらしいリンチを加えて放置し、子息を殺害し、妻を凌辱《りょうじょく》して連れ去ったというのである。この生々しい記述を『追討記』作者

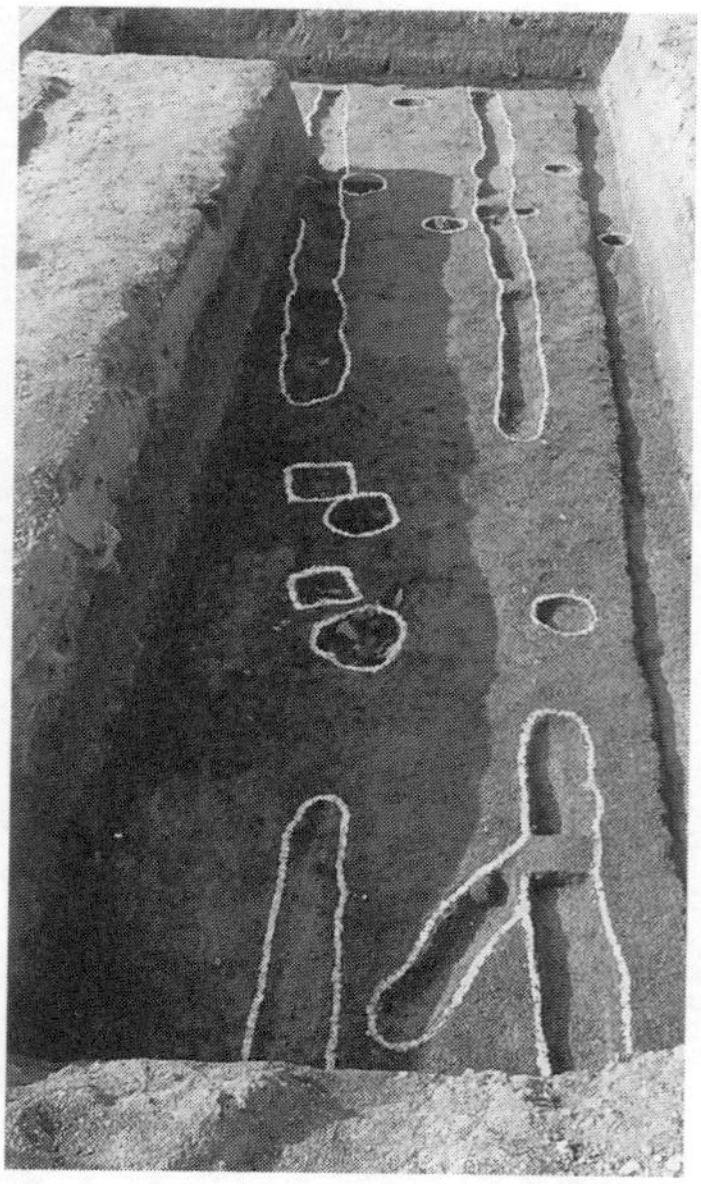

津知遺跡道路状遺構出土状況(兵庫県芦屋市)

複弁十九葉蓮華文軒丸瓦・円面硯・土器類(深江北町遺跡出土)

の創作だと決めつけることは簡単である。しかし私は生々しいが故《ゆえ》に、かえってこの記述の信憑性は高いと考える。その理由を述べよう。

平安時代、刑事事件の被害者が裁判機関に訴えるとき、「事発日記《じはつ》」という事件内容を克明に記した被害報告書を提出しなければならなかった。事発日記には必ず事件発生現場・発生時間、事件の経緯、人的・物的被害状況などを具体的に記すことになっていた。摂津国菟原《うはら》郡須岐駅という現場と寅刻という時刻の明記、耳を切り鼻を割くという生々しさは、かえって『追討記』のこの部分が事発日記にもとづく記述であることを語っている。すなわちこの部分は、政府に駆け込んできた子高従者が恐怖と興奮さめやらぬなかで語った証言を、検非違使《けびいし》官人が直接聞きながら筆録した事発日記をもとに書かれたものであり、史料の信憑性は非常に高いといってよい。

なぜ純友は文元に子高を襲わせたのだろうか。なぜ子高は上洛を目指していたのか。天慶二年春から秋にかけての備前国についてみておこう。

天慶二年夏、旱魃と群賊

天慶二年夏、日本列島の東西では「東西国兵乱炎旱」と評される深刻な旱魃《かんばつ》にみまわれていた(『世紀』七月二十一日条)。そして東国《とうごく》では「延喜元年二月東国乱」に、西国《さいごく》では「承平《じょうへい》五年六月南海賊《なんかいぞく》」に、それぞれ匹敵する「東国西国群賊悖乱《ぐんぞくはいらん》」が起こることが懸念され、五月十五日、政府は東海東山《とうかいとうさん》両道の明神《みょうじん》に臨時奉幣使《ほうべいし》を派遣するとともに、建礼門《けんれいもん》において大祓《おおはらえ》を行った(『世紀』)。東国の「群賊悖乱」が将門《まさかど》の活動であることは、『将門記《しょうもんき》』などほかの史料によって

天慶2年の旱魃《かんばつ》

天慶2年(939)夏，西国は「東西国兵乱炎旱」と評される深刻な旱魃にみまわれていた(『世紀』 7月21日条)。京では「去る天慶二年より以来，春夏の間，米直升別十七八文，頻りに年来の飢渇の盛んなること，見聞の者，愁《しゅう》歎《たん》せざるなし」(『世紀』天慶5年6月14日条)と称されるように，天慶2年から5年まで旱魃・疫病・飢饉がつづき，天慶6年夏も深刻な旱魃(東寺長者補任)，『日本紀略』には天徳元年(957)は「去今年旱損飢饉」(4月9日条)，同2年「春夏の間，飢饉疾疫」(7月18日条)・4年「炎旱」(7月26日条)，応和3年(963)には「四月以後，炎旱」(4月条)とある。10世紀中葉の深刻な旱魃は，天慶2年(939)夏に始まり，20年以上にわたって断続的に続いた。鈴木秀夫・山本武夫『気候と文明・気候と歴史』(朝倉書店，1978年)によれば，10世紀は世界的に「小高温期」であり，「小高温期気候は，関東以北の地域には大へん恩恵的であったが，その反面西南日本を旱魃化によって痛め付けていた」という。旱魃＝飢饉という自然災害を，無媒介に武装蜂起の原因に結びつけるのは正しくないが，それが，国司と土着承平勲功者・負名との緊張関係を激化させる要因になったことは間違いない。

確かめられるが、西国の群賊悖乱の実態ははっきりしない。

注目したいのは、六月二十一日に「仏神に祈り警固《けいご》に勤むべきの官符《かんぷ》」が「東海東山道丹波《たんば》国ならびに山陽西海《さいかい》等府国」に計五通（各道と丹波国に一通ずつ）くだされていることである（『世紀』）。西国では「丹波国ならびに山陽西海」を対象としており、伊予《いよ》国を含む南海道はこの「警固官符」の対象になっていない。瀬戸内海地域では、山陽道諸国および丹波国が「群賊悖乱」の震源地とみなされていたのであり、伊予国ではなかった。この段階で純友が活動していた証拠はまったくない。かえって、前掲の十二月十七日到来伊予国解《こくげ》では、あまりに突然の純友の出陣に国内の人びとは驚き騒いでいる。純友はこの時期の群賊悖乱に関与していなかったとみて、間違いない。

備前介藤原子高の赴任

つぎに注目したいのは、閏《うるう》七月五日の臨時《りんじ》除目《じもく》で、藤原子高が備前介に補任《ぶにん》されていることである。摂政忠平は、除目の前に特別な「宣旨《せんじ》」を子高に与えた。この子高こそ、五カ月ののち純友が最初に血祭りにあげた人物である。そして彼を追い詰め、捕縛し、耳を切り、鼻を削ぎ、子息を惨殺したのは、『追討記』によれば藤原文元であった。

山陽道の群賊悖乱の震源地はどうやら備前であり、群賊悖乱の張本は藤原文元だったのである。文元は「承平南海賊」平定において備前国を舞台に活動し、純友が伊予で行ったのと同様に、備前国海賊勢力＝国内居住衛府舎人《えふとねり》集団の一斉投降に尽力し、平定後は備前国に土着して「負名《ふみょう》」

国衙の検田

国司は，収穫前の初秋，郎等・在庁官人らを検田使として諸郡に分遣し，得田《とくでん》(収穫できる田)・損田《そんでん》(水害・旱魃《かんばつ》などで収穫できない田)の調査を行う。検田使ら一行は，郡司館などを拠点に郡司や刀祢《とね》(現地有力者)の案内で田地一筆ごとに得田・損田調査を行う。おおざっぱな調査だから検田の結果を筆録した検田帳を「馬上帳」ともいう。郡内の損田はその年の課税面積から控《こう》除《じょ》され，損田面積が多く見積もられれば控除額は増大する。検田に際して，例年，検田使と負名との間で損田面積の査定をめぐってせめぎ合いがあるが，通常，折り合いがついて合意する。しかし水害旱害などで甚大な損害を受けた場合，損田面積をめぐるせめぎ合いは激しさを増し，合意形成に失敗すると，負名たちは検田を妨害し，検田使一行は武力で負名たちの妨害を排除して検田を強行するなど，国衙側と負名側の武力紛争へと発展していくことになる。

国衙の収納沙汰

収納沙汰とは，現在の確定申告のようなものである。すなわち国司は，検田使と同じく郎等や在庁官人を国内各郡に収納使として派遣し，収納使は検田結果をもとに国衙税所《さいしょ》で計算された各負名の課税額を記した帳簿を携《たずさ》えて，検田同様に郡司館などを拠点に郡内負名らを集め，収納沙汰を行う。各負名は私宅に保存してきた「返抄《へんしょう》」とよばれる納税領収証を携えて，収納沙汰を受ける。当時の負名たちの納税の仕方は，収穫後に全額一括して稲で納入するというものではなく，一年中，随時，国司から納入物品・納入量・納入先(国衙・諸寺社・諸官庁・諸個人)・納入期限を指定した徴符(配符《はいふ》)を受け取り，その徴符にしたがって指定物品を納入し，納入先から「返抄」をもらうというものであった。負名たちは「返抄」を大事に保管して毎年冬の収納沙汰に備えていたのである。そして収納沙汰において，はじめて負名たちは当該年度の課税額と既納額との差額を知ることになる。未進額は追徴され，過進額は還付(翌年へ繰り越し)されるのである。まさに確定申告である。検田で損田をどれだけ認めるかで課税面積が決まり，税率も受領の匙《さじ》加減で変動させることができた。この匙加減で，「負名」たちと対決することになるかどうかが決まる。

として、あるいは国衙《こくが》在庁官人として生きる道を選んでいたものと思われる。天慶二年春までは、文元も国司《こくし》とうまくやっていたのであろうが、その年の夏の旱魃を機に国司との対立を深めていったのである。

晩夏から初秋の刈り入れ前に、諸国では検田《けんでん》が行われるが、控除面積の査定をめぐって国衙と負名たちが合意形成に失敗すると、負名たちは検田を妨害し、検田使一行は妨害を排除して検田を強行する武力紛争へと発展していくことになる。

おそらく備前国では、深刻な旱魃のなか、このようなプロセスで国内負名たちの反受領《ずりょう》運動が高まり、武力衝突が起こるまでになっていたのである。この反受領運動の先頭に立っていたのが承平勲功者文元であり、この動きを抑圧する使命を帯びて閏七月に着任してきたのが子高であった。子高の介補任の三カ月前、東国では「乱逆」鎮静のため、臨時除目で藤原惟条《これなが》・橘最茂《たちばなのもちしげ》らを介に任じ、彼らに押領使《おうりょうし》を兼帯させ、国々群盗追捕《ぐんとうついぶ》官符を与えている。この東国の介は受領ではないが、子高の介補任は東国乱逆鎮静策とよく似た対応であった。子高の介補任に先立つ宣旨発給は、濫行鎮定《らんぎょうちんてい》の特命に関するものではなかったか。

一触即発の備前国

九月二十八日、五畿七道《ごきしちどう》、したがって山陽道をも対象に「制《せい》兵《へい》官符」が出される（『貞信公記《ていしんこうき》』）。それは予想される武力衝突あるいは武装蜂起《ほうき》を、未然におさえようとする対策である。子高と文元との間には、一触即発の緊迫した空気が張り詰めていたことが想像される。また

追捕使・押領使・警固使

追捕使には二種類ある。①中央派遣追捕使：「凶賊○○」を「追捕」せよという「宣旨」を受けて派遣される政府軍指揮官(検非違使など衛府官人が任命される)の称であり(任命文言に「追捕使」の称はない)，京から軍勢を率いて出陣するが，派遣先諸国に対する指揮権・動員権を付与される。11世紀中葉以降は「追討使《ついとう》」の称が一般化する(「追討宣旨」を受けて派遣される)。源頼朝《よりとも》も平氏追討使。鎌倉幕府は追討使の軍事指揮権を永続化・制度化して成立。②諸国追捕使：天慶の乱平定後の10世紀中葉以降常置される国衙の軍事指揮官。国司の推挙により，官符で○○を追捕使として「凶党」を「追捕」させよという指令が国衙に出されるかたちで任命される。実例では畿内近国・瀬戸内海諸国に分布。同一国に諸国押領使とともに併置されることはない。

押領使には四種類ある。「押領」とは本来引率の意である。①軍行押領使：8世紀の律令軍制で諸国が動員した軍団兵士を派遣地点(集結地点)まで引率する国司。律令軍制廃止後の9世紀にも例がある。②諸陣押領使：9〜12世紀にみられる，戦時の「軍」を構成する各戦闘集団の指揮官。たとえば，前九年の役の追討使源頼義《よりよし》率いる7陣の各指揮官。③諸国押領使：延喜東国の乱に東国に配置したのがおそらく初例。天慶の乱では，天慶2年(939) 6月と天慶3年正月の二度，東国に配置。乱平定後の10世紀中葉以降常置された。諸国追捕使同様に，国司の推挙により官符で○○を押領使として「凶党」を「追捕」させよという指令が国衙に出されるかたちで任命される。東国・北陸・山陰・西海道諸国に分布。同一国に諸国追捕使と併置されることはない。④運上物押領使：諸国から在京受領倉庫まで官物運上を委託された指揮官。8・9世紀の調庸運京《うんきょう》責任者である綱領《こうりょう》の通称。

警固使：任命方法は諸国追捕使・諸国押領使とほぼ同じ。承平南海賊・天慶の乱のとき，山陽南海道諸国に一国単位の海賊追捕官として(特定の関・港湾にも)配置されたが，乱終結後は停止され，その後は，それら諸国に諸国押領使・諸国追捕使が配置されていく。

追捕使①②，押領使①〜④はまったく別個の存在であるから，混同しないように気を付けなければならない。諸国追捕使・諸国押領使は国衙軍制の指揮官。その任務は，鎌倉幕府の諸国守護(惣追捕使)に継承される。

隣国播磨《はりま》国でも文元に呼応した三善《みよし》文公が、介島田惟幹《しまだのこれもと》に反抗する活動を始めていた。九月末といえば、ときはちょうど収納沙汰《しゅうのうさた》が始まる直前であった。

収納沙汰は、検田以上に、受領と負名の利害がぶつかり合う修羅場《しゅらば》となる。備前では子高の指令によって収納使による容赦ない収納沙汰が行われ、負名たちの反受領の気運はますます高揚し、激高した負名たちの先頭に、備前では文元、播磨では文公が立っていたのである。子高らは、そのようななかで収納を強行し、負名たちの反抗を武力で排除しようとしたのであろう。子高は子弟郎等を文元の私宅に乱入させ、妻子を暴行し財物を掠奪《りゃくだつ》し、私宅を破壊・放火するなどしたのではなかろうか。十二月、文元らは、その厳しい圧迫に耐え切れなくなって、ついにかつての盟友、伊予国の藤原純友に支援の要請をしたのであった。それは将門の反乱のきっかけとなった常陸《ひたち》住人藤原玄明《はるあき》が受領藤原維幾《これちか》の圧迫に耐え切れず、上総《かずさ》国の将門に救援を求めたのと同じ構図である。時期も同じ十二月であった。ここに至って、ようやく純友が関係してくる。この文元の支援要請こそ、純友蜂起の直接の契機であった。

摂津国須岐駅における文元の備前介子高に対する凄惨なリンチは、わずか一、二カ月前に子高から加えられた残酷な弾圧に対する復讐だったのである。

3 決断

純友と将門の共謀

純友と将門が共謀して反乱を起こしたという逸話がある。識語《しきご》に寛文《かんぶん》5年(1665)書写と記す『将門純友東西軍記』によると，承平6年(936) 8月19日，将門と純友が比叡山に登って京を見下ろしながら，反乱が成功した暁には将門は天皇，純友は関白になろうと誓い合い，それぞれ国許《くにもと》に帰っていったという。すでに『大鏡《おおかがみ》』に，純友が将門を誘い，将門は天皇に，純友は関白になることを約して謀反を企てたと記され，『神皇正統記《じんのうしょうとうき》』は将門が比叡山に登って謀反を企てたと書く。二人が比叡山で共謀したという逸話は，平安後期には生まれていたようだ。しかし，『東西軍記』が設定した比叡山の場面が虚構であることは，その日，将門も純友も京にはおらず，将門は本拠地下総に，純友は3月以降伊予にいたことから明白である。

天慶2年(939)12月29日の東西同時反乱への対策会議で，公卿たちは純友が将門と「合謀通心」して蜂起したに違いないと語り合っており，共謀説は同時反乱直後にすでに生まれていた。将門が天皇，純友が関白の地位を狙っているという俗説は，パニックのなかで貴族や京内住人の不安が生み出した流言蜚語《りゅうげんひご》がもとになっているのではなかろうか。

共謀説はともかく，延長年間に忠平の家人《けにん》で瀧口であった将門と，陽成院《ようぜいいん》や重明《しげあきら》親王に仕え瀧口であったかもしれない純友が，互いの不遇を嘆き，夢を語り合った可能性はある。

純友のねらい

紀淑人《きのよしと》の制止を振り切って伊予《いよ》を出た純友《すみとも》は備前《びぜん》に向かった。純友は怒っていた。三年半前、ともに海賊平定のために身を粉にして活動した備前の文元《ふみもと》が、子高《さねたか》の弾圧を受けている。その不条理を純友は許せなかった。しかし純友が立ち上がったのは、それだけの理由ではなかった。純友自身、この三年半の間、自身の勲功申請、ほかの盟友たちの勲功申請が棚上げされたままになっていることに対して、鬱勃《うつぼつ》たる怒りに満たされていた。文元の救援要請は、純友の胸にくすぶる憤怒《ふんぬ》に火をつけた。

しかし純友は冷静であった。彼は文元の救援要請を、棚上げされたままのあのときの勲功賞をもぎ取るまたとないチャンスととらえたのであった。夏以来、東国《ようごく》で将門《まさかど》が不穏な動きをしていたこと、十一月ごろからその動きが活発化していることは、十二月には風説として伝わってきていただろう。この機会をのがしたら永遠にチャンスはない。純友は決断した。

純友が、随兵《ずいひょう》を率いて伊予国を出たのは、このような状況判断にもとづいていた。『純友追討《ついとう》記《き》』が「遙《はる》かに将門謀反《むほん》の由《よし》を聞き、また乱逆を企《くわだ》て、漸《ようや》く上道を擬《ぎ》す」と記すのは、あながち虚構ではない。

純友召進官符

純友が紀淑人の制止を振り切り、随兵を率いて伊予国を出撃すると、淑人はただちに追捕《ついぶ》ではなく召進《しょうしん》を求める国解《こくげ》を政府に提出した。淑人は国解のなかに純友の出撃目的、予想される出没先を記してい

追捕官符と召進官符

追討・追捕(捕進)・召進(召名)などの語は，犯罪者への対処の仕方の違いを表している。語感からみても，犯人を討ち取る(＝殺害して首級をあげる)「追討」がもっとも激烈な対処で，ついで追いかけて捕らえる「追捕」(武力抵抗したら殺害することが容認)，呼び出して進上する「召進」が武力抵抗を想定していないもっとも緩やかな対処である。「官符」はその対処を国司に命じる通知である。摂関期の政府は，発生した事態を鎮静させるために，しばしば「召進」で対応するか「追捕」にするか，熟慮して選択している。純友が武装集団を率いて備前方面に向かったことに対し，伊予守紀淑人も政府も，純友は「召進」に応じる，または純友を「召進」に応じさせよう，と考えていたのであった。仮に召進に応じたら，検非違使で尋問を受け公卿会議で罪名を審査され，配流とか移郷とか禁獄とか無罪とかの決定がなされる。

叔父国香《くにか》らと合戦して，殺害したとして訴えられた将門は，召進官符に応じて上京し，承平6年(936)10月，検非違使庁で尋問を受けたが，このときの弁明内容が京内に伝わり，武名を高めたという。使庁に禁獄されたようだが，翌年4月の恩赦で出獄し，故郷に帰った。純友は召進官符に応じず，須《す》岐《き》駅の事件を起こしたのであった。

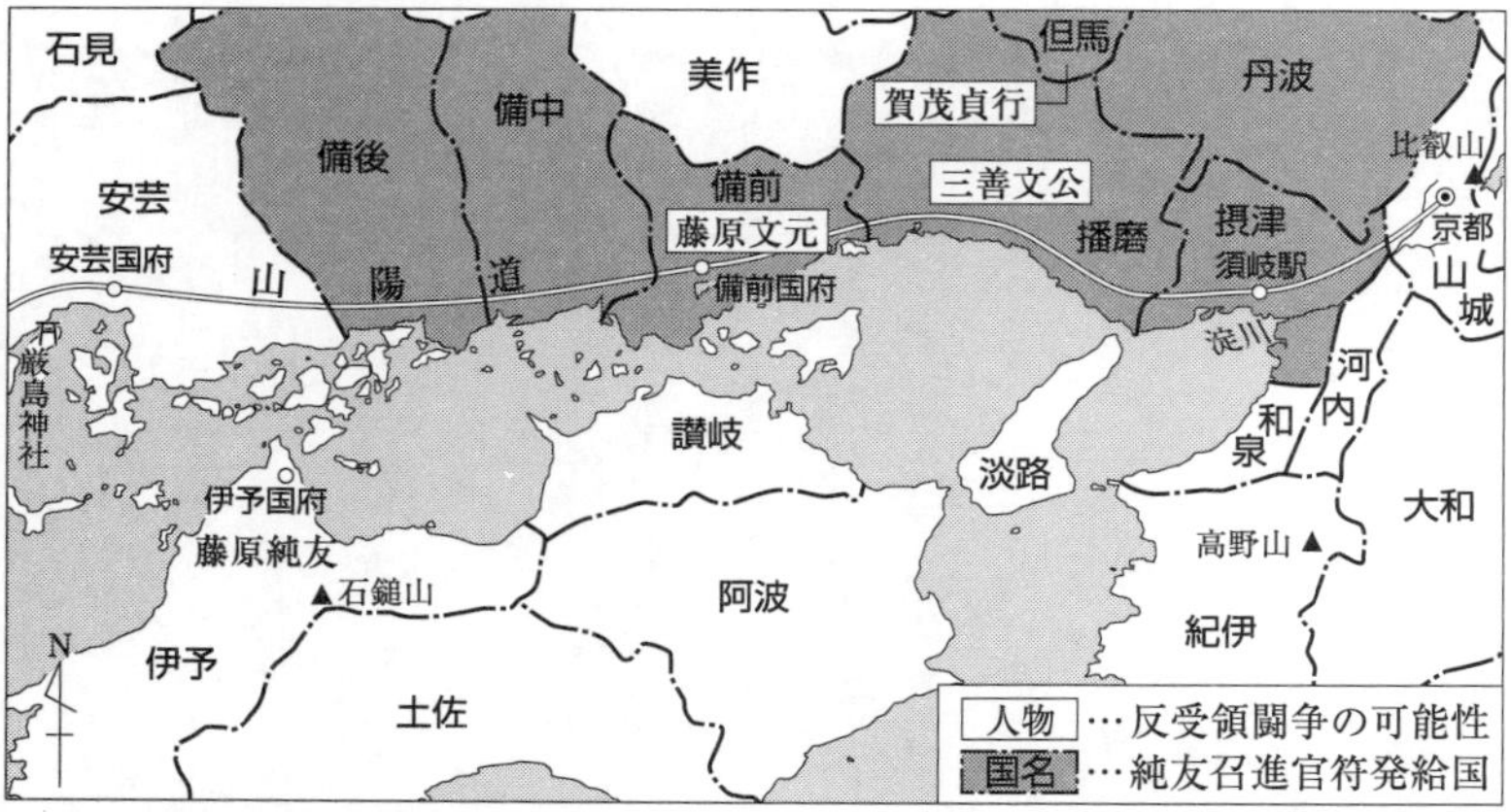

召進官符の発給と反受領闘争

た。十二月十七日、国解が届く。十九日、公卿《くぎょう》たちは内裏《だいり》の陣座《じんのざ》において「藤原純友乱悪事《ふじわら》」について審議し、淑人の要請どおり、備前を中心に摂津《せっつ》国、播磨《はりま》・備前・備中《びっちゅう》・備後《びんご》の山陽道《さんようどう》東部諸国、播磨に隣接する丹波《たんば》・但馬《たじま》両国に対して純友召進官符を出すことを決めた。

このなかに丹波・但馬両国が入っていることに注意したい。六月に警固《けいご》官符が山陽道諸国と丹波国にくだされたこと、天慶《てんぎょう》四年（九四一）十月十八日、大宰府《だざいふ》の決戦に敗れた文元が備前・播磨両国を経て、かつて恩顧を与えた賀茂貞行《かものさだゆき》を頼って但馬国朝来《あさご》郡まで逃げのびたこと、この二点と重ね合わせれば、備前の文元、播磨の三善文公《みよしのふみきみ》と、但馬の賀茂貞行は、連携して反受領《ずりょう》闘争を展開していたのではないかと想像される。淑人の報告に対して政府が丹波・但馬を含めていることは、純友がそのような反受領勢力のネットワークを活用して、丹波・但馬経由で上洛愁訴《しゅうそ》を目指す可能性を想定していたのではなかろうか。上洛愁訴を目指すとしたら何のためか。受領の苛政弾劾《かせいだんがい》のためだけではないことは忠平《ただひら》にもわかっていた。かつて黙殺した承平《じょうへい》六年（九三六）の勲功申請の再審要求である。

公卿会議の結果を踏まえて、十二月二十一日、摂政《せっしょう》忠平は純友召進官符の草案を裁可し、外記《げき》庁においで官印が押され、純友の甥明方《おいあきかた》ら三人の使者が官符を携えて京を発《た》った。一人は山陰《さんいん》道《どう》を丹波・但馬に向かい、二人は山陽道をくだり播磨でわかれて一人は美作《みまさか》へ、もう一人は備前・備中・備後へ向かった。国解受理から召進官符発給まで四日かかっている。忠平ら政府首脳は、まだ純友の動きを最高度の緊急事態とはみていない。甥の明方が官符の使者に選ばれている

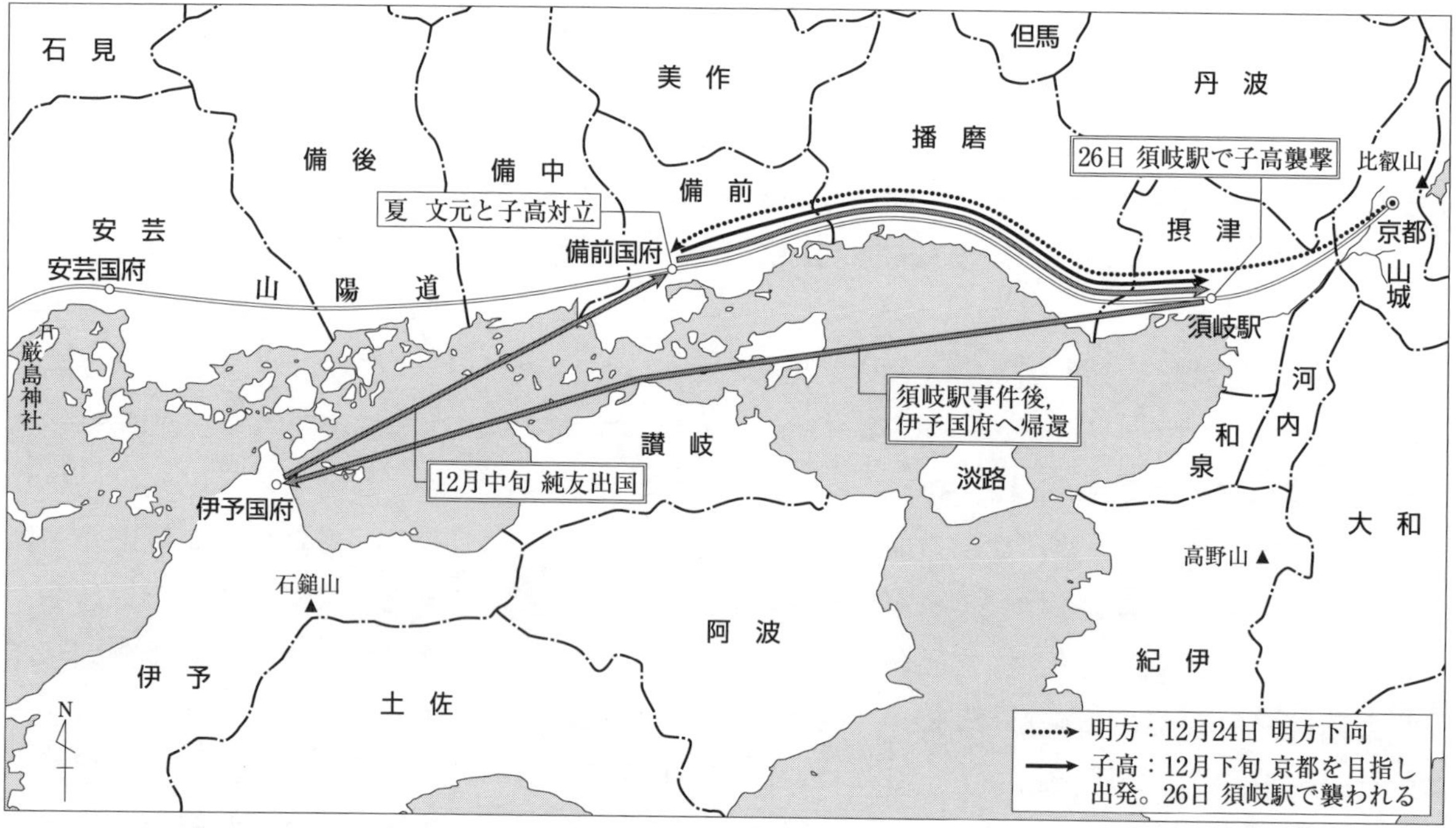

石見
安芸
安芸国府
厳島神社
備後
備中
備前
美作
播磨
但馬
丹波
山陽道
夏 文元と子高対立
備前国府
26日 須岐駅で子高襲撃
比叡山
京都
山城
摂津
須岐駅
河内
和泉
大和
高野山
紀伊
須岐駅事件後,
伊予国府へ帰還
讃岐
淡路
12月中旬 純友出国
伊予国府
石鎚山
阿波
伊予
土佐
N
明方：12月24日 明方下向
子高：12月下旬 京都を目指し
出発。26日 須岐駅で襲われる

純友・文元・明方・子高の動き

ことも重要である。純友を説得させようという人選である。備前に向かったのは明方であろう。

二十一日午後に京を発った明方は、摂津・播磨を経て備前国府《こくふ》に至った。『延喜式《えんぎしき》』の公式行程では京・備前間は四日であるが、事は召進官符である。三日で到着したとして、二十四日午後、明方は国庁で介《すけ》子高に官符の旨を読み上げた。

子高の純友謀反密告

官符の内容を知って子高は震え上がった。子高は純友の矛先《ほこさき》が自分に向かっていることを察知した。純友が準備万端とのえて伊予を発ったのが十五日だとしたら、すでに十日がたっている。文元と合流して襲撃の準備をしていたとしても、そろそろ襲撃してくるころだ。子高は、妻子とわずかの郎等《ろうとう》を引き連れ、あわただしく備前国府を脱出し、京上をはかった。

子高の備前国府脱出と京上の模様を『純友追討記』はつぎのように描く。

このごろ東西二京に連夜放火あり。之《これ》により男は夜を屋上に送り、女は水を庭中《ていちゅう》に運ぶ。純友士卒《しそつ》が京洛に交わり致すところなり。是《これ》において備前介藤原子高、其《そ》の事を風聞し、其の旨を奏《そう》せんがため、天慶二年十二月下旬、妻子を相具《あいぐ》し、陸より上道す。

子高が純友召進官符で純友出国情報を得たころ、京では連夜の放火事件が続き、人びとは男女ともに夜を徹して警戒していた。その「風聞」は子高の耳にも入っていた。国府を脱出した子高は、卑劣にも純友を京中放火の張本《ちょうほん》に仕立て上げて密告しようと、京への道を急いだ。襲撃事

外記局と弁官局

太政官の事務局について述べておこう。内裏東門(建春門)外の外記庁を官衙とする外記局は外記８人(左右・大少各２人)で構成され(その下で史生・使部が雑務)，太政官が主催する政務や儀式に公卿や関係諸官司を招集したり，人事(叙位除目)関係資料を準備し人事の結果を記録して辞令を作成したり，外記日記を記録したり，諸司諸国申請文書の決裁会場(外記庁・南所《なんしょ》)を設営し，決裁済み官符(弁官局が作成)に太政官印を押す(請印《しょういん》)などの太政官内事務を担当した。

朝堂院の東にある太政官庁を官衙とする弁官局は，事務長(補佐)としての弁６人(左右・大中少)と実務担当の史《し》８人(左右・大少各２人)で構成され(史生・使部が雑務)，太政官が管下の諸官司(省など)や諸国(大宰府を含む)に発給する太政官文書(官符など)を作成・発給し，諸官司・諸国から太政官に申請する文書(省解・国解など)を受理する太政官窓口である。弁官局スタッフは受理文書に官文《かんのふ》殿《どの》(官底)収蔵の参考資料(発給文書・受理文書＝先例文書)を添付して外記庁南の南所＝結政《かたなし》所に移動し，決裁基準にしたがって分類整理して「政・申文《もうしぶみ》」(申請決裁)に備える(結政という)。原則として毎日，当日参内した上臈《じょうろう》公卿が，「日上《ひのしょう》」(その日の上卿《しょうけい》)として参議最低一人とともに外記庁に着座し，申請文書のうち上卿の判断で決裁できるものはこの場で決裁し(外記政)，また南所でも決裁し(南所申文)，さらに重要案件で天皇(摂関)の決裁を要する案件は決裁の場を内裏に移し，大臣が上卿となって陣座で決裁し(陣申文)，天皇の勅裁を仰ぐ。天皇(摂関)が公卿議定を必要と判断した場合(上卿の提言を含め)，陣定が召集されることになる。

上卿の決裁が済んだ案件は史が官文殿で官符を作成し，弁・史が外記政の場に持ち込み，上卿が少納言・外記に命じて太政官印を押捺させ(請印)，官庁や諸国に発給される。緊急事態の場合，国解到着から官符発給まで一日という早業もありうるが(純友の乱対策など)，ふつうの申請文書の決裁に何カ月もかかるのは，今のお役所仕事と同じである。

純友の乱に対する摂政忠平を中心とする政府の対応も，基本的にこの太政官の政務執行組織・執行手続きにもとづいて行われた。

件後、這々《ほうほう》の体《てい》で入京した子高従者《じゅうしゃ》は、事情聴取でそう語ったのだろう。子高襲撃だけなら「私合戦」と扱われるかもしれない。しかし謀反なら事態は異なってくる。

純友の支援を得た文元は、子高に対する復讐の念をたぎらせて備前国庁と子高館に踏み込んだ。だがそこはもぬけの殻だった。あわただしく逃げ出した館には、衣類や調度や雑器が散乱していたことだろう。文元は純友の加勢を得て、ただちに子高一行を追った。こうして十二月二十六日寅刻《とらのこく》、一節冒頭の事件が起こったのだった。

4 束の間の栄光、大いなる誤算

パニックのなかで

十二月二十六日午後に子高従者《さねたかじゅうしゃ》が息せき切って忠平《ただひら》邸に駆け込み、子高が純友《すみとも》勢に襲撃されたことを通報するや、忠平はただちに私邸に公卿《くぎょう》を非常招集して対策会議を開いた。ところが翌日には、信濃《しなの》国から将門謀叛《まさかどむほん》を報じる早馬《はやうま》が到来し、二十九日辰刻《たつのこく》(午前七時から九

職御曹司《しきのみぞうし》

中宮職《ちゅうぐうしき》の庁舎。内裏の東北，左近衛府の西，外記庁の北に位置する(p. 86参照)。本来は中宮職の事務を執《つかさど》る所であるが，后宮の御産所《ごさんじょ》とされるなど，たびたび后宮の御在所となった。内裏焼亡の際には，しばしば天皇の一時避難所ともなった。良房《よしふさ》から実頼《さねより》まで，女子を后宮とする代々の摂関は職御曹司を直廬《じきろ》(宿所)に宛てた。摂政の場合，ここで叙位《じょい》・除目《じもく》を行うこともあった。

兄時平の死後まもなく左大臣になった忠平は，延喜 9 年(909) 8 月に職御曹司を直廬とし，摂政となってからはここでさまざまな政務を処理し，将門の乱を前にした天慶 2 年(939) 5 月から 8 月にかけて，東国の不穏な情勢に対して臨時除目・密告使任命・飛駅使解文の処理をここで行い，同年12月，将門・純友の同時蜂起の報に接した忠平は，29日に職御曹司に参入して正月までここで陣頭指揮を行い，勲功者への破格の恩賞の約束，東西への追捕使の任命，諸国への官符発給の指示などを行った。

実頼以後は，職御曹司が摂関(内覧《ないらん》)の直廬として使用されることはなくなり，娘の后宮の在所の内裏内の後宮殿舎が直廬とされた。

備前国府

まだ位置は特定されていないが，岡山市街地北東部，国府市場地区近辺の国長《こくちょう》・北国長・南国長の地名を遺す一帯が推定地。推定地は下道郡内だが，『和名抄』は，国府は御野郡にあり，とする。江戸時代以来，旭川の流路の変化によって郡境に変更があったといわれている。国府市場の国長宮社地が県史跡に指定され，周辺地域から三彩釉・緑釉陶片・中国産磁器片・陶硯などが出土している。

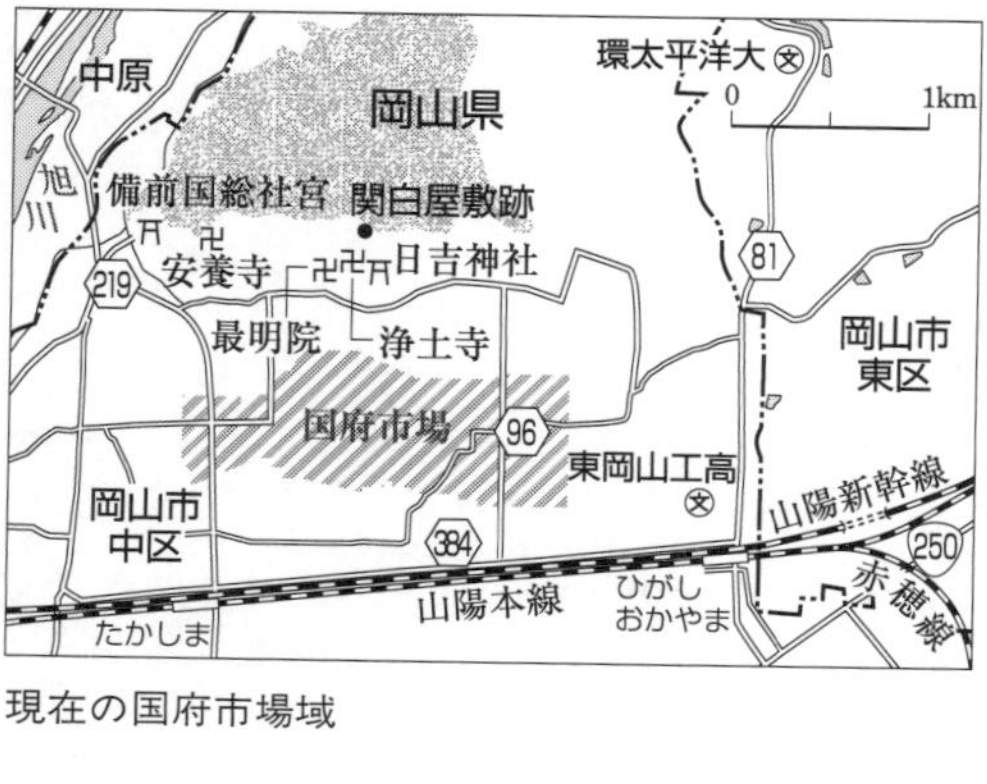

現在の国府市場域

時）には同じく信濃国から早馬で詳報が伝えられた。摂政《せっしょう》忠平はすぐに職御曹司《しきのみぞうし》に入り、左大《さだい》臣《じん》仲平《なかひら》以下の公卿たちも内裏《だいり》に駆けつけた。大納言《だいなごん》藤原実頼《ふじわらのさねより》が宜陽殿《ぎようでん》公卿座で信濃国からの奏《そう》状《じょう》を開くと、そこには将門が上野《こうずけ》・下野《しもつけ》両国の国司《こくし》館を囲み印鎰《いんやく》を奪取し、国司を追放したことが書かれてあった。東西同時武装蜂起《ほうき》に内裏は騒然となり、京内はパニックに陥った。

この緊張と動揺のなかで、忠平は公卿たちを殿上間《てんじょうのま》に集め緊急対策会議を開いた。そして当面の措置として、①近江《おうみ》（逢坂《おうさか》）・美濃《みの》（不破《ふわ》）・伊勢《いせ》（鈴鹿《すずか》）の三関国《さんげんこく》に固関使《こげんし》を派遣する、②東西要害関々所々に警固使《けいごし》を配置する、と決定し、ただちに関係諸国に勅符《ちょくふ》・官符《かんぷ》で指令した。忠平ら政府首脳は動揺しつつも的確に事態をとらえ、打つ手を打っているのである。公卿たちは純友は将門と「合謀通心《ごうぼうつうしん》」して蜂起したに違いない、と語り合った。この夜、忠平以下公卿たちは職御曹司に宿直《とのい》した。『純友追討記《ついとうき》』はこの過程を、「公家《こうけ》大いに驚き、固関使を諸国に下す」と簡潔に記す。

この年の十二月は大の月、三十日が大晦日《おおみそか》であった。東西同時蜂起のパニックのなかで内裏では例年どおり、一年間の悪鬼を追い払い、新年を迎えるための追儺《ついな》（おにやらい）と大祓《おおはらえ》が行われたが、朱雀《すざく》天皇や忠平ら公卿たちは例年にない真剣さでこの行事に臨んだことであろう。彼らの目には、悪鬼が将門や純友と重なってみえたに違いない。忠平は大晦日も職御曹司に泊まり、この危機をいかに鎮静させるか熟考した。

年があらたまった翌日の正月元旦。形ばかりの正月節会《せちえ》が、天皇出御《しゅつぎょ》のないままあわただし

将軍と追捕使(追討使)

将門の乱，純友の乱において，中央から派遣された軍事指揮官には，征東大将軍(のちに征西大将軍も)と東海・東山・山陽道(のちに南海道・大宰府も)追捕使があった。

将軍は，軍防令《ぐんぼうりょう》に規定された律令軍制＝軍団制を基礎とする大規模征討軍の最高指揮官の称であり，天皇の最高軍事指揮権を象徴する節刀《せっとう》を授けられた。中納言・参議クラスの公卿から選任され，幕僚として副将軍・軍監・軍曹が任じられた。軍防令が想定する征討は，究極的には対外戦争(対新羅朝貢強要のための侵攻作戦)であった。しかし，さいわいにも新羅との戦争は行われることなく，宝亀《ほうき》11年(780)に新羅との外交関係が解消されるや，同年の大規模軍縮を経て延暦《えんりゃく》11年(792)に軍団兵士制廃止＝全面軍縮が行われた。宝亀11年に対蝦夷全面戦争が始まると，数次にわたって将軍が任命され，軍団制によらずに遠征軍が編成され，延暦16年，坂上田村麻呂《さかのうえのたむらまろ》が征夷大将軍に任命され，蝦夷勢力を屈服させた。田村麻呂の征夷大将軍任命は，建久《けんきゅう》3年(1192)の源頼朝《みなもとのよりとも》の征夷大将軍任命の先蹤《せんしょう》とされ，以後，武家政権の首長の地位を表すこととなった。

追捕使は，捕亡《ぶもう》令の罪人追捕規定にもとづいて国内で発生した武装罪人集団(謀叛以上)を追捕するために，「追捕宣旨」を与えられて派遣される勅使であった。任務には武力による追捕だけでなく，推問《すいもん》・勘糺《かんきゅう》(捜査活動)を含んでおり，検非違使が任じられる場合が多く，副使に明法家《みょうぼうか》が任じられることもあった。天慶の乱以降では，平忠常の乱，前九年の役など，しばしば追捕使(追討使)が派遣され，頼朝の軍事権力は平氏追討使の権限を根拠に構築されていった。

天慶の乱で藤原忠文を征東大将軍，ついで征西大将軍に任命したのは，天皇の最高軍事指揮権のもとで平定すべき大規模反乱であることを象徴的に示すためであった。

くとり行われた。「東国兵乱」を理由に音楽は自粛された。節会が終わると、ただちに忠平は東西の内乱対策会議を開き、諸道追捕使《ついぶし》を任命した。将門鎮圧を任とする東海道《とうかいどう》使・東山道《とうさんどう》使はそれぞれ藤原忠舒《ただのぶ》・小野維幹《おののこれもと》、そして子高襲撃勢力の追捕を任とする山陽道《さんようどう》使は小野好古《よしふる》であった。とりあえず、東西同時反乱を鎮圧するための司令官を任命したのである。

忠平の戦略

東西同時反乱をどう鎮静させるか、暮れから正月にかけての議論のなかで基本方針は決まった。将門平定に全力を注ぎ、純友には妥協策で臨む。将門が軍勢を率いて今にも京に迫ってくるという流言が流れていた。政府は矢継ぎ早に将門対策を出す。三日、忠平は京の諸門に矢倉《やぐら》を築かせ、十一日、将門の首級《しゅきゅう》をあげたものには恩賞として五位《ごい》を与えようと諸国の人びとに決起をよびかける勅符をくだし、十二日、諸貴族・諸官司《かんし》に宮城諸門を防備する要員を割り当て、十四日、坂東《ばんどう》諸国に押《おう》領使《りょうし》を任命し、十八日、藤原忠文《ただふみ》を征東大将軍《せいとうだいしょうぐん》に任じた。

一方、純友には妥協的であった。政府は、事態がより深刻な将門の反乱鎮圧に全力投入しなければならなかった。純友は政府がそのような選択をせざるを得ないことを見透かしていた。子高襲撃勢力を追捕するために任命されたのは追捕「山陽道」使であって、当初は純友の住国である伊予《いよ》国を含む南海道《なんかいどう》は対象外であった。これも忠平の対純友宥和《ゆうわ》方針にもとづくものであった。

忠平は正月三日、「承平《じょうへい》南海賊《ぞく》」のときに勲功申請した人びとを対象に臨時除目《じもく》を行った。忠平の日記『貞信公記《ていしんこうき》』同日条の抄本《しょうほん》からは、これ以上のことはわからないが、十九日に藤原遠《とお》

藤原忠文

貞観15～天暦元年(873～947)。天慶２年，正四位下で参議に任じ，翌３年正月19日，右衛門督・征東大将軍(源平内乱期には征夷大将軍の先例とみなされていた)に任じられて東国に下ったが，現地到着以前に将門は敗死し，５月15日帰京した。直後の19日には藤原純友の乱を平定するための征西大将軍に任じられたが，翌日には大宰府で純友軍は大敗した。乱後の論功行賞では藤原実頼の反対で恩賞から外され，実頼を大いに恨み，のち実頼の子女が相次いで没すると，忠文の祟りだという風評が立ったという。天暦元年，75歳で没した。ときに参議正四位下民部卿。中納言正三位を贈られた。

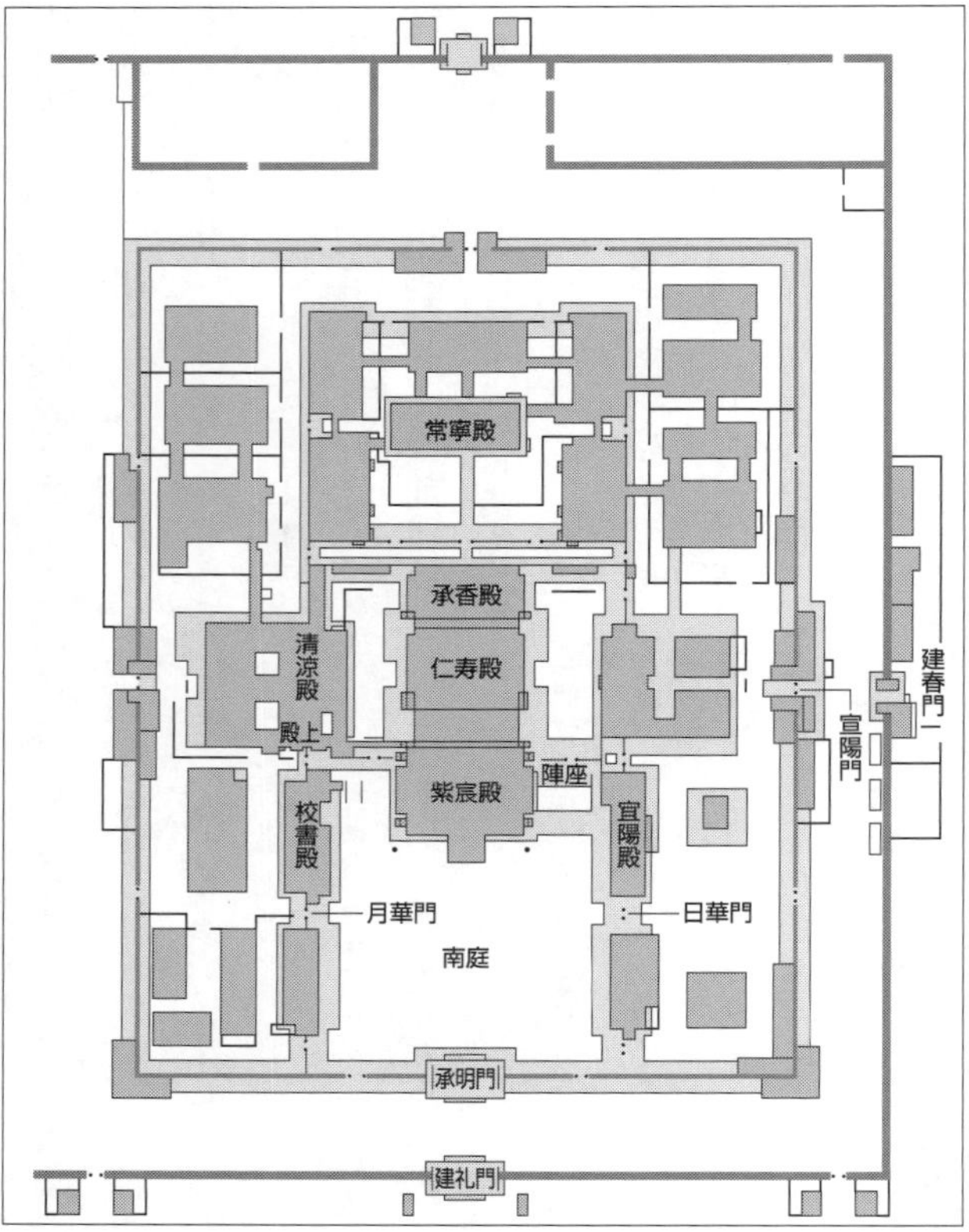

内裏図

方《かた》・成康《なりやす》を任官し軍監《ぐんげん》・軍曹《ぐんそう》に補し、翌二十日にはこともあろうに子高襲撃の張本《ちょうほん》、藤原文元《ふみもと》を任官し軍監に補している。この任官と三日の除目は一連の措置とみなければならない。除目から一六、七日も隔たっているから、両者に関係はないとする見解があるが、任官決定の除目の日付とそれを通知する日付がずれていて何ら不思議はない。征東大将軍任命と軌を一にして、遠方・文元が、任官通知と同時に征東大将軍将軍幕僚の軍監に、成康が軍曹に補されているのは、三日の除目が、承平勲功者を征東軍幕僚に補任するための布石であったことを示している。

こうして忠平の戦略がみえてきた。純友の動きに呼応するであろう瀬戸内海諸国に土着した承平南海賊平定勲功者を将門鎮圧軍として利用し、同時に瀬戸内海の不穏な動きの芽を摘《つ》む。一石二鳥の妙案である。実際にこの任官によって承平勲功者は分断された。忠平のよびかけに応じた遠方・成康らと、拒絶した文元・藤原三辰《みつとし》らである。前者は、将門の乱平定のために東国に向かい、さらに転じて純友の乱平定に参加して恩賞を得た。文元・三辰は敗れて首を刎ねられ、都《みやこ》大路《おおじ》に晒《さら》される。

純友の要求

しかし、この妙案は忠平一人で思いついたものではない。それは純友の要求を受けたものだった。純友が子高懲罰に踏み切ったのは、たんに盟友文元を支援するためだけではなかった。この機をとらえて、棚上げにされたままの承平南海賊平定の恩賞をもぎ取ろうとしたのであった。

純友は子高襲撃後ただちに忠平に書状を出し、子高を弾劾《だんがい》し黙殺された承平勲功申請の再審の

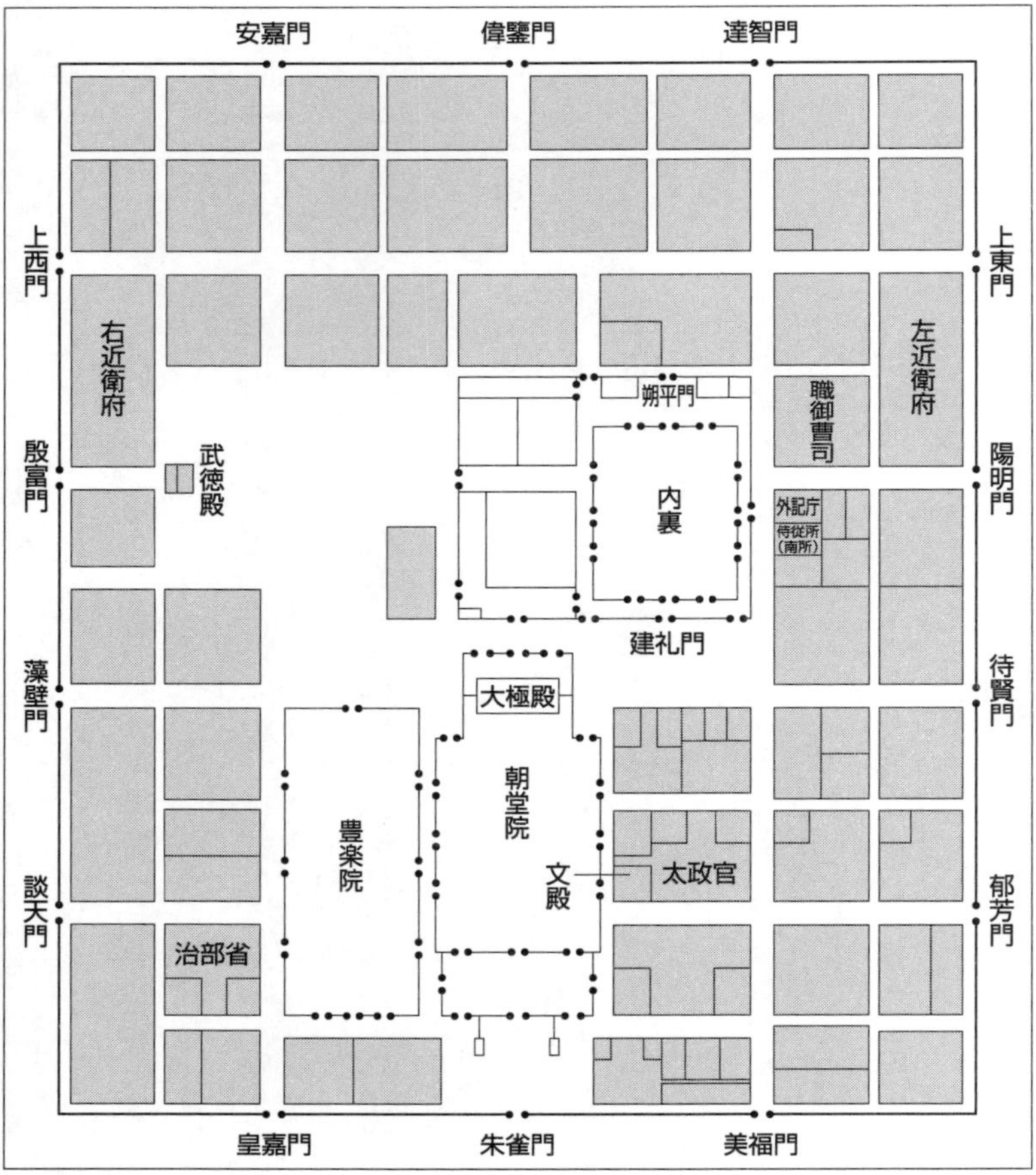
安嘉門
偉鑒門
達智門
上西門
上東門
右近衛府
左近衛府
朔平門
職御曹司
殷富門
陽明門
武徳殿
内裏
外記庁
侍従所（南所）
建礼門
藻壁門
待賢門
大極殿
朝堂院
豊楽院
文殿
太政官
談天門
郁芳門
治部省
皇嘉門
朱雀門
美福門

大内裏図（部分）

要求を突きつけた。純友は、須岐《すき》駅で捕えた子高従者に、忠平に書状を届けるよう命じたのであろう。その内容が、忠平一人の胸にしまわれたのか、兄の左大臣仲平にだけはみせたのか、公卿会議の場で公表されたか、それはわからないが、おそらく前二者のいずれかであろう。

純友の要求項目は、前後の状況から想像するなら以下のとおりであった。①藤原文元による子高襲撃は、備前国での子高の苛政《かせい》と文元に対する過酷《かこく》な弾圧に対する報復であり、事件の責任は子高にある。したがって文元の行為は不問に付すこと。②承平南海賊平定の勲功申請を再審し、勲功にふさわしい恩賞を賜ること。承平勲功者の一人である文元にも当然恩賞を与えること。③私純友は、承平南海賊平定の最高殊勲者であり、五位に叙すこと。

忠平は、純友のこの要求を胸に納めながら、二十六日以降の対策会議に臨んだのであった。正月三日の臨時除目で、承平南海賊の勲功申請者たちへの任官を決定したのは、純友の要求に屈してのことだったのである。しかし、ただ屈しただけではなかったことは前記したとおりである。

五位の決定、位記使伊予へ

だが忠平は、恒例の正月叙位《じょい》をやめ、純友自身の叙位要求にすぐにはこたえなかった。純友はいら立っていた。忠平は正月三十日になってようやく左大臣仲平をよんで二人だけで協議し、純友を五位に叙することに決め、天皇に奏《そう》聞《もん》した。純友の夢はついに叶った。勅許《ちょっきょ》を得た忠平は叙爵《じょしゃく》手続きに入らせたが、この手続きに三日かかった。

教喩官符

「教喩官符」というと，9世紀に諸国に強制移配した帰服蝦夷すなわち俘囚に対し，政府がしばしば諸国司に対し「教喩」を加えるよう命じていること，また安和2年(969)の安和の変に連座して藤原千春が逮捕配流されたことに対し，故藤原秀郷子孫に「教喩」を加えるよう下野国司に命じる「官符」が出されていることが想起される。

五位の壁

律令制では三位以上を「貴」，四位・五位を「通貴」といい，五位以上が政治的・経済的・身分的な種々の特権を与えられた，いわゆる「貴族」であった。蔭位《おんい》の制による昇進上の特別待遇のない下級官人・庶民にとって，最下級の初位からスタートして退職するまでに六位になれたら幸運であり，五位は手の届かない高嶺《たかね》の花であった。

9世紀末〜10世紀初頭ごろ，下級官人は無位から六位に叙《じょ》されるのが一般的になったが，特定官司(蔵人・式部丞・民部丞・外記・史)に六位官人として一定年数在任した者だけが離任するとき，五位に叙される仕組みが定着した(巡爵)。氏爵(藤原氏・源氏で年1人推薦)・年爵(院宮が年1人推薦)・栄爵(用途献納の賞)という機会もあったが，一般官人にとって五位になるチャンスは巡爵であった。蔭位の特典によって20代で五位に叙爵される貴族社会から脱落していた純友にとって，五位は夢であり，立ちはだかる厚く高い壁であった。その壁を突破する絶好のチャンスが「勲功賞」であった。

須岐駅襲撃事件後、忠平に要求を突きつけた純友は、伊予国府に帰って忠平の反応を待っていた。文元らの任官については純友の耳にも届いていただろうが、純友自身の五位叙爵については、何の回答もなかった。しびれを切らせた純友は、ちょうど忠平が純友の五位叙爵を決断した正月三十日ごろ、政府に再度五位叙爵を要求する「純友申文《もうしぶみ》」を認《したた》めた。伊予守紀淑人《かみきのよしと》も純友を擁護する「伊予解文《げぶみ》」を書いた。純友申文と伊予解文が京に届いたのは二月三日、両書を届けたのは純友の甥《おい》明方であった。同じ二月三日、純友を五位に叙する位記《いき》はできあがっていた。入れ違いに、純友に位記を授ける使者蜷淵有相が京を発《た》った。

この経緯を『追討記』は、

純友においては教喩《きょうゆ》官符を給い、兼ねて栄爵に預からせ、従《じゅ》五位下《げ》に叙す。

と記す。純友への五位叙爵にあたって、ほかの史料にみえない「教喩官符」が出されていることが注目される。反抗的な人物や集団に対して強圧的手段によって弾圧するのではなく、説得によって宥和《ゆうわ》しようというのが「教喩」である。「官符」は国司宛てに出されるものであるから、純友に対する教喩官符は、国守紀淑人に対し、須岐駅での子高襲撃を不問に付すとともに、承平南海賊のときの勲功を再評価して五位に叙すから、これからは五位の貴族として朝廷のために働くよう純友を教喩せよ、というような内容であったと思われる。

すなわち教喩官符は、忠平＝政府の純友に対する和解申し入れにほかならなかった。純友は蜂起の目的を達したのである。位記使蜷淵有相は位記とともに教喩官符を携えて出発した。

五位の奏慶

純友が上洛しようとしていたことについて，通説では純友が京都攻撃を企図していたのだとみている。しかし，五位の位記を賜与された直後であることといい，上洛を阻止されたあと五位叙爵の「悦状《よろこびじょう》」を奏上していることといい，純友がこのとき京都攻撃を計画していたとは考えられない。本論で述べたとおり，純友は五位叙爵の奏慶のために上洛しようとしたのである。

正月６日の恒例叙位で五位以上に叙された多数の人びとは，７日の白馬《あおうまの》節会《せちえ》において内裏紫宸殿南庭に列立して位記を賜り，奏慶・拝舞する。臨時叙位でも南庭に列立して位記を賜り奏慶・拝舞するが，列立できなかった者は３日以内に参内して慶賀を奏することになっていた。参内した叙位者は宣陽門の腋陣に祗候《しこう》し，近衛次将(中将・少将)を通して慶賀を天皇に奏上し，近衛次将が叙位者に口頭で天皇の言葉を伝えると，慶賀の人は称唯《いしょう》し(「おお」と返事をすること，「いしょう」と読むのは「しょうい」＝譲位を憚《はばか》るため)，拝舞して退出した。心躍り天皇への忠誠心が昂揚《こうよう》する瞬間である。伊予から京まで３日では無理であるが，純友は天皇に叙爵の奏慶をする晴れやかな場面を思い描きながら，京を目指していたのであった。

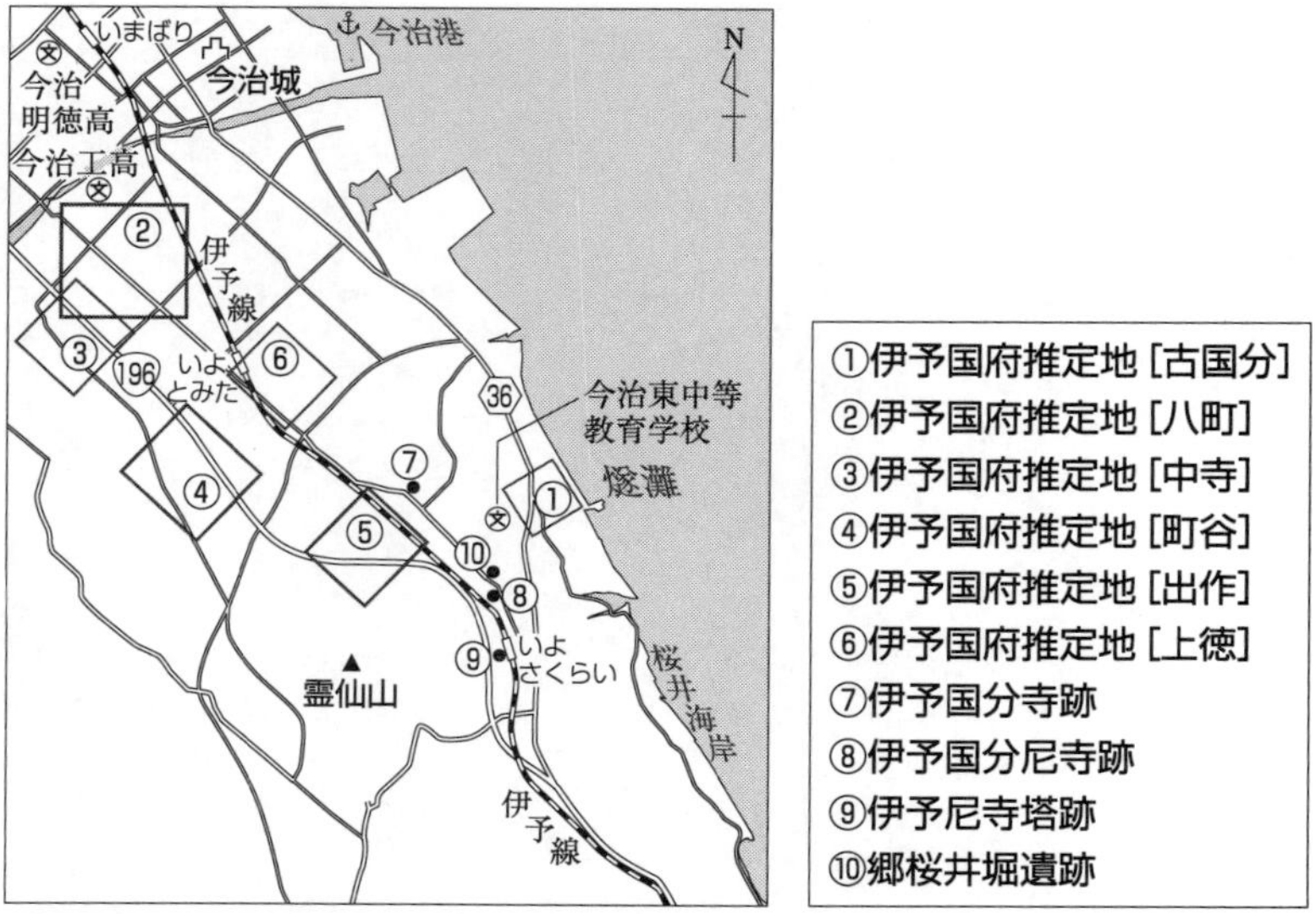

伊予国府推定地(p. 60コラム「純友と伊予国衙」)

位記使を出発させた翌二月四日、忠平と仲平は、追捕山陽道使小野好古にしばらく前進させないことを定め、好古に伝達させた。忠平は純友の反応を確かめるためにも、好古率いる政府軍に純友勢の追跡や武力行使を禁じたのである。

絶頂へ、そして落胆

二月十日前後、蜷淵有相は純友位記と教喩官符をもって伊予国府に到着し、国庁で純友に位記を授けた。淑人や配下の者たちが見守るなか、純友はうやうやしく位記を受け取り拝舞《はいぶ》した。拝舞しながら純友は、身体中で勝利を実感した。ついにこの手に五位の冠《こうぶり》をつかみ取ったのだ。今日から貴族社会の一員だ。何と険しい道のりだったか。純友はこれで矛《ほこ》を収めるつもりだった。

純友は、文元らとともに上洛し、五位叙爵の慶賀《けいが》を奏《そう》して摂政忠平＝政府と和解しようとした。

純友は、擁護してくれた淑人にしばしの別れを告げ、乗船して京を目指した。得意の絶頂の純友は、勝利の美酒に酔いしれながら、遅い船足にいら立ちつつ、はやる気持ちをおさえていたに違いない。

二月二十二日夜、純友が船で京を目指しているとの情報が忠平のもとに届いた。追捕山陽道使小野好古から連絡を受けた摂津《せっつ》国司がもたらしたものだった。この報に接した忠平は、これまでの和解方針から一転して、翌二十三日、淀《よど》川河口の摂津河尻《かわじり》（現、兵庫県尼崎《あまがさき》市）と中流に位置する山城山崎《やましろやまざき》（現、京都府大山崎町）に警固使をおいて上洛を阻止する決定をし、二十五日、藤原慶幸《よしゆき》（のち追捕山陽南海道使判官《はんがん》）が兵を率いて山崎に向かった。

伊予国分寺跡の礎石(愛媛県今治市)

郷桜井堀遺跡周辺図(愛媛県今治市)

なつかしい河尻。承平六年（九三六）三月にこの港を出てから四年の歳月が流れていた。俺は戻ってきた。京まであとひと漕ぎだ。だが二月二十五日ごろ河尻港で純友を迎えたのは、完全武装して警戒態勢をとる警固使とその軍勢であった。入港を拒絶された純友は、忠平の豹変ぶりに困惑しながら進路を戻し、伊予国府に帰り着いた。国府に着くとすぐ、純友は淑人と対応について協議した。伊予国府にはまだ、蜷淵有相が滞在中であった。純友はただちに五位叙爵を感謝する「悦状《よろこびじょう》」を認《したた》めた。淑人はまたも純友を擁護する「伊予解文」を書いた。純友は五位の悦《よろこ》びと上洛を断られた無念と反逆の意思なきことを切々と書き綴ったのではないか。この純友悦状と淑人解文を託された蜷淵有相が入京して忠平に進上したのは三月二日であった。

忠平の講和姿勢が一転、対決姿勢にかわったのはなぜか。忠平との政治的妥協によって事を収めようとしていた純友にとって、事態は彼が描いたシナリオを超えて予想外の展開を示していた。

二つの誤算

誤算の一つは、将門のあまりに早い死であった。純友は将門にできるだけ長く坂東《ばんどう》を掻き乱していてほしかった。将門の乱が長期化すればするほど、純友ら承平南海賊勲功者たちの立場は有利になり、彼らの活躍の場、さらなる勲功の機会が訪れることになる。

ところが将門は、二月十三日、下総国猿島《しもうささしま》（現、茨城県猿島郡）の合戦であっけなく藤原秀郷《ひでさと》・平貞盛《たいらのさだもり》らに討ち取られたのであった。将門死すの第一報が信濃国から京に早馬で届いたのは二十五日。将門敗死から十二日もたっていたが、この吉報に、将門の京都来襲に怯えていた京

将門戦死情報の到達と駅制

養老公式令給駅伝馬条によれば，「事速ならば一日に十駅以上」とある。8世紀，直線軍用道路の官道を，整備された駅馬を乗り継いで疾駆する緊急事態の飛駅奏言《ひえきそうげん》(早馬による緊急報告)の場合，1日10駅，約100里，約160kmの走行が目安であった。下総国府から信濃国府まで約20駅，信濃国から京まで約20駅だから，5～6日で到着する。東海道の約35駅を駆け抜ければ，4日で到着することになる。直線軍用道路が8世紀末で廃止され，駅制が衰退することによって，10世紀前半の飛駅奏言にはもっと日数はかかったと思われるが，それでも全力で馳《は》せれば10日はかからないであろう。

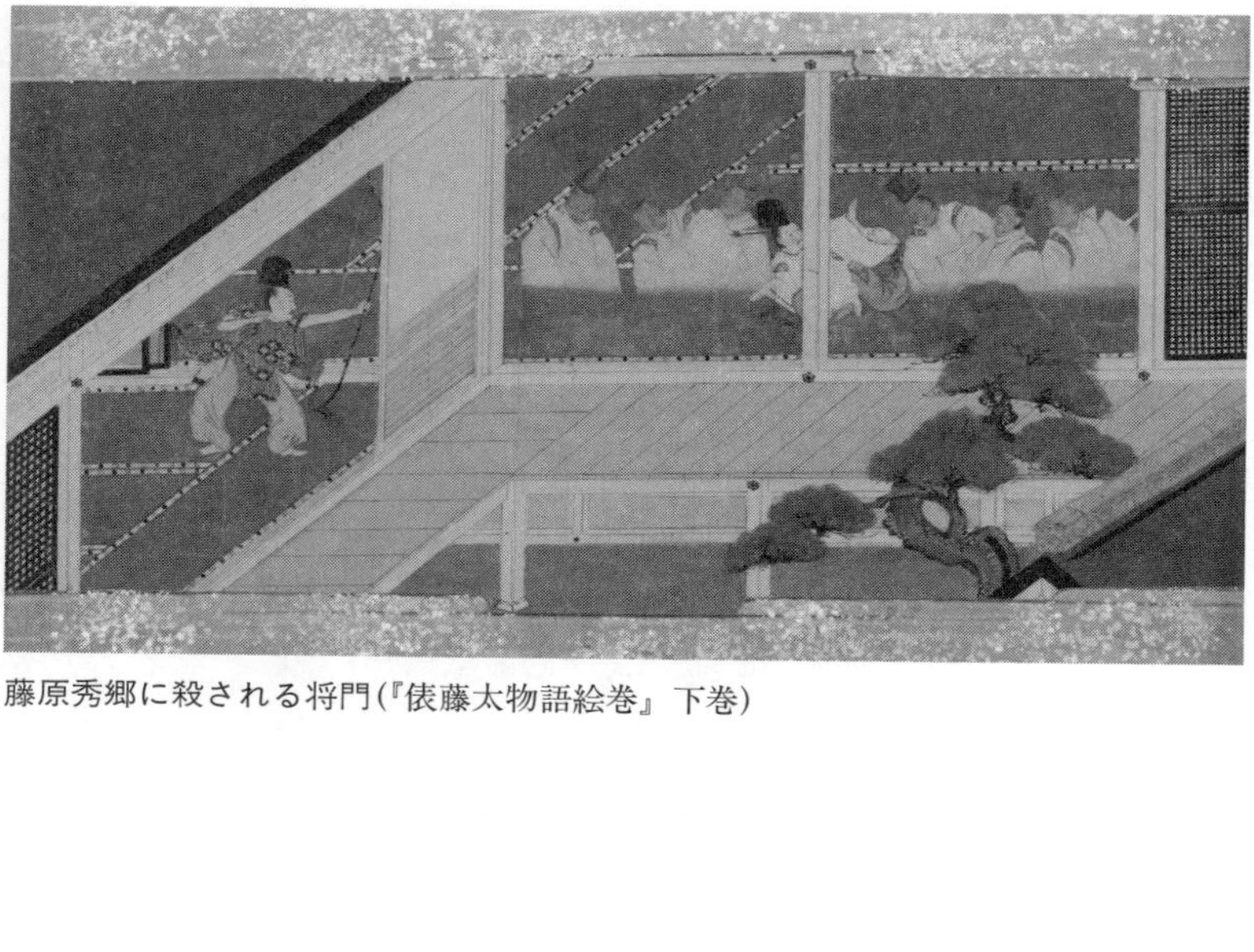

藤原秀郷に殺される将門(『俵藤太物語絵巻』下巻)

の人びとは快哉《かいさい》をさけび、胸をなでおろした。しかし忠平が、純友に対して妥協策から強硬策に転じたのは、将門敗死の公式第一報に先立つこと二日、二十三日であった。

公式第一報より早く二十二日には、忠平に将門敗死の非公式情報は入っていたのだ。将門の死を知った忠平は、純友が奏慶のために上洛しつつあるという知らせに対し、それまでの宥和方針を翻《ひるがえ》し、強硬策に転じたのであった。

純友にとって誤算の第二は、備前の文元、讃岐《さぬき》の三辰らが、純友の期待を裏切って暴走したことであった。せっかく忠平との交渉で任官・叙位を勝ち取ったからには、ともに矛を収めて上洛の途についてほしかった。忠平も、相手が純友だけなら妥協できたかもしれない。しかし文元・三辰らの国府焼亡・国内制圧という過激な行動に目をつぶるわけにはいかなかったのである。

4章

備前の乱と讃岐の乱

これがおいらの縄張りさ、縄張り破る奴はない！
（バイロン『海賊』第一編一）

年号	西暦	月	日	事項
天慶2	939	秋冬	—	文元，備前国釜島に城郭を構え，年貢を抑留
		12	26	藤原文元，子高襲撃
3	940	1	1	追捕山陽道使に小野好古が任命される
			20	備中・備後・安芸国衙軍，文元に敗れる
		2	23	内竪頭義友を備後国警固使に任命，阿波・讃岐両国司に任国の賊徒追討を命令
		3	4	追捕南海道使に小野好古を任命
		6	18	公卿議定にて文元追討が決定
			—	文元讃岐国の藤原三辰のもとへ逃れる
4	941	1	21	伊予国より藤原三辰の首級が京都へ進上される

1 暴走する文元

楽音寺《がくおんじ》と『楽音寺縁起絵巻』

鎌倉・室町時代の楽音寺は，この地を支配する安芸《あき》国屈指の領主小早川氏の氏寺として隆盛を誇った。それ以前の平安末期には，後白河院を本所とする蓮華王院領沼田《ぬた》荘の荘官沼田氏の氏寺であった。沼田氏は源平内乱で平家方として戦って滅ぼされ，そのあとに東国から沼田荘地頭として入部《にゅうぶ》した小早川氏が氏寺としたのであった。

『縁起絵巻』のストーリーを，場面ごとに箇条書きにして紹介してみよう。

【第一場面】天慶年間，純友は備前国釜島《かましま》に城郭を構え，兵船を擬し，西国からの年貢を抑留していた。

【第二場面】朱雀《すざく》天皇より安芸国流人藤原倫実《ともざね》に純友追討の勅宣が出される。倫実は，勅宣を蒙り兵を率い，純友の城郭釜島を攻撃したが惨敗した。

【第三場面】倫実は，味方の死体の下に隠れ，髪中に納めていた薬師如来の加護により，九死に一生を得ることができた。

【第四場面】倫実は，上洛して敗戦を天皇に報告したが，ふたたび純友追討の勅命を蒙った。

【第五場面】倫実は摂津《せっつ》河尻で船を調達，和泉《いずみ》・河内《かわち》・摂津・播磨《はりま》で軍勢を整え，播磨印南野《いなみの》で茅萱などを刈って船に積み，純友が籠る釜島を攻撃した。茅萱を積んだ船に火をかけ，釜島を焼討ちする作戦が功を奏し，みごと純友を討ち取ることに成功した。

【第六場面】倫実は，純友の首を取り，天皇に献上。恩賞として左馬允に補任され，安芸国沼田郡七郷を賜り，報恩のため楽音寺を建立した。

文元の暴走

純友《すみとも》の要求に屈した政府が、本人不在のまま備前《びぜん》の文元《ふみもと》を任官し、将《まさ》門追討軍《かどついとう》の軍監《ぐんげん》に任命したのは正月二十日であった。同日、左大臣仲《さだいじんなか》平《ひら》は、「西国兵船《さいごく》」多数が備中《びっちゅう》国に来襲し、「備中軍」（備中国の国衙《こくが》軍）は逃散《ちょうさん》したという情報を忠平《ただひら》に伝えた。備中国か備後《びんご》国から飛駅奏言《ひえきそうげん》が届いたのであろう。西国兵船の正体について、今まで何ら疑うことなく純友の行動とみなしていた。しかし純友の仕業であるという証拠はない。この時期、純友は伊予国府《いよこくふ》で、叙位《じょい》の知らせを首を長くして待っていた。正月に政府が小野好古《おののよしふる》を任命したのは追捕《ついぶ》「山陽道《さんようどう》」使《し》であって、「南海道《なんかいどう》」すなわち伊予国は追捕対象には入っていなかった。

この備中軍を蹴散らした西国兵船の頭目《とうもく》は、文元であった。文元は、政府が正月三日の臨時除《じ》目《もく》で自分を任官したことを知らなかったわけではあるまい。しかし文元は、純友が深謀《しんぼう》遠慮のすえに実現したせっかくの任官を拒絶し、純友の構想を根底から狂わせる行動に出たのであった。文元は子高《さねたか》に対する報復を支援してくれた盟友純友の恩義に報いることはなかった。子高に対する憤怒《ふんぬ》と憎悪が文元から冷静さを奪っていたのか。純友が子高襲撃の彼方に貴族社会への復帰を構想していたのに対し、文元にとって子高襲撃は、子高の暴虐が象徴する「権力」なる怪物への憎悪に満ちた反逆の序幕だった。文元は子高襲撃後、備前国に帰って備前を制圧し、備中に進出して（あるいは備中から侵攻してきた）国衙軍＝政府軍を蹴散らしたのだった。しかしそれが文元が望んだことだったかは、霧のなかである。ひょっとすると文元の本心は純友と同じく矛《ほこ》を収め

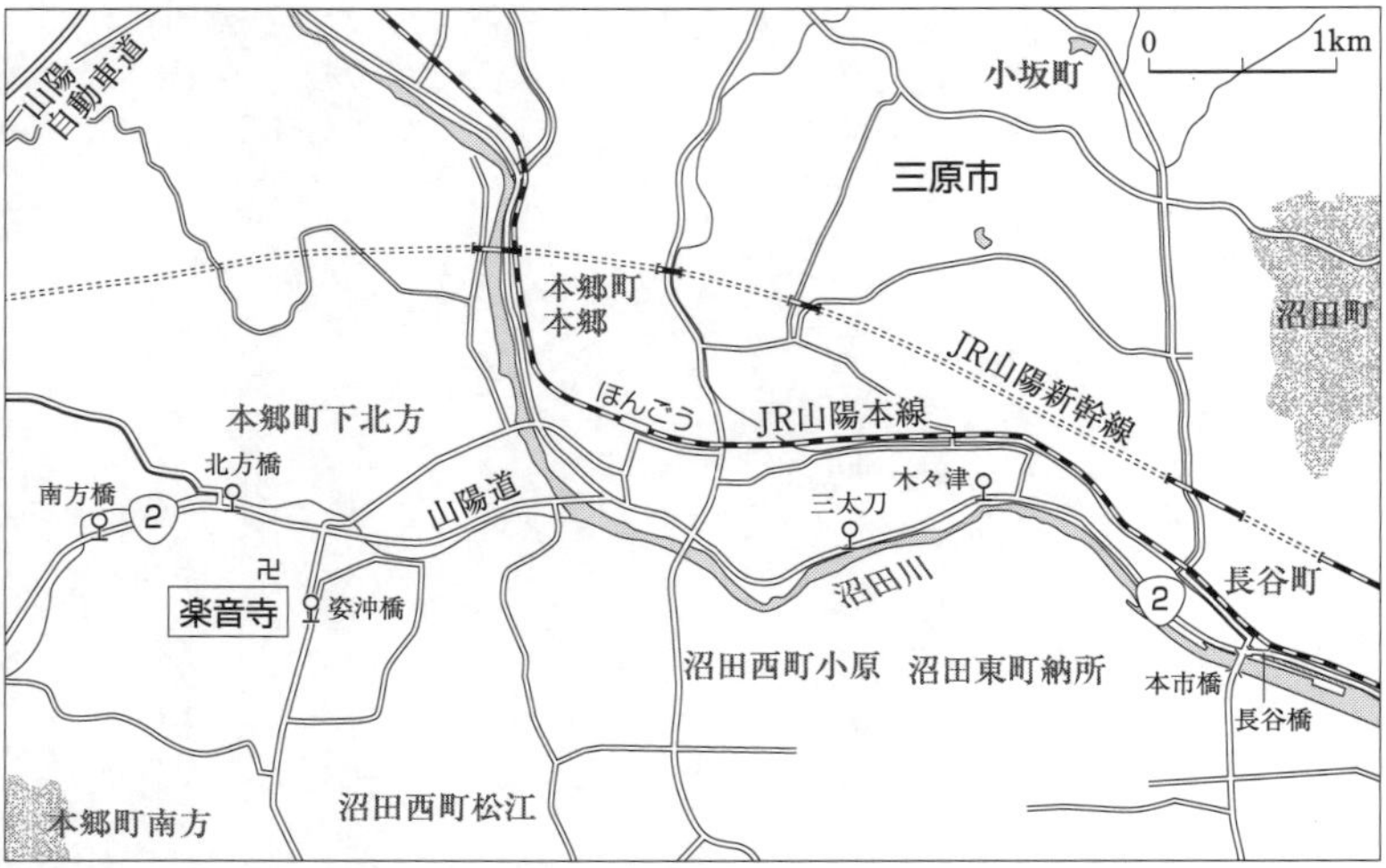
山陽自動車道
0
1km
小坂町
三原市
沼田町
本郷町
本郷
JR山陽新幹線
ほんごう
JR山陽本線
本郷町下北方
北方橋
南方橋
2
山陽道
木々津
三太刀
卍
楽音寺
姿沖橋
沼田川
2
長谷町
沼田西町小原
沼田東町納所
本市橋
長谷橋
本郷町南方
沼田西町松江

楽音寺周辺地図

て任官されたかったのかもしれない。そのことを含めて、備前における文元の乱に迫ってみよう。

『楽音寺縁起』が描く純友の乱

広島県三原《みはら》市本郷《ほんごう》の楽音寺《がくおんじ》に伝わる『楽音寺縁起《えんぎ》絵巻』（以下、『縁起』）には、純友の乱に関する著作の挿絵としてよく使われる有名な場面がある。紅蓮《ぐれん》の炎につつまれる船を尻目に、周章狼狽《しゅうしょうろうばい》する陸地の純友勢に向かって兵船で敢然と挑みかかる武士たちの勇姿が目を引く。どこかでご覧になったことがあるだろう。しかし、その舞台は日振島《ひぶりしま》ではなく備前国釜島《かましま》（現、岡山県倉敷《くらしき》市）であり、純友を討ち取ったヒーローは、追捕使好古でもなければ、実際に純友を討ち取った橘遠保《たちばなのとおやす》でもなく、安芸《あき》国沼田《ぬた》荘荘官沼田氏の祖藤原倫実《ふじわらのともざね》であった。そこには、信頼できる史料から再現できる純友の乱の流れとはまったく異なる「物語」が描かれているのである。

その絵は、『縁起』「第五場面」の、倫実が釜島にこもる純友を攻撃するところである（口絵六・七頁）。実際の純友の乱とあまりに隔たっているが故《ゆえ》に、『縁起』が史料として使われることはまずない。しかし私はこれほどまでかけ離れているからこそ、『縁起』の「物語」に潜む「真実」の声を聞き取りたいのである。

沼田氏の祖は郡司《ぐんじ》クラスの豪族だったのであろう。彼が本当に藤原倫実という名前であったかどうかもわからないが、ここでは藤原倫実としておこう。彼は、純友の乱に安芸国から国衙軍の一員として参戦し、手柄を立て、左馬允《さまのじょう》と沼田郡郡司に補任《ぶにん》され、その報恩に楽音寺を建立《こんりゅう》し

『楽音寺縁起』が敵役をすり替えた理由

どうして『楽音寺縁起』は倫実が相まみえた相手を文元から純友にすり替えたのであろうか。倫実は，薬師堂(楽音寺)の落慶供養にあたって，建立の趣旨を述べる「呪願文」を捧げる。薬師如来に謝恩の念を届けるためには，自己の勲功は可能な限り誇大に表現しなければならない。勲功が大きければ大きいほど本尊は喜ばれ，さらなる加護を与えてくださる。仏に対して倫実は英雄でなければならないのであり，自らを英雄化するためには，相まみえた相手が脇役であってはならない。戦った相手は乱の主役，かの有名な純友でなければならないのである。それは我々がしばしば酒宴の場で聞きもし，語りもする罪のない手柄話と同じであろう。

『縁起』は，備前の乱に政府軍として参加し手柄を立てた倫実が，彼が実際に体験した文元との合戦を純友との戦いにすり替え，自らを純友斬首の英雄に仕立て上げて本尊薬師像に捧げた「物語」なのであった。このような純友の乱「外伝」は，他にもいくつも伝えられたであろう。勲功者の数だけ手柄話は作られるのである。

倫実の物語とよく似た物語が，伊予河野氏《いよこうの》の系譜『河野家譜』のなかにある。河野氏の祖，越智好方《おちよしかた》が「宣旨」を蒙り，中四国の武者を引率し兵船200余艘で備前籠島を攻め，好方の被官《ひかん》「奴田新藤次忠勝」が純友の首級を挙げて「武勇威名」を高めた，というのである。「奴田」は「沼田」に通じ，「籠島」は児島《こじま》か釜島が訛った「こもしま」と読むことができる。河野氏にも沼田氏の祖先伝承と同じ祖先伝承が伝えられており，共通の勲功体験をもとにしているとみていいのではないか。平安末期，沼田氏と河野氏は姻戚《いんせき》関係にあり，婚姻関係を通じて相互の系譜＝祖先神話も混交して，河野氏側で沼田氏を従者視する伝承に変容したのかもしれない。実際に，純友の乱の功により「越智用忠《もちただ》」が従五位下に叙されているので，あるいは越智用忠は藤原倫実とともに備前で文元と戦ったのかもしれない。

た。これはほぼ事実として認めてよいと思う。源平内乱期に、安芸国の名だたる武士として活躍する沼田氏の英雄的始祖として、まことにふさわしい勲功である。

問題は、純友が備前国釜島を拠点とする、備前国の海賊として描かれていることである。すでにピンときた慧眼《けいがん》な読者がおいでのことであろう。『縁起』の純友は、本当は文元ではないのか。そのとおり。『縁起』が描く敵役を純友から文元におき換えてみていただきたい。すると、とたんに荒唐無稽《こうとうむけい》にみえた『縁起』の「物語」が真実味を帯びてくる。『縁起』が描く純友の乱は、実は、藤原文元を主役とする「備前の乱」だったのである。

そこで『縁起』の純友を文元に読み替え、確かな史料と付き合わせながら、備前の乱を再現してみよう。釜島は、本州・四国間がもっとも狭い備讃瀬戸《びさんせと》のなかで、東西・南北航路をおさえる絶好の要害であった。文元はもともと「承平南海賊《じょうへいなんかいぞく》」平定の勲功者である。船をあやつり海上活動することに長じていた。備前介《すけ》子高の迫害を受けてからは、ここに拠点を据《す》えて国衙に抵抗し、官物《かんもつ》運京船を襲撃していたとみたい。

備前国釜島に城郭を構えて西国からの年貢《ねんぐ》を抑留していたという「第一場面」は、天慶《てんぎょう》二年(九三九)秋から冬にかけて、国司《こくし》子高の抑圧に抵抗していたことと重なる。

「第二場面」「第三場面」では、朱雀《すざく》天皇から追討命令を受けた倫実が、兵を率い純友が籠る釜島を攻撃したが惨敗したという。実際に、天慶三年正月、追捕山陽道使小野好古が任命されると、山陽道諸国に出された純友士卒《しそつ》藤原文元「追捕官符《かんぷ》」に応じて、諸国の住人たちが国衙軍＝政府

沼田氏

沼田氏は，『楽音寺縁起』で藤原純友追討の賞により，安芸国沼田郡７郷を与えられたとされる藤原倫実を祖と仰ぐ西国武士。本書では，備前国の藤原文元追討に活躍した賞であったと推論した。倫実子孫の沼田郡司沼田氏は，12世紀後半に沼田郡を蓮華王院に寄進して沼田荘下司になった。源平内乱期の沼田氏について，『平家物語』(巻九　六ヶ度軍)に，安芸国住人沼田次郎を伊予国の河野四郎通信の「母方の伯父」としており，寿永２年(1183)冬ごろ，屋島に本拠をおいた平氏に圧迫された通信は伯父を頼って沼田氏と合流し，沼田氏は河野通信とともに沼田城に籠もって平教経の軍勢と戦ったが城を陥され，通信が城を出てのがれたのに対し，沼田次郎は平氏に投降したとある。また鎌倉前期の貞応２年(1223)，都宇竹原荘と生口島の荘官らの治承寿永の乱，承久の乱における幕府に対する敵対行為を書き上げた罪科注進状には，沼田荘を本拠とする沼田五郎が都宇竹原荘・生口島など近隣荘郷の公《く》文《もん》下司層を率いて，平氏にしたがい壇ノ浦の合戦に参加したことがみえる。いったん平氏に敵対しながら，結局，平氏と運命をともにしたというのは，西国武士のたどった一つの姿である。河野氏との関係といい，生口島や竹原の公文層を従えていたことといい，沼田氏は，平安末期，安芸国東南部地域における有力武士であり，かつまた海上にも基盤をもつ水軍的武士であったといえるであろう。平安末期の西国の有力武士のなかには，純友の乱における勲功者を祖とする武士が目立つ。伊予国有力在庁河野氏は，純友の乱に活躍した越智氏の子孫，大宰府府官原田氏らは大蔵春実の子孫であり，豊後大神一族(緒方・臼杵・佐伯氏)らも，純友の乱で勲功をあげた大神高実の子孫の可能性がある(p. 196表参照)。

軍として手柄と恩賞を夢見ながら立ち上がったのだろう。正月二十日、備中軍が西国兵船に敗れ逃散したというのは、追捕山陽道使好古が行動を起こすより前に、追捕官符に応じた備中・備後・安芸の国衙軍が文元勢と戦い敗退した事実を語っている。西国兵船は根拠地釜島から政府軍を追撃した文元勢であったとみてよい。安芸国住人倫実もこのとき敗れ、命からがら逃げ出したのである。「第二場面」「第三場面」は、このように天慶二年二月の文元勢による政府軍撃破の事実と符合する。とすれば、文元が純友の事態収拾の動きに同調しなかったのは、我を忘れた暴走ではなく、追捕官符に呼応して攻め寄せてくる倫実ら周辺諸国の軍勢と対決することを余儀なくされたからではあるまいか。

その後、正月下旬から二月下旬までの間、将門平定に全力を注ぐために忠平ら政府首脳は、瀬戸内海地域の動きを静観する。純友に五位《ごい》を授け、追捕南海道使好古には進撃を止めさせた。純友は五位獲得で矛を収め、忠平と和解しようとしていた。その間、文元は備前・備中を制圧したのであった。

忠平の攻勢準備

二月二十三日、将門敗死の情報を得た忠平は素早く動く。五位奏慶のため上洛を目指す純友の動きを封じるため、河尻《かわじり》（現、兵庫県尼崎市《あまがさき》）・山崎《やまざき》（現、京都府大山崎町）に警固使《けいごし》をおき、文元の備後進出を阻《はば》むため内竪頭義友《ないじゅのかみよしとも》（姓不詳）を備後国警固使に任じ、さらに五章で述べる讃岐国《さぬき》を制圧した藤原三辰《みつとし》の動きをおさえるため、いったんのがれていた阿波《あわ》・讃岐両国受領《ずりょう》に

釜島

備前釜島(倉敷市)は，児島半島の南端下津井港の沖に浮かぶ周囲2kmの小島である。鷲羽山《わしゅうざん》から眼下に望む。眼前に瀬戸大橋を仰ぐ。現在は無人島だが，かつては小・中学校の分校もあった。横溝正史『悪霊島』のモデルともいわれる。本州・四国間がもっとも接近している備讃瀬戸は，備前児島，塩飽諸島など多数の島々を抱え，島と島の間の狭い海峡は速く複雑な流れを形づくっている。釜島は，そのような備讃瀬戸のなかで東西・南北航路を押さえるうえで絶好の要害であった。

17世紀後半に書かれた通俗史書『前太平記《ぜんたいへいき》』に藤原倫実が釜島で純友を討ち取った話が出てくるが，これは『楽音寺縁起』をもとに仕立て直したものである。釜島にある純友城郭とされる城跡も，『前太平記』を通して釜島＝純友根拠地説が流布するなかで，こじつけられたものであろう。

釜島位置関係図

任国に戻って三辰と戦うよう命じた。そして三月四日、まだ任じていなかった追捕南海道使を初めて定めた。四月六日、将門の上洛を阻止するために碓氷《うすい》（現、長野県・群馬県境）・身崎《みさき》（未詳）・木曽《きそ》（現、長野県木曽郡）においていた警固使を止めて、そのいずれかであった藤原村蔭を阿波警固使に任じ、西国の反政府勢力に対して布陣をかためていった。四月十日、山陽道使好古から「凶賊発起《ほっき》の疑い」が報じられた。政府軍の布陣に対し、文元が動き出す構えを示したのかもしれないが、衝突するまでには至らなかったようだ。

その間、純友は事態を静観していた。伊予国府にいた純友は淑人《よしと》とともに忠平と妥協する道を模索していたのであろう。忠平も追捕対象を意図的に「純友の暴悪士卒」「純友の士卒」と称して純友本人を名指しすることは避け、純友に対して妥協の余地があるかのように振る舞いながら、着々と攻勢に転じる準備をととのえていた。三月から六月までの『貞信公記《ていしんこうき》』をみると、忠平は頻繁に「縁兵雑事《えんぺいぞうじ》」について左中弁《さちゅうべん》藤原在衡《ありひら》から報告を受け、指示を出している。諸国への軍勢・兵粮《ひょうろう》・兵船・武器の準備指令と諸国からの準備状況報告が縁兵雑事なのであろう。

六月、忠平は公卿議定《くぎょうぎじょう》を開いて、まずは備前の文元追討に的をしぼり、追捕山陽道使好古に進撃を命じ、山陽道諸国に好古にしたがって文元を追討せよとの追捕官符を発した。この政府軍の攻勢を前に釜島に籠る文元はたまらず脱出し、備讃瀬戸を越えて、讃岐の藤原三辰のもとにのがれていった。八月に文元が「南海凶賊」と名指しされているのは、備前を脱出し讃岐国に移っていたことを示している。

純友神社

釜島の北東にある人口３人の松島(岡山県下最小の有人島)に，純友神社がある。由緒は不詳だが，17世紀後半に『前太平記』が書かれて以降，純友に結びつけられたものであろう。瓦葺きの拝殿があり，拝殿内にはセンダイロク(千歳楽)＝楽車《だんじり》が安置されている。中世には，島全体が水軍(海賊衆)の城塞になっていたという。

純友神社(岡山県倉敷市)

『縁起』の「第四場面」で倫実がふたたび純友追討の勅命《ちょくめい》を蒙《こうむ》ったというのは、六月に山陽道諸国に出された追捕官符に応じて挙兵したことを指すと思われ、「第五場面」で倫実が摂《せっ》津河尻で船を調達し、和泉《いずみ》・河内《かわち》・摂津・播磨《はりま》で軍勢をととのえ、純友が籠る釜島を攻撃したというのは、追捕山陽道使小野好古を指揮官とする政府軍全体の動きとみれば、理解しやすい。政府軍による釜島焼討ち作戦は成功し、文元は這々《ほうほう》の体《てい》で讃岐を目指して逃走した。『縁起』の「第五場面」はその勲功を倫実に集約し、文元勢の有力者の首級《しゅきゅう》をあげた程度の勲功を純友斬首にすり替えたのである。

以上のように、『縁起』は備前における文元の活動とみごとに対応していた。これまで荒唐無稽として一顧《いっこ》だにされなかった『縁起』の物語は、純友を文元に読み替えることによって、備前における文元勢と政府軍の動きを語る貴重な史料として生命を得たのである。

倫実はこのように、広い意味での「藤原純友の乱」に政府軍として参加し、文元を指導者とする「備前の乱」では、あやうく殺されかけながら勲功をあげたのであった。倫実は、実際に、乱の平定後、恩賞として沼田郡郡司に補任され、左馬允にも任じられたのかもしれない。その報恩のために楽音寺を建立したというのも事実であったであろう。

2 讃岐国の乱

讃岐介藤原国風と藤原三辰

讃岐国府跡の碑(香川県坂出市)

讃岐の乱と藤原三辰

文元《ふみもと》が備前《びぜん》・備中《びっちゅう》の政府軍を破って両国を制圧していた天慶《てんぎょう》三年（九四〇）二月、純友《すみとも》の描く和平への動きを台無しにする反受領《ずりょう》闘争が、讃岐《さぬき》国でも激しくなった。五日、忠平《ただひら》と左大臣《さだいじん》仲平《なかひら》は、「賊徒《ぞくと》が襲来し、兵器などが奪取された」という淡路《あわじ》国解文《げぶみ》について対策を協議し、二十三日、純友の五位《ごい》奏慶の上洛を拒否するとともに、国外に逃亡していた阿波《あわ》・讃岐両国司《こくし》に対し、任国に帰り賊徒と戦うよう指令を発した。これらの政府側の記録から、阿波・讃岐でも過激な反受領闘争が勃発していたことがわかる。

政府記録にこの闘争の中心人物が純友であったとはどこにも書いていないにもかかわらず、従来、純友が中心であることに疑いが差し挟まれることはなかった。しかし、讃岐・阿波・淡路が反乱勢力に席捲《せっけん》されていたころ、純友は伊予国府《いよこくふ》で給位記使《いきし》蜷淵有相《になぶちのありすけ》から念願の五位の位記を授けられ、上洛は拒絶されたものの天皇・忠平に五位叙爵《じょしゃく》を謝する「悦状《よろこびじょう》」を認《したた》め蜷淵有相に託していた。純友は心から五位叙爵を悦《よろこ》び、上洛して忠平と和解する道を探っていたのである。

そのような純友が、讃岐・阿波を襲撃するだろうか。

ちょうど一年たった天慶四年正月二十一日、伊予国から前山城掾《さきのやましろのじょう》藤原三辰《みつとし》の首級《しゅきゅう》が京《みやこ》に進上され、西獄所《にしごくしょ》の前に晒《さら》された。この三辰の首を獄前に晒したことについて、政府は彼を海賊の暴悪者とし、「讃岐の乱」は彼に発す、と振り返っている。この政府記録は非常に重要であり、純友の動きとは区別された「讃岐の乱」があり、その発端は前山城掾藤原三辰が引き起こしたと

総柱構造の掘立柱建造物跡(香川県坂出市)

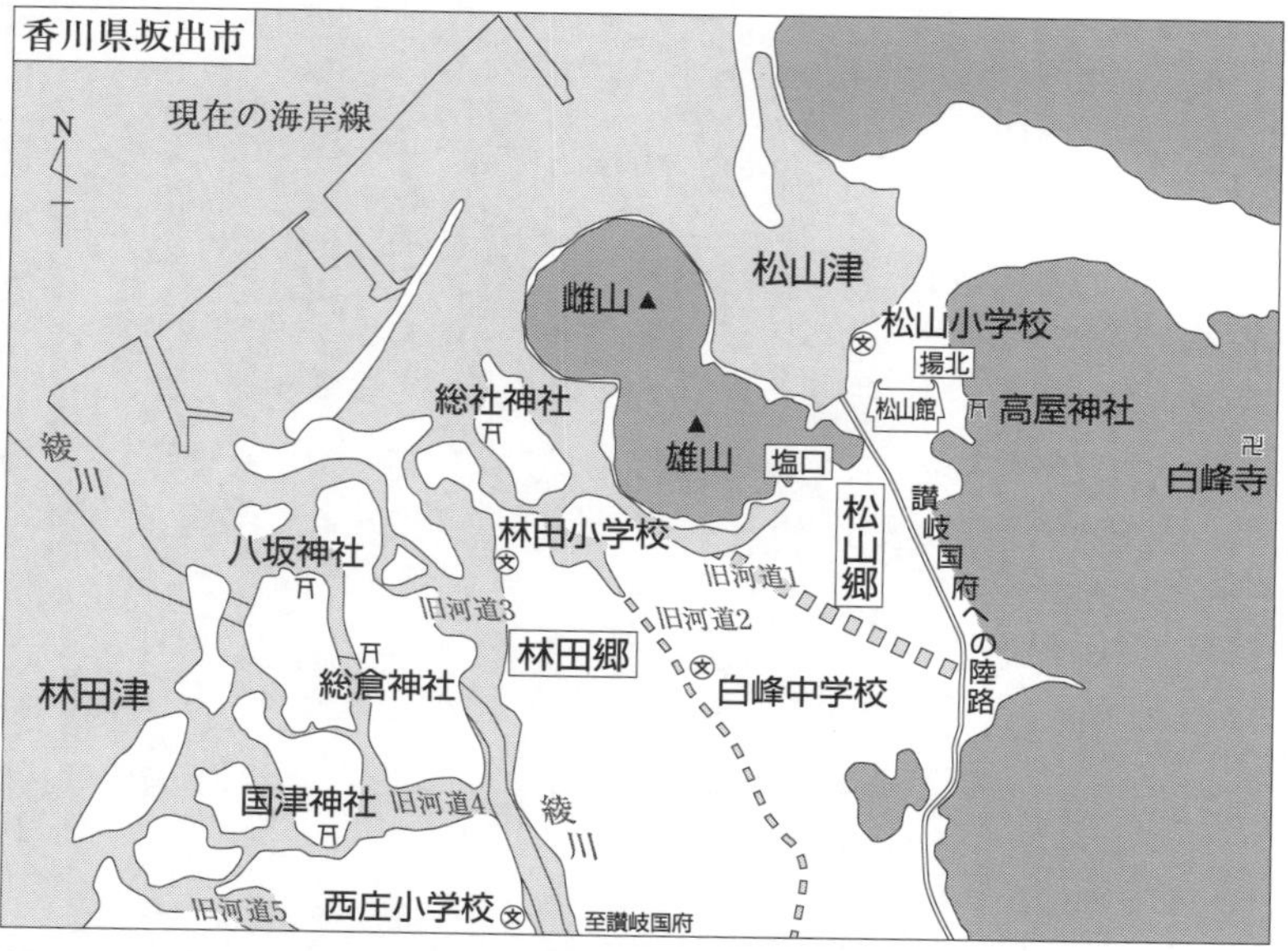

松山津周辺復元案(香川県歴史博物館図録『海に開かれた都市』をもとに作成)

いうのである。すなわち、天慶三年二月の淡路襲撃と武器奪取、阿波・讃岐両国国司の追放の首謀者は、純友ではなく藤原三辰だったのである。この一連の事態に純友はまったくかかわっていない。

『純友追討記』が描く讃岐の乱

このころの事態と思われる『純友追討記《ついとうき》』の記述が、実は摂津須岐《せっつすき》駅襲撃事件、大宰《だざい》府《ふ》合戦とならぶ『追討記』の三つのクライマックスシーンの一つである。『追討記』はつぎのように記す（口語訳）。

（五位に叙せられたにもかかわらず）純友の野心はいまだ改まらず、猾賊《かつぞく》（悪賢く酷《むご》たらしい）行為はいよいよ活発化した。讃岐国は純友の賊《ぞく》軍と合戦したが大敗し、矢に中《あた》った戦死者は数百人に達した。こうして介藤原国風《すけふじわらのくにかぜ》の軍は破られ、国風は警固使《けいごし》坂上敏基《さかのうえのとしもと》をよんで、窃《ひそ》かに阿波国に逃げ向かった。純友は国府に入って放火焼亡し、公私の財物を掠奪《りゃくだつ》した。介国風は阿波からさらに淡路国にのがれて、淡路から具状《ぐじょう》（事発《じはつ》日記・合戦日記）を注して政府に飛駅言上《ひえきごんじょう》（緊急報告）した。二カ月たって国風は「武勇人《ぶゆうのひと》」を召集して讃岐国に帰り「官軍の到来」を待った。

純友が讃岐国で介国風の軍を破り、国府に乱入して放火焼亡し、公私の財物を掠奪したというのであるが、いつのことなのかわからない。ここで主役の地位にある介国風の苦戦・奮戦ぶりは、ほかの確かな史料にはまったく出てこないし、先にも述べたように『追討記』の記事のほとんど

讃岐国衙跡……………………………………………………

藤原三辰《みつとし》によって焼討ちされた讃岐国府は，「陰若《いんやく》」(印鑰)・「正惣《しょうそう》」(正倉)など国衙に関連する地名が残る，綾川《あやかわ》流域の坂出市府中町本村地区に比定されている。仁和《にんな》2年(886)から寛平《かんぴょう》2年(890)まで国守として国務に当たった菅原道真《すがわらのみちざね》は，『菅家文草《かんけぶんぞう》』に収めた漢詩「客舎冬夜」のなかで「開法寺の中　暁にして鐘に驚く」と詠み，「開法寺は府衙の西に在り」と註している。推定国府域の西南部に位置する白鳳期の法起寺式伽藍配置の古代寺院跡が開法寺に比定されており，道真の詩の位置関係と一致する。推定国府域の西背後に古代山城の城山《きやま》，東北東方向約2km先に国分寺跡，その先さらに約2kmのところに国分尼寺跡がある。

1977〜81年の発掘調査では，推定国府域内から奈良・平安時代に比定される総柱掘立柱の倉庫跡や築地塀かと推定される基壇《きだん》状遺構が検出され，緑《りょく》釉《ゆう》瓦・緑釉土器・円面硯などの遺物も出土しているが，発掘面積が狭く国庁の建物を示す明確な遺構はまだ検出されていない。2010年現在，発掘調査は進捗しているようである。今後の調査で国庁跡が検出され，10世紀代の焼土層が発見されたら，それは天慶3年2月初め，藤原三辰が藤原国風の国衙軍を破り国府に乱入放火した痕跡である。

『菅家文草』には，道真が松山津の松山客館に小松を植えたことを詠《うた》った詩を載せる(222・234)。松山津(客館)は国府の約5km北方，当時の推定海岸地形では砂堆が広がる綾川河口の東側に突き出した雄山・雌山の東麓に湾入した国府津であり，津の最奥部付近に客館があったと思われる。天慶3年8月18日，純友軍兵船400艘は，ここ松山津に接岸した備前・備後の政府軍兵船100余艘を奇襲攻撃して焼き払い，三辰・文元らが籠る国府を攻めていた政府軍を追い詰め撃破したのであろう(香川県埋蔵文化財センター編『讃岐国府跡を探る』同，2010年)。

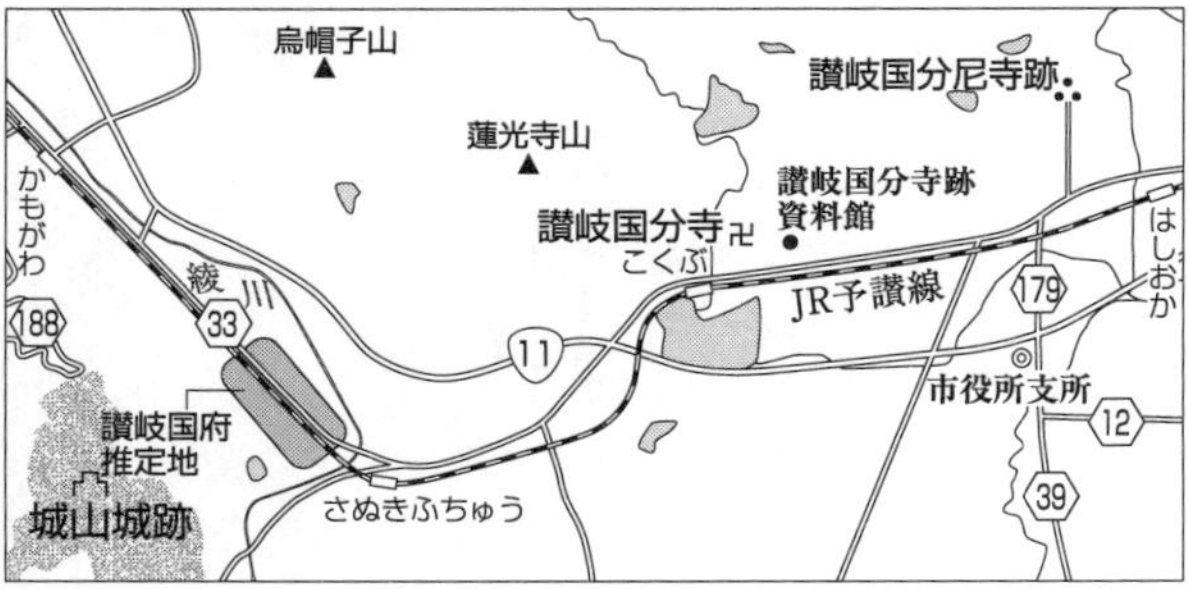

推定国府域図

には日付がない。

しかし子細にみてみると、『追討記』の記事は、確かな史料からうかがえる天慶三年春の淡路・讃岐・阿波のできごとと一致する部分が多い。すなわち介国風が淡路にのがれて飛駅奏言《そうげん》した部分は、『貞信公記《ていしんこうき》』天慶三年二月五日条の、賊徒が淡路に来襲し兵器などが奪取されたという淡路国解文が届いた、という記事に対応し、介国風が阿波にのがれさらに淡路にのがれたという部分は、同じく『貞信公記』二月二十三日条の、忠平が(逃げていた)阿波・讃岐国司を(任国に)追いくだせと左中弁《さちゅうべん》藤原在衡《ありひら》に命じた記事と対応し、二カ月たって国風は「武勇人」を召集して讃岐国に帰り「官軍の到来」を待ったという部分は、同じく『貞信公記』二月五日条からちょうど二カ月目にあたる四月六日条の、(将門対策のために配置していた)碓氷関《うすいのせき》・身崎《みさき》・木曽《き そ》使《し》を停止し藤原村蔭《むらかげ》をあらためて阿波警固使に定めた、という記事と対応している。追捕使小野好古率いる政府軍が讃岐に渡海するのは八月になってからであった。このように『追討記』が語る讃岐国でのできごとは、二月から四月にかけて実際に讃岐・阿波で起こったできごととほぼ一致しているのである。

『純友追討記』の作為

しかし再度振り返ってみよう。この時期、純友は五位叙爵に歓喜し、奏慶のための上洛を目指し、伊予国府に帰って五位叙爵の「悦状」を認《したた》めていた。そして「讃岐の乱」の中心にいたのは、確かな史料では前山城掾藤原三辰だった。

『純友追討記』の作為から作者を絞ってみよう

なぜ三辰が純友にすり替えられたのだろうか。理由は簡単である。『追討記』のこの部分の主役は讃岐介国風である。彼の苦戦，彼の奮戦を強調し，彼の勲功を高からしめ，乱平定の中心人物の地位に押し上げるためには，相手は反乱軍のヒーロー純友でなければならないのである。

問題はこの作為が誰によってなされたかである。『扶桑略記《ふそうりゃくき》』編者は除外していいだろう。彼は日付を調べて追記しようとしていたくらいの実証的精神の持ち主であり，事件から150年以上ものちの人物であるから，とくに国風に肩入れする理由もあるまい。

すると『追討記』の編者か。彼は，乱平定後あまり時を経ない時期に，素材を集めたものの未完成のまま放置してしまった。彼がすり替えた可能性はある。『追討記』の編者は，「物語」を面白くするために改作したのかもしれないし，あるいは彼が介国風に近い人物であったなら，「讃岐の乱」の初期において三辰の攻勢を一身に引き受け奮闘したにもかかわらず，他の勲功者たちのなかに埋没してしまった国風の勲功を顕彰しようとして作為したのかもしれない。

介国風自身はどうであろう。彼の場合，政府に虚偽申告する機会は二度ある。一度は天慶３年２月から４月までの讃岐・阿波・淡路での行動を４月ごろに報告したときである。しかし政府は「讃岐の乱」の首謀者が三辰であることを把握しており，虚偽報告はすぐにばれてしまう。もう一度は，純友の乱が平定されたあと，大量の勲功賞が乱発されたときの勲功申告においてである。国風は自己の勲功をアピールするために，讃岐国で中心となって戦ったこの時の相手を純友にすり替えて申告した可能性はある。実際，半年後の同年８～９月に純友は讃岐で政府軍と激突したのであり，平定後の勲功審査において，政府の勲功審査官が国風の虚偽報告に欺かれるということもあり得る。なんとも判断しがたいが，私は『純友追討記』の編者か介国風が，讃岐の乱の中心人物を三辰から純友にすり替えたのだと考えたい。

そして欺かれたのは，後世の研究者であった。『純友追討記』のこの部分は，瀬戸内海を縦横無尽に暴れ回った純友の海賊活動の一つのエピソードとしてしか理解されなかったのである。

『追討記』は明らかに事実を歪《ゆが》めている。『追討記』が描く、讃岐国軍を撃破して戦死者「数百人」（もちろん誇張したもの）の山を築き、国府に乱入して放火・掠奪の限りを尽くし、大敗した介国風を阿波から淡路へと追いやった張本《ちょうほん》は、『追討記』が描く純友ではなく、三辰だったのであり、その時期は天慶三年正月下旬から二月初めであった。『追討記』の一つのクライマックス、讃岐介藤原国風が純友と戦って苦戦した部分は、実は藤原三辰の「讃岐の乱」だったのである。『純友追討記』でも、三辰が純友にすり替えられているのである。

このように、天慶三年二月、讃岐国住人前山城掾藤原三辰が、備前・備中を占領した文元に呼応するかのように、讃岐国府を占領・焼亡し、讃岐介国風・阿波国司を国外に追放し、讃岐・阿波両国を占拠したのであった。それは藤原純友の乱として総括できない「讃岐の乱」であった。

不気味な膠着状態

二月二十日ごろ、忠平は将門《まさかど》が敗死した確かな情報に接して安堵《あんど》するとともに、西国の動乱平定に全力をそそぐことに何の制約もなくなったことで、純友への対応を大きく転換させた。純友が五位叙爵の奏慶のために上洛して、京人《みやこびと》から英雄のように迎えられることを阻止し、反攻への準備に着手したのである。

政府の突然のこの方針転換に対して純友は驚き落胆し、上洛をあきらめて伊予に帰ったが、なおも五位叙爵を謝する「悦状」を書いて政府と和解する道を探ろうとした。純友の「悦状」が届いたのは三月二日だったが、その二日後、忠平は、讃岐の三辰勢への押さえとして追捕南海道使《ついぶなんかいどうし》

追捕官符《ついぶかんぷ》

王朝国家の軍事指揮権を表示するのが，「追捕官符」(追討官符〈宣旨〉・追捕宣旨も同じ)である。政府(天皇・太政官)は，軍事的鎮圧を必要とする事態(犯罪としては「重犯」，勢力としては「凶賊」「凶党」)であると判断した場合，関係諸国に「追捕官符」を発給し(特定の個人を追捕使〈追討使〉に任命して国衙を指揮させる場合は「追捕〈追討〉宣旨」をその個人に賜与)，軍事的鎮圧を命じる。

「追捕官符」によって，追捕使および国衙には，追捕(追討)期間中に限って，通常の行政権では認められていない，①武力(武士)動員権，②動員拒否者に対する処罰権，③犯人殺害の公認，④犯人の不逮捕特権・拷問《ごうもん》免除特権などの刑事特権の失効，⑤兵粮米・兵船など調達権，⑥勲功《くんこう》賞推挙権が付与される。

このような「追捕官符」にもとづく軍事動員体制・犯罪鎮圧体制こそ，王朝国家の国家軍制というべきであり，承平６年(936)の純友も，純友の乱における政府軍も，この「追捕官符」の軍事システムのなかで活動しているのであり，この軍事システムを通して「武士」は形成・成長していくのである。

を任命し、四月六日、藤原村蔭を阿波警固使に定めた。『追討記』が描く讃岐介国風が讃岐警固使坂上敏基らと「武勇人」を招集して讃岐に帰ったというのは、この時期である。阿波受領もこの時期に帰国したものと思われる。こうして四月には讃岐・阿波両国の受領・警固使の軍勢が三辰勢と対峙して、政府軍主力の到来を待つという形勢になった。

先にも述べたが『貞信公記』には三月から六月までの四カ月間、忠平と左中弁《さちゅうべん》藤原在衡との間で「縁兵雑事」についての報告と指令を交わす記事が頻繁に登場する（七月以降の記事は欠落している）。そのほとんどの具体的な内容はわからないが、「縁兵雑事」のなかには四月六日の阿波警固使任命、同十日の山陽道《さんようどう》からの凶賊発起《ほっき》疑解文、六月十八日の公卿議定《くぎょうぎじょう》とそれにもとづく「純友暴悪士卒」追捕官符があり、三月から六月の「縁兵雑事」が、西国の反乱状況に関する諸国・追捕山陽道使からの解文、それを受けての公卿議定、それにもとづく諸国への指令（官符発給）であったことがわかる。すなわち、文元・三辰ら反乱勢に関する情報、情報分析、政府軍軍勢の動員、武器・兵船・兵粮米《ひょうろうまい》の調達の指令など、鎮圧に向けての準備が着々と進められていたのである。三月から六月まで、政府側の動きが止まっているのは、政府側が攻勢をかけるための時間稼ぎだったのである。

政府軍の攻勢

六月十九日、忠平は、追捕山陽道使小野好古《おののよしふる》に「純友暴悪士卒」を追捕させよという「追捕官符」を内海沿岸諸国にくださせた。三月以来「縁兵雑事」の指示によって準備を進めていた諸国は、軍勢を

賀茂《かも》社と松尾《まつのお》社

賀茂社は，賀茂川左岸に鎮座する賀茂別雷《わけいかずち》社(上賀茂社，京都市北区上賀茂本山町)と賀茂御祖《みおや》社(下鴨神社，同左京区下鴨泉川町)の総称。前者は賀茂別雷命《かもわけいかずちのみこと》を祭神とし，後者は賀茂建角身《かもたけつぬみ》命と玉依日売《たまよりひめ》命を祀る。賀茂の地域豪族賀茂県主《あがたぬし》の産土《うぶすな》神であったが，平安遷都後は皇城鎮護の神として朝廷から特別な尊崇を受けることになった。嵯峨天皇の弘仁元年(810)には，伊勢斎宮《さいくう》に倣って皇女を斎王として奉仕させる斎院を設けた。四月の中《なかの》酉《とりのひ》日を祭日(現在は５月15日)とする賀茂祭(現在の葵祭)は弘仁10年(819)には勅祭とされ，以後，政府主催で盛大・華麗に挙行された。寛平元年(889)には臨時祭も始められ，11月の下酉《しものとりのひ》日が恒例の祭日とされた。現在の上社の本殿・権殿，下社の本殿は，平安時代の様式を伝える流造《ながれづくり》の国宝建造物である。平成６年(1994)，世界文化遺産に登録された。

松尾社は，現在の京都市西京区に鎮座する神社で，1950年に松尾大社に改称された。祭神は大山咋神《おおやまくいのかみ》と市杵島姫《いちきしまひめ》命。大山咋神はこの地方を開発した秦《はた》氏の祖神であり，賀茂別雷神の父神に当たり，賀茂別雷社と関係が深い。市杵島姫命は海上守護神である宗像《むなかた》三神の一つを勧請したものである。平安遷都後は皇城鎮護の社として「東の賀茂(上賀茂・下鴨両社)，西の松尾」と並び称された。

純友追討に向かう倫実(『楽音寺縁起絵巻』第５)

動員し、武器・兵粮・兵船を用意した。『楽音寺縁起絵巻《がくおんじえんぎ》』（第五場面）が描く摂津・播磨《はりま》以下諸国の追討準備の場面と重なる。

七月初めから八月下旬にかけて、政府軍の動きも反乱軍の動きもわからない。六月末まで政府側の動きを記してきた忠平の『貞信公記』が欠失部分に入ったことが大きい。しかしこの間、山陽道では戦局が大きく動いていたらしい。四月に政府に「凶賊発起」の疑いを報じた主体、六月十九日、政府が「純友暴悪士卒」追捕を命じた相手は、追捕「山陽道」使小野好古であった。攻勢をかける相手は山陽道の「凶賊」「純友暴悪士卒」、具体的には備前・備中を制圧していた藤原文元であった。ところが八月二十日、石清水《いわしみず》・賀茂《かも》・松尾《まつのお》以下一二社に臨時奉幣《ほうへい》した討滅祈願の相手は「南海凶賊」の文元であった。山陽道を舞台に活動していた文元は、八月には南海道に活動の場を移していたのだ。

事態は以下のように動いたのだと思われる。六月下旬から七月にかけて、備前・備中の藤原文元に対して、追捕山陽道使小野好古率いる政府軍が攻勢をかけ、文元は踏みとどまることができずに讃岐に逃走し、讃岐の藤原三辰と合流した。山陽道使好古の軍勢は備前・備中・備後《びんご》まで進出し、備前・備後等諸国で兵船をととのえ、文元を追って八月中旬ごろには讃岐に渡海し、三辰・文元の反乱勢力を追い詰めたのであった。八月二十二日、政府は阿波国方面に増援軍を送り込んで反乱勢を追い詰めるため、近江国《おうみ》に勅符《ちょくふ》をくだし、軍勢一〇〇人を徴発するよう命じた。この時期まで政府は、純友を追討対象としていないことにも注目しておきたい。追討対象はあく

石清水八幡宮(京都府八幡市)　京阪本線八幡市駅より徒歩5分(下院まで)。

上賀茂神社(京都市北区)市バス・京都バス上賀茂神社前すぐ。

松尾大社(京都市西京区)阪急嵐山線松尾駅より徒歩3分，または市バス・京都バス松尾大社前で下車。

まで「純友暴悪士卒」であって、純友その人ではないのである。忠平は、五位叙爵で満足し伊予国府で和平の道を模索する純友と、讃岐・阿波方面で徹底抗戦の構えをみせる文元・三辰らを分断し、文元・三辰を追い込もうとしていたのであった。讃岐介国風を主役とする『追討記』は、この間のことにまったく触れない。

5章

激闘

俺がここでためらっているのを部下にみられてはならん。
敵地に乗り込むのは無謀なことだ。
といって奴らがこの島に攻めよせ、
俺を土壇場に追いつめるまでじっとしていれば、
いよいよ滅亡は必定となるんだ。

（バイロン『海賊』第一編十三）

年号	西暦	月	日	事項
天慶3	940	8	18	純友，兵船400艘で讃岐の政府軍を攻める
			—	純友・文元，伊予へ移る
			26	純友の動静が京都に伝わる
			27	宇治・淀・山崎に警固使設置，反乱軍の上洛に備える
			28	平定祈願のため諸社へ奉幣
		8〜	—	三辰，讃岐・阿波国を占拠
		9	上旬	政府軍陣容を立て直し，再び渡海し，三辰勢敗走
		10	中旬	純友，瀬戸内西部方面で政府軍を襲う
		11	7	周防国鋳銭司が純友に襲われたとの報告
		冬	—	純友，日振島を一時の拠点とする
		12	19	土佐国幡多郡に純友勢出没
4	941	1	21	三辰の首級が進上され，西獄所に晒される

1

純友の逆襲と忠平の対応

『法然上人絵伝』巻34

『蒙古襲来絵詞』後巻

純友の電撃的政府軍撃破

八月十八日、それまで伊予国府《いよこくふ》近辺で事態を静観していたかにみえた純友《すみとも》が、突如、兵船四〇〇艘《そう》を率いて讃岐《さぬき》に陣取る政府軍に襲いかかった。政府軍の制圧下にあった舎宅が焼かれ、備前《びぜん》・備後《びんご》両国から渡海していた政府軍兵船一〇〇艘が焼き払われた。八月二十六日に入京した讃岐・阿波《あわ》・伊予国の飛駅使《ひえきし》らは、純友は伊予を制圧したのち讃岐に侵攻し、伊予・讃岐両国を占領した、と藤原忠平《ふじわらのただひら》ら政府首脳に伝えた。

純友のこの電撃的な讃岐侵攻・政府軍撃破をどう解釈すべきだろうか。政府軍に追い詰められた藤原文元《ふみもと》・藤原三辰《みつとし》が、またもや純友に救いを求めてきたに違いない。忠平との交渉による解決の道を探ってきた純友ではあったが、讃岐情勢を知ってその道はもはやふさがれたと判断、ついに腹を決め、反乱軍の首領として政府軍に対決を挑んだのである。それでは純友は、文元や三辰と同じように怒りに駆られた破滅的暴挙に出たのだろうか。そうではあるまい。「戦争とは政治におけるとは異なる手段をもってする政治の継続にほかならない」というクラウゼヴィッツの「戦争の定義」は、内戦にもつらぬかれる。純友の政治目的＝戦略は一貫していた。承平南海賊《じょうへいなんかいぞく》平定の勲功を認めさせること、自分たちの勲功にふさわしい待遇を要求すること、したがって自分たちの行動を正当な行為として免責させること、これであった。今度の純友の電撃的攻撃も、この目的を実現するための攻勢であった。こうなったからには、文元・三辰の反乱に巻き込まれることによって、政府軍を撃滅し、事態を打開するしかない。妥協から対決に、戦術がかわった

兵船……………………………………………………………………………

純友の兵船400艘，政府軍の兵船100艘というとき，純友や政府軍の軍勢はどのような兵船に乗っていたのであろうか。和船史研究の大家石井謙治《いしいけんじ》氏の研究によれば，『蒙古襲来絵詞』に描かれた兵船は，次の３種類であるという。①水手《かこ》４人の小型艜船《ひらたぶね》…船首材・胴瓦《どうがわら》(胴部材)・船尾材の３つの刳船《くりぶね》部を縦に接続した３材構成の複材刳船だが，船縁《ふなべり》には上小縁《うわこべり》という船縁保護用角材を付けている。吃水《きっすい》が浅く細長い。長14m程度，幅２m程度か。②水手６人の大型艜船…同じ構造だがひとまわり大きく，胴瓦を２材とした４材構成の複材刳船，船縁には①と同じく上小縁。長25m前後，幅２m程度か。③水手８～10人の200石積程度の準構造船…船底部は複材刳船だが，両舷《げん》に１～２段の舷側板をつけて乾舷を大きくし，耐航性と積載量の増大をはかった大型船。両舷にセガイという張り出しを設けてその上で水手が艪を漕ぐ工夫がなされている。３船種とも軍船として作られたものではなく，平時は内航用の荷船で，③は荘園年貢の輸送船である，とする。石井氏はさらに「13世紀後期の元寇頃の兵船が平時の輸送船をそのまま使っているからには，ほぼ１世紀前にあたる源平合戦時代の兵船も同様であろうし，さらにさかのぼって，10世紀の天慶の乱における藤原純友の兵船や追討軍の兵船にも，そのままあてはめてよいであろう。……時代により船の大きさに多少の相違はあろうが」と述べる(石井『図説和船史話』至誠堂，1983年)。

10世紀の国衙では，行政諸分課「所」の一つ「船所《ふなしょ》」が定期的に国内船舶の積載量・水手数・所有者・所属港湾を調査し，国内船注文のような帳簿を作成して，貢納物の運京《うんきょう》などに徴用していたから，政府軍も純友軍も，「船所」を通して兵船を動員したものと思われる。

だけである。政府軍を撃滅し、忠平を屈服させ、和平に持ち込む。純友は、一か八かの賭けに出たのであった。

『追討記《ついとうき》』にこの重要な局面の記述がまったくないのは、讃岐介《すけ》藤原国風《くにかぜ》がこの戦局で主役ではなかったからである。前述のとおり『追討記』が描く純友による讃岐国衙《こくが》の放火・占領は、二月ごろの三辰によるものであり、この時期のことではない。『追討記』は、わざと両者を混同して描いているともいえるだろう。

伊予国あげての純友支持

純友の願望と要求は、伊予国の多くの有力住人から支持されていたに違いない。彼らの多くは、承平六年（九三六）、純友の説得に応じて海賊活動を断念して負名《ふみょう》として生きる道を選んだ人びとであった。純友は伊予の人びとにとって英雄だった。彼らが受領《ずりょう》紀淑人《きのよしと》に負名としてしたがったのは、一面で純友に対する恩義による。淑人が純友を信頼したのも、純友を抜きにしてこの国を治めることはできなかったからであった。

純友の兵船四〇〇艘というのは、当然、誇張した数字であるが、それでも国司《こくし》が緊急報告した数字である。軍記物語《ぐんきものがたり》が勝手に創作する数字と同列に扱ってはいけない。伊予国衙が徴用可能な最大限の公私船舶に近かったであろう。純友は、伊予国の人びとの心をつかんでいただけでなく、国衙行政機構も動かしていた。純友は、国衙機構を通じて四〇〇艘の船舶を徴用し、兵粮《ひょうろう》を徴発し、国内住人に兵力・水主《かこ》として加わるよう要請した。人びとは純友の決断を熱狂的に支

寇賊・凶賊・凶党

純友ら反乱勢力は，「南海凶賊藤原純友」「南海凶賊藤原文元」というように，「寇賊」「凶賊」「凶党」などの語を冠して表されることが多い。これらの語は，たんに純友らを凶悪な人物として描くための修辞として使われているのではなく，かなり厳密な法的概念として用いられていた。

律令国家・王朝国家は，天皇＝国家に対して武力によって敵対・反逆する勢力を「寇賊」「凶賊」「凶党」と称して，軍事的鎮圧の対象とした。犯罪区分としては，「謀叛以上」の「重犯」に相当する。「寇賊」は，本来，海外からの侵攻を指し(擅興律《せんこうりつ》擅発兵条)，9世紀後半の新羅海賊や寛仁3年(1019)の刀伊《とい》の入寇は「寇賊」を称されたが，国内の反逆勢力にも適用され(「捕亡令囚及征人条義解」)，純友の乱，平忠常の乱も「寇賊」の語で指称されることがあった。9世紀以降の国司殺害や海賊蜂起，延喜東国の乱，将門・純友の乱，奥羽の蝦夷《えみし》・俘囚《ふしゅう》の反乱は「凶賊」と称されることが多く，また「凶党」とされることもあった。

「寇賊」「凶賊」「凶党」と判断されるような事態が地方で発生したら，国司は飛駅奏言《ひえきそうげん》または国解言上し，政府が「寇賊」「凶賊」「凶党」と認定したら，「追討宣旨」「追捕官符」などによって追捕使(追討使)を派遣したり，国司に命じたりして，軍事的鎮圧が行われるのである。

持し、純友の要請に積極的に応じたのであろう。政府からみれば、それは純友による伊予占領であった。兵船四〇〇艘の背後に、このような純友の伊予掌握を読み取らなければならない。

こうして純友は伊予の住人の支持を獲得し、国衙機構をあげて軍事物資を徴用して軍勢をととのえ、兵船四〇〇艘で讃岐に来襲した。九カ月前、子高《さねたか》懲罰のため巨海に出たときには驚き騒いだ伊予の人びとは、今度は熱狂的に純友にしたがったのである。

こうなっては紀淑人も純友をかばえない。淑人はついに純友を見放し、純友の伊予占領を政府に報じた。その解状《げじょう》は八月二十六日、政府に届いた。純友が淑人と決別するとき、二人はどのような言葉を交わしたのだろうか。

忠平の対応と政府軍の立て直し

追捕山陽道使《ついぶさんようどうし》好古《よしふる》率いる政府軍は純友勢に撃破されたあと、一旦讃岐から播磨《はりま》方面に退却した。

忠平ら政府首脳は、八月二十六日、讃岐・阿波・伊予の緊急報告によって純友が政府軍を撃破して伊予・讃岐を占領したことを知った。忠平は、二十七日、ふたたび宇治《うじ》・淀《よど》・山崎《やまざき》に警固使《けいごし》をおいて、純友反乱軍の上洛の阻止をはかった。半年前の上洛阻止は、五位叙爵《ごいじょしゃく》の奏慶をはばむためであったが、今回は純友の京都侵攻を警戒するためであった。

そして同日、追捕山陽道使小野好古の担当地域に南海道を加えて追捕山陽南海両道凶賊使《きょうぞくし》とし、政府軍を増強するため諸国に軍勢を動員する勅符《ちょくふ》を発し、播磨まで撤退した政府軍を立て直

藤原秀郷と平貞盛の勲功

下総《しもうさ》国猿島《さしま》郡の原野における決戦で将門を射落とした平貞盛，将門を組み伏せ首級をあげた藤原秀郷は，史上最大の反乱を平定したヒーローであり，勲功第一の秀郷には従四位下・下野武蔵両国守，勲功第二の貞盛には従五位上・右馬助が恩賞として与えられた。

合戦当時，秀郷は下野《しもつけ》掾兼押領使，貞盛は常陸《ひたち》掾兼押領使，位は六位。さらに，それ以前の秀郷は延喜《えんぎ》16年(916)に罪人として配流を命じられ，延長《えんちょう》7年(929)には下野国での濫行に対し，近隣国々に追捕が命じられるお尋《たず》ね者であった。貞盛は，承平5年(935)の時点で左馬允として在京していた。このような六位クラス・諸国掾クラスの下級官人が，勲功賞によって，一躍，貴族の仲間入りをはたすのである。

そればかりではない。彼らの勲功《くんこう》は後々まで語り継がれ，彼らの子孫は世間から秀郷子孫・貞盛子孫という眼差《まなざ》しでみられ，その武芸で天下国家に貢献することを期待される。彼ら自身も始祖の勲功を誇りとし，始祖の勲功に恥じない武芸を身につけるべく日夜錬磨に励み，始祖の勲功に匹敵する勲功をあげることを夢見ながら生きる。始祖の勲功は子孫の生き方を拘束し，子孫に武芸を家業とする武士として生きることを強制するのである。

秀郷の子孫からは，小山《おやま》氏・藤姓足利《あしかが》氏ら北関東の武士団や奥州藤原氏が現れ，貞盛子孫は伊勢・伊賀に土着して伊勢平氏となり，清盛《きよもり》が現れた。

した。この追捕山陽南海両道使任命に対応する『追討記』の記事が、日付のない、

時に公家《こうけ》追捕使を遣わす。右近衛少将《うこのえのしょうしょう》小野好古をもって長官《ちょうかん》と為し、源経基《みなもとのつねもと》をもって次官《じかん》となし、右衛門尉《うえもんのじょう》藤原慶幸《よしゆき》をもって判官《はんがん》と為《な》し、右衛門志《さかん》大蔵春実《おおくらのはるざね》をもって主典《さかん》と為す。

である。追捕使次官（のちに大宰府《だざいふ》警固使として登場）には五月十五日に征東大将軍《せいとうたいしょうぐん》藤原忠文《ただふみ》とともに東国から帰京した源経基を、追捕使判官には二月二十五日に山崎警固使に任じた藤原慶幸を、そして追捕使主典には大蔵春実を任命した。政府軍のなかには、経基と同様、東国から転戦してきた実戦経験者がけっこういた。やがて敗残の純友を討ち取ることになる伊予警固使　橘《たちばなの》遠保《とおやす》は、天慶《てんぎょう》三年（九四〇）正月十四日、将門《まさかど》追討のために藤原秀郷《ひでさと》や平貞盛《たいらのさだもり》らとともに東国掾《じょう》・押領使《おうりょうし》八人の一人に任じられた人物である。また大宰府合戦で奮戦した藤原遠方《とおかた》は純友・文元らとともに承平南海賊平定に勲功をあげ、正月、将門追討軍軍監《ぐんげん》に任じられていた。秀郷と貞盛が将門追討の戦果をあげ一躍ヒーローの名声を高めたのに対し、経基・遠保・遠方らには目立った勲功はなかった。彼らは、その汚名を雪《すす》ぎ、勲功賞を獲得することを目指して、西国《さいごく》での戦いに志願したのである。秀郷や貞盛はもはや危険を冒して志願する必要などなかった。

二十八日、政府はまた平定祈願のため伊勢神宮《いせじんぐう》以下の諸社に奉幣《ほうへい》し、とくに伊勢神宮につぐ国家鎮護の皇大神である石清水八幡宮《いわしみずはちまんぐう》には封戸《ふこ》二五戸を寄進した。八幡神は軍神であり、鎮座する山崎は純友の上洛をはばむ要害の地であった。翌二十九日には、比叡山《ひえいざん》で五壇法《ごだんほう》、法琳寺《ほうりんじ》（現在

五壇法《ごだんほう》

五壇法は不動明王《ふどうみょうおう》中心に五大明王を本尊に賊徒調伏のために修せられるもので，今回の修法は延暦寺での五壇修法の初例であった。

五大明王像　左から軍荼利《ぐんだり》明王，大威徳《だいいとく》明王，不動明王，金剛夜叉《こんごうやしゃ》明王，降三世《ごうさんぜ》明王。

は廃寺）で大元帥法《だいげんのほう》を修させた。神仏への祈願は朝廷や貴族の無能力と軟弱さを示すものとみなされがちであるが、そのようなとらえ方は正しくない。神仏祈願は鎮圧への決意表明であった。忠平もついに純友を突き放し、純友ら反乱軍を断固として鎮圧する誓いを立てたのであった。

2 政府軍の反撃と藤原三辰の敗死

反乱軍幹部藤原恒利の寝返りと讃岐介国風

純友《すみとも》は、讃岐《さぬき》に渡海してきた政府軍を粉砕したあと、すぐに伊予《いよ》に帰った。文元《ふみもと》も純友にしたがった。三辰《みつとし》は讃岐に残り、讃岐・阿波《あわ》を制圧しつづけた。八月二十九日には紀伊《きい》国から阿波方面での三辰の動向が緊急報告され、九月二日には阿波国から飛駅使《ひえきし》が二便も入京した。同日、讃岐国が「凶賊党類《きょうぞくとうるい》」紀文度《きのふみのり》の身柄を政府に進上してきた。初めての戦果に、忠平《ただひら》も大いに喜んだに違いない。

藤原恒利の裏切り

天慶３年(940) ８月の純友による讃岐侵攻と政府軍撃破ののち，小野好古《おののよしふる》率いる政府軍はいったん播磨に撤退し，純友も伊予《いよ》に引き上げたが，反乱軍側では藤原三辰が，政府軍側では讃岐介国風が讃岐にとどまって戦った。国風が三辰勢を切り崩すことができ，好古率いる政府軍が楽に再渡海することができた背景には，本文で述べているように三辰配下の藤原恒利の寝返りがあった。三辰勢の隠れ家や秘密の抜け道を知り抜いている恒利の先導によって，三辰勢は追い詰められたのだった。

国風と三辰・恒利とは，反乱以前は受領《ずりょう》と在庁官人・負名《ふみょう》という関係だったはずである。互いに顔見知りであり，人となりもわかっていたであろう。国風は，恒利が利にさとく計算高い人間であることを見抜いていたのではないか。国風は恒利と密かに接触し，恩賞推挙を約束して恒利を寝返らせることに成功したのであろう。恒利は恩賞に目がくらみ，ともに戦ってきた仲間を裏切ったのであった。

恒利は，追捕使好古指揮下の政府軍が再渡海してくると，国風から離れて好古指揮下に入ったようで，伊予での残敵掃討戦でも活躍し，大宰府合戦でも大蔵春実に続いて敵陣に突入して勲功をあげた。恒利に恩賞が与えられたことを示す史料はないが，数十人に達したはずの勲功賞の一人に，恒利の名がなかったはずはあるまい。

文度の身柄を進上した讃岐国とは、すなわち讃岐介藤原国風《すけふじわらのくにかぜ》である。つぎに引用する『追討記《ついとうき》』の記事から、この讃岐介国風の戦果報告は、いったん播磨《はりま》方面に撤退した政府軍が陣容を立て直して讃岐に再渡海する前のことのようである。介国風は、二月に国外逃脱《ちょうだつ》した汚名を雪《すす》ごうとして三辰の軍勢と必死に渡り合い、三辰の部下文度を捕えることに成功したのであった。

このあたりの経緯は、日付のない『追討記』のつぎの記述に対応している。

「官使《かんし》（追捕山陽南海道使小野好古《ついぶさんようなんかいどうしおののよしふる》ら）がいまだ到着せざる前に」、純友の次将である藤原恒利《つねとし》が賊陣を脱出し、ひそかに逃来して讃岐介国風の処に着いた。この恒利は賊徒《ぞくと》の隠家《かくれが》や海陸両道の抜け道をよく知る者である。そこで国風は、彼を案内役として「勇悍者《ゆうかんしゃ》」をしたがわせて「賊」を攻撃させ大いに破った。

政府軍再渡海前に、讃岐介国風が独自に反乱軍と戦っていた様子がうかがわれる。『追討記』によれば、介国風が戦果をあげ得たのは、反乱軍の武将の一人藤原恒利が寝返ったことが大きな要因であった。恒利は、反乱軍の隠れ家や彼らが通る海路・陸路について熟知していた。介国風はこの恒利に軍勢を預け、反乱軍の隠れ家を襲撃させて三辰らを討ち破ったのだという。『追討記』は恒利を「純友次将」とするが、実際には三辰の部下だったはずである。時期は八月下旬である。讃岐国が紀文度を捕進《ほしん》した背景には、『追討記』が描く介国風の手柄話のような、介国風と裏切り者恒利の活動があったのだ。『日本紀略《にほんきりゃく》』の記事＝政府記録によれば、伊予国での掃討戦がほぼ終了した翌天慶《てんぎょう》四年（九四一）二月九日に入京した讃岐国飛駅使が、「藤原恒利らが伊

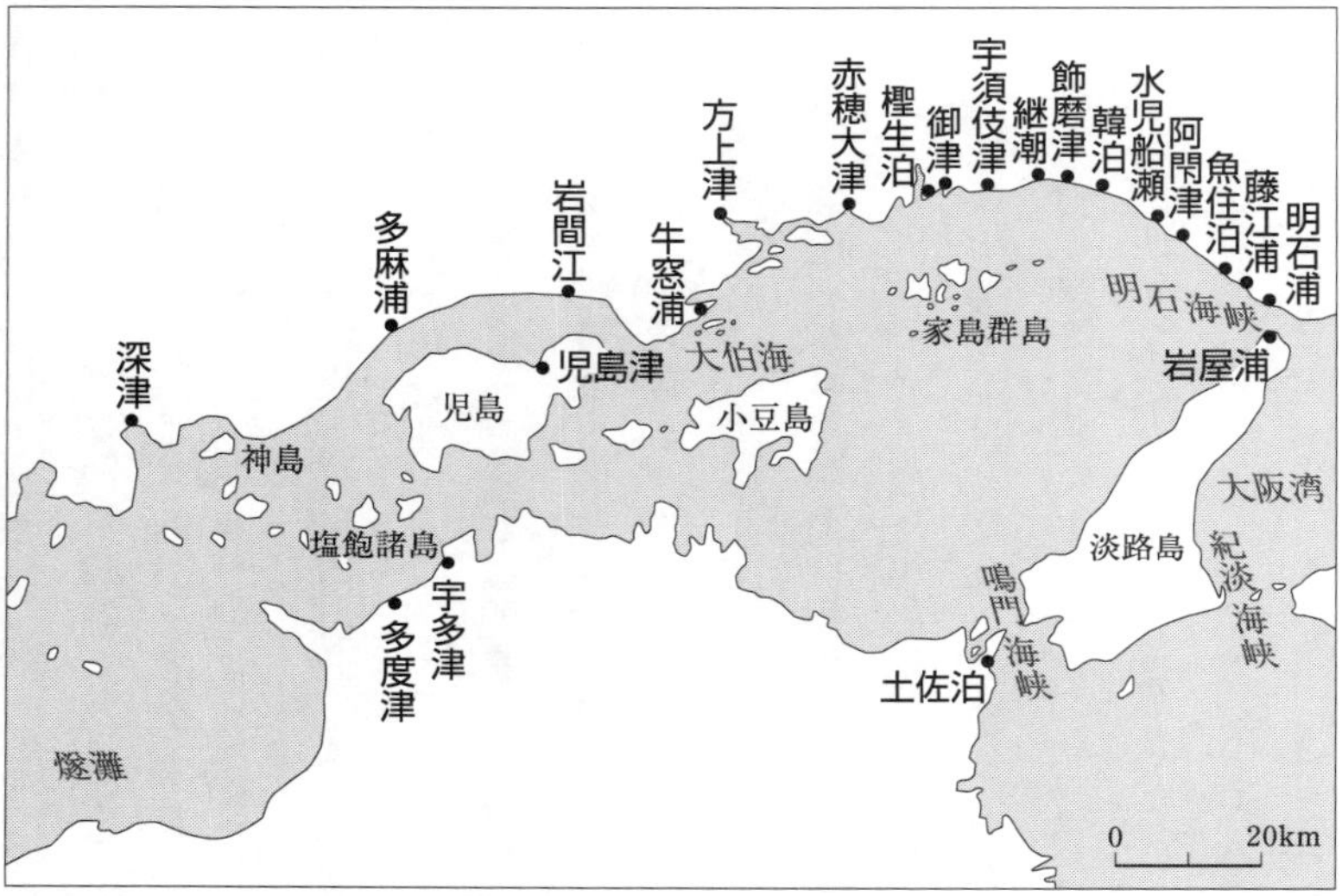

東瀬戸内海図

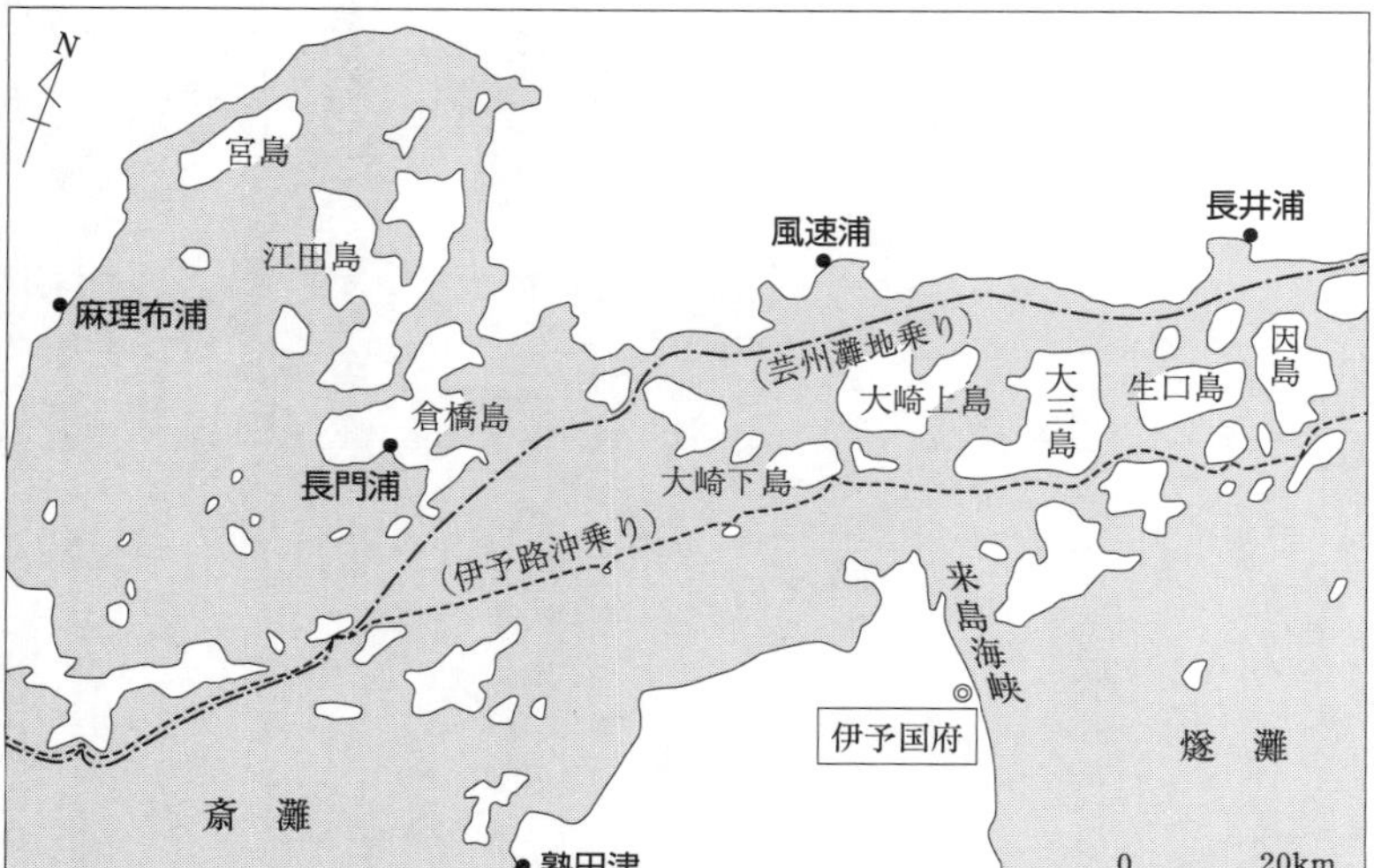

西瀬戸内海図

予国に向かい頗《すこぶ》る賊類を撃った」と報じている。介国風が、九月以降三辰斬殺に至るまでの讃岐軍の活躍ぶりを注進したものである。『追討記』は、ほかの確かな史料にはみえない介国風の勲功を強くアピールしており、作者の視線が国風にそそがれていることがわかる。

政府軍主力の讃岐再渡海と掃討戦

前項で引用した『追討記』の記述の前の部分が、

（追捕山陽南海道使任命が行われたあと、追捕使好古らは）すなわち播磨・讃岐等二国に向かい、二百余艘《そう》の船を作り、賊地伊予国を指して艤《ぎ》し向かう。ここにおいて純友が儲けるところの船は千五百艘と号す。

である。いったん播磨国に撤退した政府軍は陣容を立て直し、兵船を建造して九月上旬ごろふたたび海を渡り、独自に反乱軍に攻勢をかけていた讃岐の介国風・恒利らに合流した。政府軍は讃岐の三辰を破り、純友の本拠である伊予を目指す。政府軍は純友反乱軍の率いる兵船数を一五〇〇艘とみていた。

天慶三年九月から翌四年正月までの讃岐・伊予での動きは、『貞信公記《ていしんこうき》』が途切れていることもあり、史料からうかがうことはできない。しかし、追捕山陽南海道使好古率いる政府軍は讃岐から伊予に入り、反乱軍を追い詰めていったと思われる。『追討記』はつぎのように記す。

大敗した賊は、散ること葉の如《ごと》く海上に浮かんで敗走した。そこで政府軍は、且《かつ》は陸地を防いで其《そ》の賊軍の便路《びんろ》を絶ち、且つは賊軍を海上に追って其の泊処を見つけた。

明達《みょうたつ》……………………………………………………………………

明達(？～955)。俗姓は土師《はじ》氏で摂津国住吉の人。薬師寺《やくしじ》の勝雲《しょううん》のもとで12歳で出家し，四天王寺《してんのうじ》の尋仙《じんせん》から天台摩訶止観《てんだいまかしかん》を学び，のちに比叡山で顕密の学を修めた。平将門の乱では，天慶３年正月，美濃《みの》国中山南神宮寺において四天王法を修して将門を調伏《ちょうぶく》し，その功により内供奉十禅師に補された。藤原純友の乱では，同年11月に住吉神宮寺において毘沙門法を修し，純友を調伏した。両乱の調伏に貢献したことによって朝廷の信任は高まり，こののち何度も内裏御修法《みしほ》の阿闍梨《あじゃり》をつとめるなど，朝廷から重用された。享年は『僧綱補任《そうごうぶにん》』が85歳とする。

内供奉十禅師……………………………………………………………………

宝亀《ほうき》３年(772)，戒律を持し看病の能力に秀でた10人の僧を選び，宮中に供奉させ玉体安穏《ぎょくたいあんのん》(天皇の身体護持)と国家安泰を祈らせた十禅師にはじまる。宮中に供奉することから，のちに内供部十禅師とよばれるようになった。

毘沙門天調伏法……………………………………………………………………

毘沙門天は，須弥山《しゅみせん》の四方に配されて仏教世界を守護する四天王の一つで，北方を守護する武神である。多聞天《たもんてん》ともいう。武将形で，甲冑をまとい，剣と宝塔を持ち，足下に邪鬼《じゃき》を踏む姿が一般的である。毘沙門天だけ独尊とすることも多く，平安時代の毘沙門天の霊験説話には，怨敵《おんてき》調伏をテーマとするものがある。明達も毘沙門天を本尊に護摩《ごま》を焚いて，純友調伏を祈願する秘密修法を行ったのである。

すなわち讃岐から伊予に攻め入った政府軍は、海陸から反乱軍を追い詰め、反乱軍が移動に使う秘密の通路を封鎖し、反乱軍が兵船を泊める船隠《ふなかく》しをみつけては破壊・占拠していったという。この掃討戦を主導していたのは追捕山陽南海道使小野好古率いる政府軍であり、その時期は天慶三年九月に政府軍主力が再渡海してから翌年二月ごろまでであったと思われる。讃岐介国風や恒利もその一員として加わっていたものと思われるが、介国風はもはや政府軍の中心的存在ではなかった。八月に熱狂的に純友にしたがった伊予住人の多くは、この形勢のなかで反乱軍から離脱していったのであろう。

三辰の獄門梟首

九月から十一月にかけて、政府は伊勢《いせ》・石清水《いわしみず》以下の諸社に「南海道凶賊」平定を祈願して何度も奉幣《ほうへい》し、十月五日には内裏諸殿・豊楽院《ぶらくいん》・武徳殿《ぶとくでん》などで臨時仁王会《にんのうえ》を修し、十一月一日には摂津《せっつ》国難波《なにわ》祭・住吉海神《すみよしかいじん》に神料米《しんりょうまい》を献じ、同二十一日には内供奉十禅師《ないぐぶじゅうぜんじ》明達《みょうたつ》が摂津住吉社に出向いて「西海《さいかい》凶賊」純友を降伏させるため、一四日間の毘沙門天調伏法《びしゃもんてんちょうぶくほう》を修している（『純友追討記』は『扶桑略記』のこの記事にかけて引用されたものである）。打つ手は打った忠平と政府は、神仏に祈願しながら、政府軍の決定的戦果を待った。

そしてついに天慶四年正月二十一日、伊予国が、「讃岐の乱」の張本《ちょうほん》で「海賊の暴悪者」といわれた三辰の首を進上してきた。待ちに待った戦果に忠平ら政府首脳は沸《わ》き上がり、三辰の首を西獄所《にしごくしょ》に晒《さら》した。獄門《ごくもん》前に群がる京の人びとも、瀬戸内での合戦が政府軍優勢のうちに進展して

安芸地乗り航路

なぜ，大宰府追捕使が厳島沖あたりで純友の追撃を受けたのか？　古代の瀬戸内海東西航路は，広い海原(灘)を直進するのではなく，山陽道の沿岸地形に沿いながら，芸予《げいよ》諸島との間の狭い海峡(瀬戸)を縫って航行する地乗り航路(航法)をとっていた。大崎上島の御手洗《みたらい》や下蒲刈《しもかまがり》島三ノ瀬《さんのせ》から周防長島の上関《かみのせき》へ直進する沖乗りが一般化するのは江戸時代になってからであり，古代には高富・馬島(広島県呉市安浦町)から女猫《めねこ》瀬戸を経て音戸瀬戸に入って呉湾を北上し，厳島の大野瀬戸，屋代島の大畠瀬戸を通って竈戸《かまど》関(長島上関)を経て西行する航路をたどった。

地乗り航法は，「瀬戸内は丈余《じょうよ》(＝3m以上)の満干有《あり》，彼唐海《からうみ》(＝外洋)は満干少し」(『塩製秘録』『日本庶民生活史料集成』10巻，三一書房，1973年)というように，瀬戸内海特有の大きな潮汐差《ちょうせきさ》(干満の差)を推進力として利用する省エネ・快速航法であった。とりわけ陸地沿いの狭い海峡(瀬戸)では潮汐による水位差が大きくなって潮流は加速され，危険ではあるが速い潮流に乗って，陸地沿いに長い距離を高速で航行できた。海原(灘)を通らず海峡(瀬戸)を縫って航行するのはそのためであった。地乗り航法では風向きはそれほど重要ではない。「追風にても汐に向へは碇を入て汐直るを待。是を汐待といふ」(『塩製秘録』)とあるように，追風(順風)でも潮流が逆向きだったら船は潮待ちのために停泊した。鎌倉時代の『一遍聖絵《いっぺんひじりえ》』にみえる米を満載した船は，帆をたたんで進んでおり，地乗り航法において帆や櫓櫂《ろかい》は補助的推進力だった。潮汐は6時間ごとに繰り返すから，同一方向に進む場合，ふつう潮流が反対方向に流れる6時間，適宜，港湾や海上に停泊して待機しなければならない。これが潮待ちである。

このように地乗り航法は，6時間ごとの潮待ちを繰り返しながら，陸地と島々との海峡の潮汐差が作り出す順潮を推進力として利用して航行する航法であり，早い潮流に乗って狭い海峡を通過し，沿岸すれすれに航行するには多年の経験と高度な技量を必要とした。

いることを知った。三辰が討たれ、讃岐・伊予は政府軍の手で制圧されたのであった。

3 純友のあらたな攻勢

広島湾における大宰府追捕使軍の撃破

政府軍が、讃岐《さぬき》・伊予《いよ》に踏みとどまって抵抗する三辰《みつとし》らを追い詰める掃討戦を展開していたころ、純友《すみとも》・文元《ふみもと》らのグループは、伊予から離れていた。小野好古《おののよしふる》率いる政府軍主力と渡り合う消耗戦を不利とみたのであろう。『追討記《ついとうき》』にこの時期の純友の動きに関する記述はない。

天慶《てんぎょう》三年（九四〇）十月中旬ごろから純友勢は瀬戸内西部の各地に出没し、政府軍に襲いかかり、政府施設を襲撃・放火した。二十二日、大宰府追捕使《だざいふついぶし》在原相安《ありわらのすけやす》率いる政府軍兵船が純友勢に討ち破られたという安芸《あき》・周防《すおう》両国の飛駅奏言《ひえきそうげん》が、政府に届いた。相安はかつて純友が現職の伊予掾《じょう》として海賊追捕にかかわっていた承平《じょうへい》四年（九三四）七月、伊予国に追捕海賊使とし

周防《すおう》国鋳銭司《じゅせんし》跡

周防鋳銭司跡指定区域から北に500mのところに位置する「八ヶ坪遺跡」の祭祀の場と目される綾木《あやき》川の護岸施設には，10世紀前半に比定できる流路から焼痕のある加工木片が多数出土し，また焼け焦げた土壙がいくつも検出されている。純友勢が焼き払った跡であろう(山口市教育委員会『八ヶ坪遺跡』山口市埋蔵文化財調査報告書第47集，1992年)。

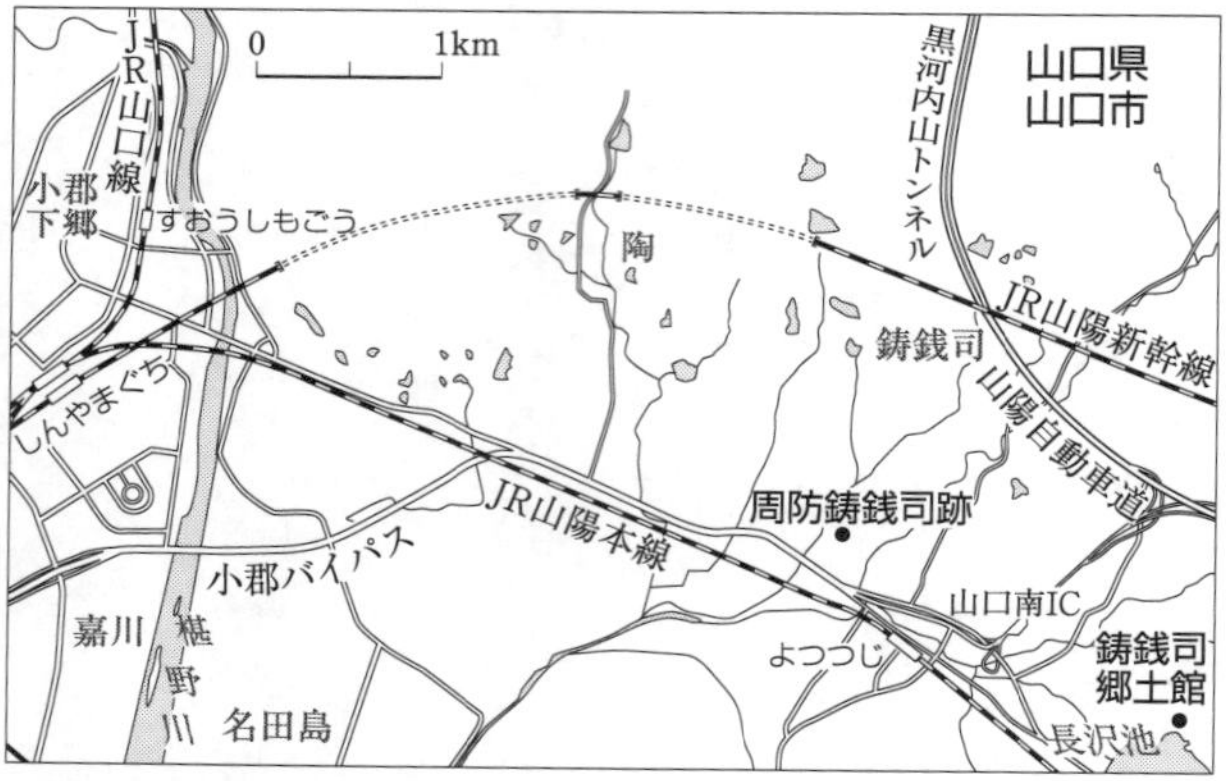

周防鋳銭司跡周辺地図

周防鋳銭司跡(山口県山口市)

て派遣されており、純友とは旧知の間柄であった可能性が高い。

八月二十七日に小野好古らが追捕山陽南海道凶賊使《さんようなんかいどうきょうぞくし》に補任《ぶにん》されたとき、相安は大宰府追捕使に任命されたのであろう。好古の指揮下で讃岐方面で戦ったあと、大宰府に向かう途中、安芸・周防海域で、純友勢に奇襲攻撃されたとみるべきであろう。大宰府から進出してきて純友軍と合戦したと考えるべきではあるまい。また安芸・周防両国からの同時報告であるから、合戦現場は広島湾の厳島《いつくしま》から周防大島《おおしま》辺りの海域であったと思われる。芸予《げいよ》諸島・防予《ぼうよ》諸島の海域の地勢や潮流を知悉《ちしつ》している純友勢は、大宰府に向かう政府軍兵船団を発見・追跡し、強襲・撃破したのであった。

大宰府追捕使が任命されていたということは、忠平《ただひら》ら政府首脳は、純友の大宰府攻略を想定していたことになる。

周防国鋳銭司と土佐国幡多郡の襲撃

その二週間後の十一月七日、今度は周防国から飛駅使が、鋳銭《じゅせん》司《し》が反乱軍に焼亡されたことを急報してきた。純友勢は、広島湾で大宰府追捕使一行を撃破したあとさらに西進し、周防国鋳銭司に乱入、焼き討ち、掠奪《りゃくだつ》したのである。当時、鋳銭司では延喜大宝《えんぎたいほう》を年間一〇〇〇貫《かん》鋳造《ちゅうぞう》していた。純友勢は政府の鋳銭能力を破壊して政府に打撃を与え、銭貨《せんか》を奪って反乱継続の軍資金にしようとしたのではないだろうか。

宇和島
臼杵湾
日振島
堂が森
土佐国
幡多郡
豊後国
海部郡
伊予国
宇和郡
篠山
四万十
土佐湾
佐伯港
佩楯山
佐伯
宿毛
神ヶ谷窯跡
四万十川
宿毛湾
今ノ山
土佐清水
日向灘
足摺岬

土佐・伊予・豊後国

十二月十九日には、土佐国《とさ》から報告が届いた。幡多郡《はた》が反乱軍に焼き払われたが、合戦の間、国衙《こくが》軍側も反乱軍側も多数の死者を出した、という。幡多郡は、伊予南部の宇和郡《うわ》に隣接する土佐最西部に位置する。純友反乱軍は幡多郡の浦々の倉庫を襲い、郡衙《ぐんが》と正倉《しょうそう》を襲って米穀・衣類などを掠奪して逃走したのであろう。文元らは受領《ずりょう》の暴力的支配に対して反逆したのだったが、同じように国衙支配に呻吟《しんぎん》する民衆から物品を調達する際、鋳銭司で奪った銭貨を渡したのだろうか。反乱軍の暴力性と道徳性の関係はどうだったのか。

純友の攻勢の理由

純友は何を求めて各地に出没し、襲撃・掠奪を繰り広げたのか。追い詰められ、自暴自棄になったからか。そうではない。

純友は冷静だった。純友の目標は一貫していた。政府に非を認めさせ、自分たちにふさわしい処遇を勝ち取ることであった。そのためには襲撃・放火・掠奪を繰り広げることによって、配下の者たちの士気を維持し続けなければならない。燃え上がる炎、焼け落ちる官舎、逃げまどう国司《こくし》や政府軍軍勢。戦いのなかで受領支配への憎悪を燃えたぎらせなければならない。反乱を継続するためには、食料・武器・衣料を調達しなければならない。忠平を根負けさせ、講和の場に引き出すためには、より大きな打撃を与えなければならない。神出鬼没の純友の破壊活動には、このような意図が込められていたのだと思う。

純友の根拠地　日振島

そもそも日振島(宇和島《うわじま》市)の位置を思い起こしてほしい。日振島から上げ潮に乗って豊後《ぶんご》水道を北上し速吸《はやすい》の瀬戸を通って瀬戸内海に入るのはほとんど不可能である。引き潮に変わるまでに瀬戸内海には到達しない。これは以前，第六管区海上保安本部に問い合わせて確かめたことである。それでは南予沿岸を陸地づたいに瀬戸内海に入るのはどうか。近世宇和島藩の藩主伊達侯は，参勤交代のために江戸に向かうとき，佐田岬の付け根に近い塩成《しおなし》(伊方町)で上陸して山越えし，瀬戸内海側の三机《みつくえ》で御座船が佐田岬を廻って到着するまで待機していた。1日待てばいい場合もあるが，時化《しけ》たときには10日以上待つこともあったという。沿岸を陸地づたいに瀬戸内海に入るのもなかなか難しいようだ。日振島はこのように，瀬戸内海での海賊活動の基地には不向きなのである。

日振島の地理的位置に注目しよう。むしろ豊後水道を挟んで対面する南予宇和地方と九州豊後南部・日向《ひゅうが》北部との東西航路の中継地として，古来，重要な役割を果たしてきた。古くは南予地方の縄文・弥生文化は九州東部の影響を強く受けているというし，今日の南予方言は九州大分方言との共通点が多いと聞くのも，日振島を中継地として九州北部と南予宇和地方が密接に交流してきたからにほかなるまい。戦国時代の宇和地方の武将土居清良《どいきよよし》が記した『清良記《せいりょうき》』によれば，豊後の戦国大名大友氏は再三にわたり，日振島を中継基地として宇和地方に侵入している。また坂本賞三翻刻『日振島村誌』(『内海文化研究紀要』16，1988年)は，明治40年代ごろの島をめぐる交通・交易の実態について，「一，航路　宇和島トノ交通ハ頻繁ナリ，其他若松・佐伯・宮崎等ノ地方へ往復スルコトア(リ)」「大分県へ販路ヲ通シ」「日向地方へ至リ農業ヲナスモノアリ」などの記述がある。中世から近代に至るまで日振島は，南予宇和地方と豊後佐伯・日向方面とを結ぶ海上交通の結節点だったのである。

佐田岬(愛媛県伊方町)

政府軍、純友の行方を見失う

『追討記』では讃岐・伊予における政府軍の掃討戦の部分のあと、興味深い記述が続く。

（陸上からの進撃も海上からの進撃も）風波の難に遭《あ》い、ともに賊の向かう所を失う。

小野好古率いる政府軍は、反乱軍を追い詰めながら、行方を見失ったというのである。この事実は、ほかの史料で裏づけることはできないが、確かな史料でたどることができる天慶四年正月から五月までの純友の足跡が空白であることと一致しており、十分な信頼性を認めることができる。追捕使小野好古の報告書や伊予国解《こくげ》に書かれていた記事であろう。

純友の安芸・周防・土佐方面への電撃的襲撃は、政府軍が伊予での掃討戦で純友勢の行方を見失っていたときのできごとであった。十二月、土佐国幡多郡を襲撃したとき、純友はすでに日振《ひぶり》島《しま》に拠点を定めていたに違いない。政府軍はそれに気づかなかったのである。

4 日振島の春

日振島(愛媛県宇和島市)
宇和島新内港駅より日振
航路高速船で約50分。

堺の浜

ツワブキの花

日振島に降り立つ

天慶《てんぎょう》三年（九四〇）冬、純友《すみとも》と部下たちは日振島《ひぶりしま》を一時《ひととき》の拠点と定めて、その浜辺に降り立った。どうにか政府軍の追跡をかわすことに成功した。八月からずっと、息つく間もなく東を目指し西に返し、北に向かい南に進み、はげしい合戦を繰り広げてきた。純友も部下たちも疲れはてていた。しばらく身体を休め、武器や兵船を手入れして、最後の賭けに備えよう……。

約五カ月の間、純友はこの地に配下の者たちと身を潜め、時期を待った。政府軍は純友勢を見失っていた。第二章で検討した『日本紀略《にほんきりゃく》』承平《じょうへい》六年（九三六）六月某日条冒頭部分は、ちょうどそのころの純友の様子を描いたものである。純友らは日振島に身を潜めていたのだ。この潜伏が政府軍に知られなかったのは、日振島の人びとが全面的に純友をかばっていたからにほかなるまい。日振島の人びとが今に純友を英雄と仰いでいる根底には、遠い祖先が純友にいだいた共感と同情があるからではないだろうか。

純友はたんに追い詰められて日振島に立て籠ったわけではなかった。純友が最後の決戦の地と定めていたのは大宰府《だざいふ》であった。日振島は、大宰府攻略のための拠点には絶好の位置にあった。純友がここに拠点をおいたとき、すでに大宰府攻略の策を練っていたのだ。

あらたな仲間――大宰府管内反受領勢力

承平年間から大宰府管内には受領《ずりょう》に抵抗する勢力がいた。承平六年閏《うるう》十一月七日には調庸租税《ちょうようそぜい》の徴収を妨げる「受領

日振島　史実と伝説

長い間，承平年間から純友はこの島を拠点とし，天慶年間の反乱の時期も含めて，この島から出撃して瀬戸内海を荒らし回ったと信じられてきた。地元には，純友の城塞，純友が使った井戸など，純友にまつわる伝承があり，地元の方々はふるさと日振島が純友の根拠地であったことを誇りとし，それが一つの観光資源にもなっている。それはごく自然な郷土愛であり，私の郷土意識とも重なり合う。

呉《くれ》市で生まれた私は，清盛が太陽を招き返して１日で音戸瀬戸を開削したという豪快な日招き伝説が好きである。しかし清盛の開削というのはあくまで伝説であり，事実ではない。純友がこの島を根拠地に承平年間から瀬戸内海を暴れ回ったというのも事実とは異なる。だが，地域の伝説はその土地固有の文化遺産であって，数百年にわたって純友の拠点だと信じてきた「歴史事実」が島の文化なのである。

しかし私は『紀略』記事冒頭をまったくの創作とは思っていない。私はこの記事を，天慶４年(941)夏，日振島に潜んでいた純友勢が，大挙，大宰府を目指して出撃したことを知った伊予守紀淑人が，政府に届けた伊予国解の冒頭を飾った文言である，と考えている。それが，淑人が承平６年(936) ６月に提出した承平南海賊平定を報告する伊予国解の冒頭に接ぎ木されて『紀略』記事となったと推定できることは，すでに述べた。

日振島周辺図

子弟」を「捕身言上《ほしんごんじょう》」せよという官符《かんぷ》が大宰府に出され（『政事要略《せいじようりゃく》』）、また天慶二年夏、西海《さいかい》道《どう》でも「群賊悖乱《ぐんぞくはいらん》」のきざしがあった。備前《びぜん》における受領藤原子高《ふじわらのさねたか》と住人藤原文元《ふみもと》の対立のような状況が、大宰府管内諸国でも起こっていたことをうかがわせる。

純友勢が大宰府合戦で敗れたあと、政府軍が賊首《ぞくしゅ》純友の「次将」と名指しする佐伯是基《さえきのこれもと》と「賊徒《ぞくと》」桑原生行《くわばらのなりゆき》が、それぞれ日向《ひゅうが》国と豊後《ぶんご》国海部《あまべ》郡佐伯院《さえきいん》で大宰府警固使《けいごし》（追捕使次官《ついぶしじかん》）源《みなもとの》経基《つねもと》の軍勢と合戦して捕獲されている。是基は海部郡佐伯（現、大分県佐伯市）の地名を名乗り、生行が名乗る桑原は現在の大分県臼杵《うすき》市佐志生《さしう》地区の桑原《かばる》か南《みなみ》海部郡宇目町《うめまち》（現、大分県佐伯市）の桑原《くわばる》川にちなむか。佐伯是基・桑原生行は、純友反乱軍に合流した豊後の反受領勢力のリーダーだったのである。

日振島に拠点を据《す》えた純友は、兵船や武器を補修し兵粮米《ひょうろうまい》を備蓄するなど、大宰府攻略の準備を進めた。十二月の幡多《はた》郡襲撃は、大宰府襲撃までの兵粮米や衣料の調達が目的だったのではなかろうか。その間、純友は豊後の是基・生行らに大宰府攻略に参加するようよびかけ、水先案内を依頼したに違いない。大宰府や受領から痛めつけられてきた是基・生行は、反乱軍に加わることを諾《だく》した。こうして大宰府攻略の準備はととのった。

日振島に想う

それから1050年近く経った1987年の夏，当時広島大学文学部国史学研究室の助手であった私は，同学部の内海文化研究施設による宇和島地域の史料調査において，古代史班の一員として班長の坂本賞三先生，佐竹昭氏とともに，日振島を訪れた。役場の方に軽トラックで島内を案内していただいた記憶のなかに，いまも強く印象に残っていることが三つある。

一つは，島のなかでもっとも狭隘《きょうあい》な堺というところで眺めた左右の海のみごとなコントラストである。宇和海側を見やると鏡のように静かな水面。眼を豊後水道側に転じると，そこは激しい波が断崖に砕け散る荒れ狂う海。日振島は太平洋に浮かぶ孤島なのである。こんな荒海をくぐって瀬戸内海に乗り込むことなど不可能だ。

もう一つは，役場か公民館の壁に懸かっていた色紙である。「純友さまは賊じゃない　海にこがれた　夢のあと」。書いたのは緒形拳。NHK大河ドラマ『風と雲と虹と』の緒形純友の不敵な笑みが思い出された。緒形も，純友に魅せられて日振島を訪れたのだろう。最近，色紙の文言を確かめるために日振島公民館に問い合わせたところ，突然の電話にもかかわらず女性職員の方は色紙の章句は日振小唄の一節であると懇切に教えて下さり，あとから資料も送っていただいた。たしかに，純友は海賊ではなかった。海に憧れたわけではなかったが。

そしてもう一つ，私の目を惹いたのは，島一面を覆うツワブキであった。ツワブキは初冬に花を咲かせる。つややかな深緑の円く厚い葉の間からまっすぐに伸びた茎の先に，黄色い花を一つ付ける。冬になると島の肌は一面に黄色い花で敷きつめられるのだろうか。そのみごとな様を思い浮かべてみた。

1050年前，純友が日振島にたどり着いたのはちょうど冬。ツワブキの黄色い花が咲き乱れていたことであろう。強風に叩かれながらも凜《りん》と立とうとする。純友はその手に健気な黄色い花をとって，我が身の苦境と重ね合わせたのだろうか。軽トラックの荷台で揺さぶられながら，ふと，そんなことを思った。ツワブキの花言葉は純友にこそふさわしい。「困難にくじけない」。

6章

最期の賭け

これが俺の手腕だったのか、
これが俺の才覚だったのか、
希望と、勢力と、生命とを一挙に賭けることが、
（バイロン『海賊』第一編十三）

年号	西暦	月	日	事項
天慶 4	941	4	中旬	純友，日振島を離れる
		—	—	純友，宇佐八幡宮に参拝するも，境内に入れず
		—	—	純友，長門国府・臨海館を襲撃
		5	初旬	純友，博多に到着，大宰府攻略，炎上
			—	純友勢，観世音寺の宝蔵をあばく
			19	純友勢により大宰府が襲撃・占領されたとの報告が京に届く
			20	政府軍，純友勢を撃破
		6	6	追捕使小野好古，大宰府合戦で純友勢を撃滅したことを京に伝える

1 極秘の奇襲作戦

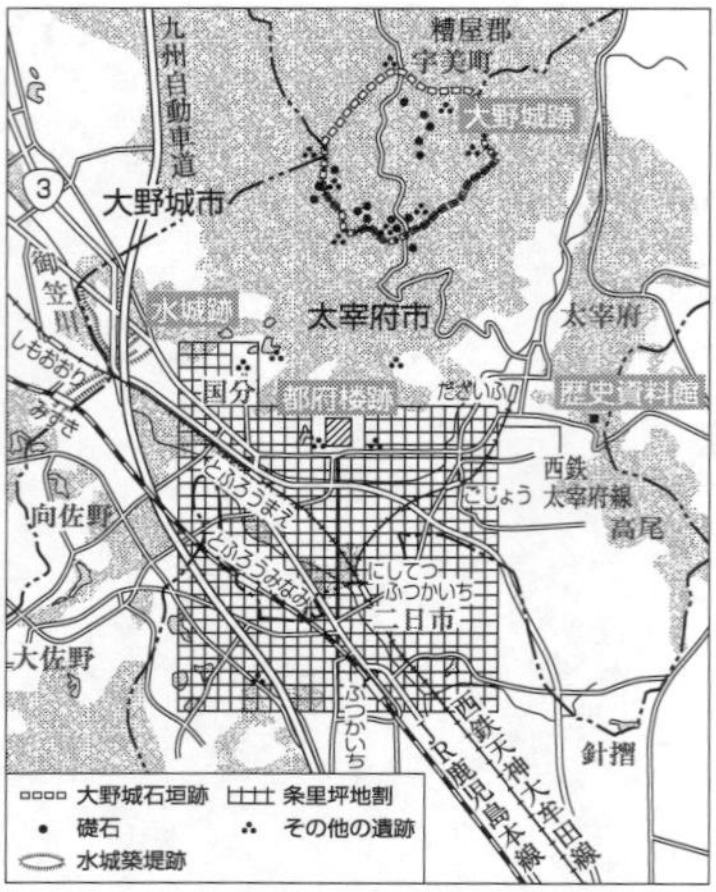

都府楼跡と太宰府市

宇佐八幡宮

豊前国宇佐郡(現，大分県宇佐市)に鎮座。誉田別尊《ほむだわけのみこと》(応神《おうじん》天皇)・比売《ひめ》神《がみ》・大帯姫命《おおたらしひめ》(神功《じんぐう》皇后)の三神を祭神とする。応神・神功は軍神であり，神仏習合によって応神は鎮護国家を使命とする八幡大菩薩となった。

養老《ようろう》4年(720)，朝廷は隼人《はやと》の乱平定を祈願し，八幡宮では殺戮《さつりく》した隼人の鎮魂のために放生会《ほうじょうえ》を創始したという。天平9年(737)，朝廷は新羅無礼の報を奉告し，天平12年，藤原広嗣《ひろつぐ》の乱では戦勝を祈願し，天平勝宝元年(749)，八幡宮の神託《しんたく》によって陸奥《むつ》国から黄金が出たことから東大寺の守護神として奈良に勧請された。道鏡《どうきょう》皇位継承問題で神護景雲3年(769)に和気《わけの》清麻呂《きよまろ》が神意糾明のため参宮して皇統護持の神託を受け，事件後即位した光仁天皇は「護国霊験威力神通大菩薩」の号を贈った。天皇即位時に和気氏が派遣される宇佐使は，天長10年(833)の仁明即位の時にはじまり，貞観《じょうがん》年中(859～77)には，「皇城鎮護」のため山城国男山《おとこやま》に石清水八幡宮が勧請された。

このような戦勝と護国の神である八幡神に参拝を拒絶された純友の心中は，穏やかではなかったはずである。

密かな出撃

天慶《てんぎょう》四年（九四一）五月十九日、追捕使《ついぶし》小野好古《おののよしふる》から、大宰府《だざいふ》が純《すみ》友《とも》反乱軍によって襲撃・占領されたとの緊急報告が京に届いた。その翌日の二十日に、現地では政府軍が純友軍を撃破したのであるが、それを告げる好古の緊急報告が京に届いたのは六月六日であった。大宰府から京まで一六日かかっている。純友が大宰府を電撃的に占領したとき、好古は大宰府にいたわけではないが、右の日数から推算して、反乱軍が大宰府を攻略したのは五月初めであると思われる。

そうすると日振島《ひぶりしま》を出たのは四月中旬の夜であっただろうか。準備万端ととのえた純友は、豊《ぶん》後佐伯《ごさえき》（現、大分県佐伯市）の佐伯是基《さえきのこれもと》・桑原生行《くわばらのなりゆき》らと示し合わせた手筈《てはず》どおり、日振島の随所に隠しおいていた兵船をすべて岸辺に集結させ、配下の軍勢とともに乗り込んだ。純友らは十五夜前後の月明かりを頼りに、豊後佐伯を目指して漕《こ》ぎ出した。豊後水道の向こう側では是基・生行ら九州東部の反大宰府・反受領《ずりょう》勢力が、純友の到着を今や遅しと待ち構えていた。着岸すべき指定地点では松明《たいまつ》をかざして合図を送ったのであろうか。

拒まれた宇佐八幡宮での勝利祈願

佐伯湾に結集した純友勢は大宰府を目指した。一丸となってか、三々五々分散してか。途中、純友は宇佐《うさ》（現、大分県宇佐市）の海浜に兵船を泊め、戦勝祈願のために宇佐八幡宮《はちまんぐう》に参ろうとした。それを察知した八幡宮側は空《から》の御輿《みこし》を純友らの前に繰り出して参拝を拒んだ。行く手をさえぎられた純

大宰府鴻臚館

大宰府におかれた外国使節の迎賓館《げいひんかん》。国家使節の迎接機会が減少した9世紀以降は，新羅商人・唐商人の滞在施設となる。平和台球場改修工事を契機に昭和62年(1987)に調査がはじまり，20年以上続く発掘調査によってその姿が明らかになってきた。遺構は博多湾に突き出す丘陵上に南北2区画で構成されている。第Ⅰ期：7世紀後半に白村江後の外交交渉に対応する迎接施設として設置。第Ⅱ期：8世紀前半，瓦葺き礎石建物が存在。第Ⅲ期：8世紀後半～9世紀前半，大型瓦葺き礎石建物が確認。第Ⅳ期：9世紀後半～10世紀前半，第Ⅴ期：10世紀後半～11世紀前半。Ⅳ・Ⅴ期は後世の削平で建築遺構はないが多数の土壙《どこう》が遺存。第Ⅴ期をもって鴻臚館は廃絶し，貿易拠点は博多津唐房《とうぼう》に移る。

10世紀中葉に第Ⅳ期から第Ⅴ期に代わるのは，大宰府政庁遺構の第Ⅱ期から第Ⅲ期への移行と対応し，鴻臚館も純友の手で焼かれたものと思われる。

鴻臚館には「警固所」が併設され，統領・選士や俘囚軍が交替で鴻臚館・博多湾の警備，入港外国商船の曳航《えいこう》・守衛《しゅえい》にあたっていた。(『福岡市埋蔵文化財調査報告書　鴻臚館跡』1～18，福岡市教育委員会，1991～2009年)

関門海峡　手前側陸地が北九州市，海を狭んで向こう岸が下関市。

友は、立ちはだかる神輿に恐れをなして神宮境内に入らず退散したという（『平安遺文《いぶん》』四五九九号 八幡大菩薩《ぼさつ》宇佐宮司《ぐうじ》解案《げあん》）。軍神たる八幡神に拒否された純友は、待ち受ける激戦の行方を想像して、思わず身震いしたに違いない。しかしこの不安を配下の者たちに気取られてはならない。

宇佐八幡宮を後にした純友勢は、関門《かんもん》海峡を突破する際、長門《ながと》国府《こくふ》・臨海館（長門関）を襲撃し、官舎を焼き払い、官物《かんもつ》（稲穀・武器などだろう）を掠奪《りゃくだつ》した。赤間《あかま》ケ関《がせき》を通過させまいと抵抗する関司らの軍勢は純友勢に難なく蹴散らされたのであろう。

博多湾到着

そして五月初め、純友勢は博多《はかた》湾に姿をあらわした。夜ならば新月。漆黒の闇のなか、純友勢の兵船は音もなく鴻臚館《こうろかん》近傍に舳先《へさき》を着けて上陸し、寝静まる鴻臚館を押さえ、警備兵の油断をついて警固所《けいごしょ》を制圧したのであろう。暗闇のなかでも純友には、辺りの地形やたたずまいは手にとるようにわかった。なつかしい大宰府。俺は帰ってきた。

2 武芸錬磨の少年時代

大宰府俘囚軍

少年純友が到着したころの大宰府には，このような緊張した空気が張り詰めていたのであった。当時の大宰府軍事力の中心は，8世紀末～9世紀初めに遠く陸奥から移配されてきた俘囚の子孫たちによって編成された俘囚軍であった。大宰府管内の俘囚たちは，貞観11年(869)の新羅海賊のとき，大宰府常備兵力の統領・選士らが尻込みして弱体ぶりを露呈するなか，意気盛んに追撃して「一以当千」の活躍ぶりを示した。「一以当千」という定型句は，『今昔物語』『平家物語』などでは一騎打ちを戦う名だたる武士に献げられる賛辞であった。俘囚の武芸・戦術も騎馬個人戦だったのである。もっとも大宰府の新羅海賊迎撃戦術は兵船戦術であったが，それでもやはり騎馬個人戦術を基礎としていた。騎馬では戦士自身で馬を制御しながら両手放しで弓を引かなければならないが，兵船は水手《かこ》が制御してくれる。上下左右に振動するのは馬も船も同じである。騎馬個人戦術と兵船戦術の間には，思うほどには隔たりはないとみなければならない。純友反乱軍の兵船には，陸戦用の馬も乗せることがあったようだ。新羅海賊撃退後，大宰府では50人を一番とする俘囚軍を二番編成した。俘囚軍は寛平7年(895) 3月，博多警固所にさらに50人増員された。純友が大宰府にやってきたのはちょうどその頃であった。

新羅海賊の脅威

およそ四〇年前、一〇歳になるかならないかの純友は、大宰《だざい》少弐《しょうに》筑前守《ちくぜんのかみ》として着任する父良範《よしのり》に連れられて大宰府にやってきた（一章参照）。父の赴任は、寛平《かんぴょう》六年（八九四）四月に、大宰権帥《ごんのそち》国経《くにつね》の代官《だいかん》としてであった。良範は新羅海賊迎撃の指揮官だったのである。

新羅《しらぎ》海賊追討《ついとう》将軍《しょうぐん》に任命された大叔父大宰貞観《じょうがん》十一年（八六九）五月、新羅で政情不安・飢饉《ききん》・疫病《えきびょう》が続くなか、新羅海賊二艘《そう》が博多津《はかたのつ》に侵入し、豊前《ぶぜん》国船に積まれた年貢《ねんぐ》絹綿《きぬわた》を掠奪《りゃくだつ》して逃走するという衝撃的事件が発生した。それ以来大宰府では、博多鴻臚館《こうろかん》近傍に警固所をおき、権少弐を指揮官として新羅海賊の警戒にあたらせるようになっていた。いっぽう朝鮮半島では八九〇年代に入って、北原賊《ほくげん》の弓裔《きゅうえい》、後《ご》百済《くだら》を称する完山賊《かんざん》の甄萱《しんけん》、そして新羅王朝の三つの政治勢力が鼎立《ていりつ》する内戦に突入した。日本政府は、内戦の波及、特定勢力からの支援要請、大量の難民流入に備えて、大宰府に警戒態勢のいっそうの強化を命じた。寛平五・六年、予期したとおり新羅から大量の武装難民が食料掠奪のために来襲したが、大宰府の迎撃態勢網にかかり、多数の死傷者を出して撃退された。当時の大宰府軍事力の中心は、八世紀末から九世紀初めに遠く陸奥《むつ》から移配《いはい》されてきた俘囚《ふしゅう》の子孫たちによって編成された俘囚軍であった。彼らは騎馬個人戦と海戦に巧みだった。貞観十一年の新羅海賊撃退後、大宰府では鴻臚館に五〇人一隊の俘囚軍が二隊組織されたが、寛平七年三月、博多警固所にさらに一隊増設された。

水城

天智《てんじ》2年(663)の白村江《はくそんこう》の戦いの敗北後，想定される唐・新羅連合軍の侵攻ルートに沿って構築した古代山城網《やまじろもう》による防衛戦略のなかで，大宰府防衛のために築かれた長大な土塁《どるい》である。大宰府へと続く福岡平野南の最狭隘《きょうあい》部を長さ1.2km，基底部の幅80m，高さ10mの土塁で塞《ふさ》ぎ，北東の大野山城，南の基肄山城と連携して大宰府を防禦《ぼうぎょ》する。「水城《みずき》」の称は土塁外側(博多湾側)に設けられた幅60mの壕に由来する。博多湾と大宰府を結ぶ直線道路と接する東西2箇所に門がおかれ，土塁の内側から外側の壕へ導水する巨大な木樋《もくひ》が貫通している。築造工法には土砂を搗《つ》き固めながら強固な土塁を成層していく「版築《はんちく》工法」，軟弱な地盤上の土塁が自重で潰れることを食い止めるため，基礎部分に樹木の枝葉を敷き詰める「敷粗朶《しきそだ》工法」が採られている。

新羅の対唐戦争勝利によって，唐軍侵攻の危機が去ったあとの7世紀後半〜8世紀には，水城は外国使節とりわけ頻繁に来航する新羅貢調使に対して大宰府の偉容を誇示する威圧的機能をはたした。9世紀の新羅海賊の脅威に対しては，博多警固所とともに防禦拠点とされた。10世紀以降，着任する大宰府官長を少弐《しょうに》以下の官人が迎える境迎儀礼が水城の関で行われる慣例になっていたが，危機における軍事的機能が維持され続けたことは，純友の乱において大宰府軍が純友勢に対して水城から討って出て防戦したことや，文永《ぶんえい》11年(1274)の元寇《げんこう》のさいに，蒙古軍の猛攻に日本軍は博多を撤退，水城に立て籠って防戦しようとしたことに明らかである(『大宰府復元』九州歴史資料館，1998年・『水城跡』九州歴史資料館，2009年)。

大野城と水城

武芸に励む少年純友

少年純友がいたころの大宰府には、このような緊張した空気が張り詰めていたのであった。多感な少年純友は、新羅海賊の脅威に晒《さら》される緊迫した環境のもとで、防衛と統治における武芸の重要性や大宰府の戦略的位置を感覚的に学び取りながら、武芸に励んだことであろう。純友は勇猛果敢な大宰府俘囚軍の男たちから、彼らが得意とする騎馬個人戦術（疾駆しながらの弓射と斬撃）と操船術を伝授されたのだった。博多湾で操船の術を習い、水城《みずき》近くの原野で乗馬と弓射に励み、大野城《おおののき》の山野で狩猟に明け暮れたのであろう。

本格的反乱に立ち上がった純友が、何度となく成功させた電撃的な奇襲攻撃。それは純友がただものではない、英雄的戦士であったことを証明しているが、そのような資質は、京で獲得したものではない。大宰府こそ「武士」純友をはぐくんだ母胎であった。そのなつかしい大宰府を、今純友は攻め取ろうとしていた。

3 大宰府炎上

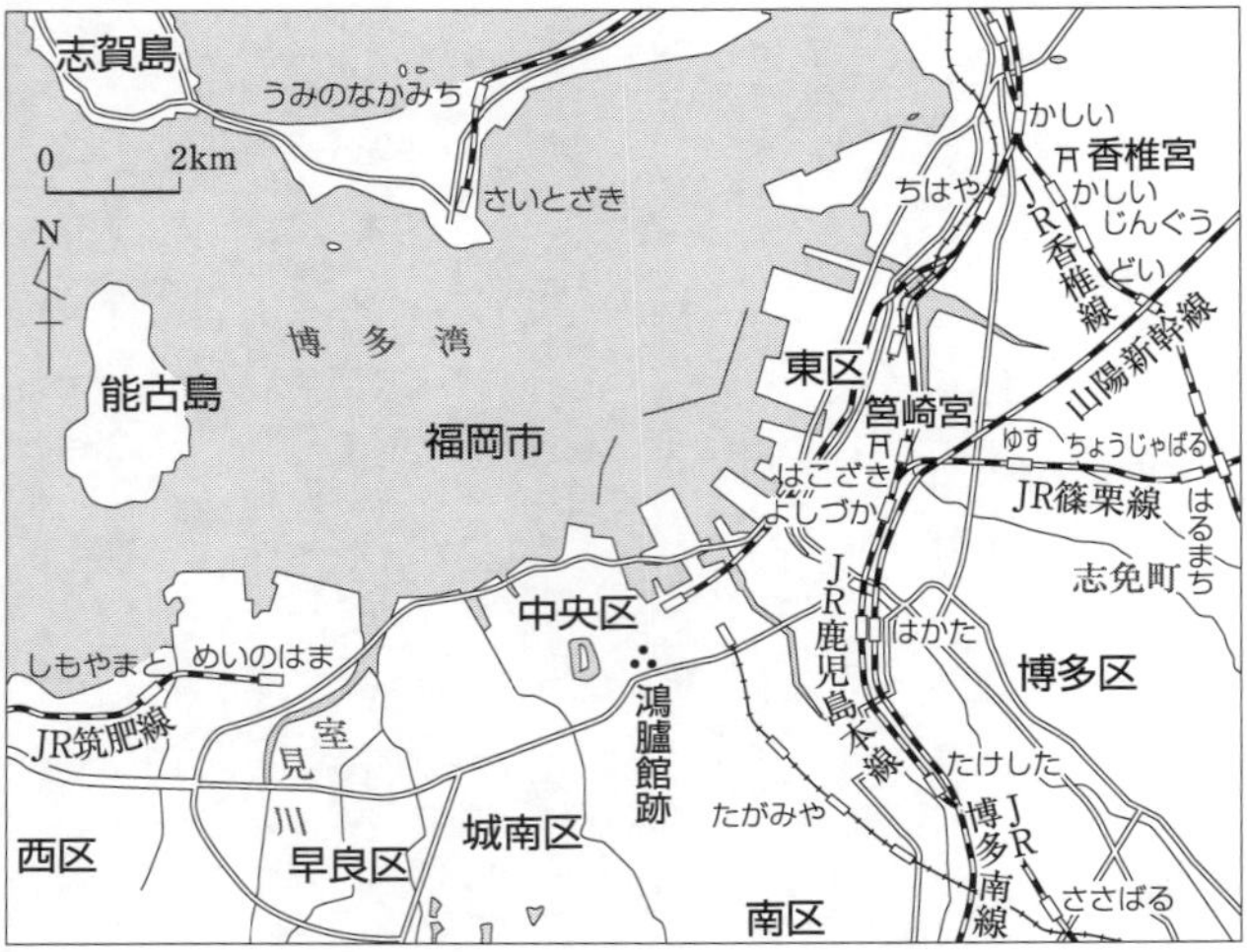

博多湾図

大宰府政庁発掘

大宰府政庁跡の発掘調査報告書によれば，政庁は第Ｉ期(７世紀後半)・第II期(８世紀初頭)・第III期(10世紀中頃)の３期に区分される。第II期政庁は，東西約119m，南北約215mの規模をもつ平城宮の朝堂院に倣《なら》った礎石立ちの建物配置をとり，政庁周辺部には官衙区が広がり，まさに律令国家の外交窓口，西海道諸国統治機関としての「遠《とお》の朝廷《みかど》」に相応しい威風堂々たる政庁であった。大宝律令制定とともに立案され，平城遷都前後に完成したものと推定されている。

この第II期政庁の全調査地点で焼土層が検出された。８世紀初頭から建て替えられることなく鎮座してきた大宰府政庁が，純友の手で焼き払われ全焼したことが考古学的に証明されたのである。そして焼失後あまり時をおかずに第III期政庁が，第II期とほぼ同規模で再建されたことが判明した。大宰府再建のことは中央の記録にはまったく記されてない。大宰府はほとんど独力で管内諸国を指揮して再建したのである。大宰府の権力と機能が健在であったことを示すものである。

水城の合戦

博多警固所《はかたけいごしょ》に陣取った純友《すみとも》勢は大宰府《だざいふ》を目指した。『追討記《ついとうき》』は純友の大宰府占領をつぎのように描く。

賊徒《ぞくと》、大宰府に到る。更《さら》に儲《もうけ》るところの軍士は壁を出で防戦するも、賊の為に敗る。時に賊、大宰府類代財物を奪取し、火を放ち府を焼き畢《おわ》りて、部内を寇《こう》賊《ぞく》す。

この記述は、合戦後に追捕使《ついぶし》小野好古《おののよしふる》が政府に提出した飛駅奏状《ひえきそうじょう》の抄録であろう。『追討記』の作者は、本書における私ほども創作の手を加えてはいない。「壁」とは天智《てんじ》二年（六六三）の白村江敗戦後、唐軍侵攻に備えて築造した水城のことである。

博多湾での純友勢の動きを察知した大宰府側は、軍勢を繰り出して水城《みずき》を背に純友の突入を食い止めようとした。少年純友が大宰府にいた四〇年前には強力な俘囚《ふしゅう》軍が中心兵力であったが、九世紀末からの俘囚の陸奥《むつ》送還政策によって、俘囚軍はすでに解散していた。純友と戦った大宰府兵力の実態はよくわからないが、「儲るところの軍士」といえるような常備兵力がいたことは間違いない。彼ら大宰府軍士は水城から打って出て、迫りくる純友勢と一戦を交えたが、純友勢の鋭鋒《えいほう》にひとたまりもなく蹴散らされたのである。

放火と掠奪

純友勢は大宰府に入り、累代《るいだい》の財物を奪って大宰府を焼き払い、「部内」すなわち官衙《かんが》地区、観世音寺《かんぜおんじ》などの寺社、官人《かんじん》や庶民の居住地区を荒らしまわった。純友勢が掠奪《りゃくだつ》した大宰府累代の財物というのは、

大宰府政庁復元模型

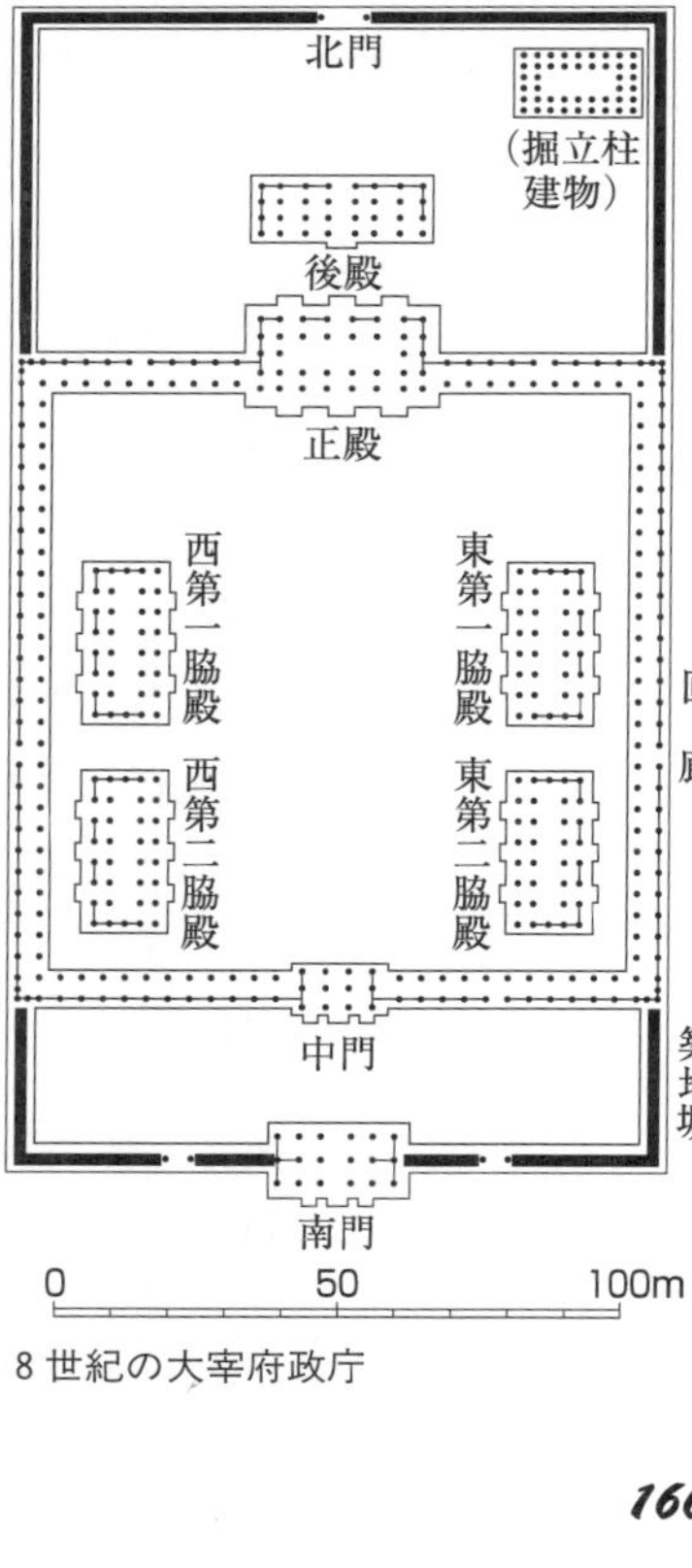

8 世紀の大宰府政庁

主として「兵庫《ひょうご》」に収蔵された大量の武器、「府庫《ふこ》」の貿易決済用の備蓄砂金や絹《きぬ》・綿《わた》などだったと思われる。純友勢の装備は大量の刀剣・弓箭《きゅうせん》を手に入れることによって一新された。

もぬけの殻になった大宰府政庁の前に、純友は万感の思いでたたずんだことであろう。水城、大野城《おおののき》、観世音寺、そしてこの都府楼《とふろう》。すべてが四〇年前とかわらなかった。俺はこの「遠《とお》の朝廷《みかど》」を、先人たちが営々と築いてきたこの壮観な大宰府を、今この手で焼き払おうとしている。父の姿が脳裏を過《よ》ぎった。頭のなかで父や先人たちはやめろ！ と諫《いさ》めた。純友はためらう思いを振り払って部下たちに命じた。火を放て！ 二四〇年もの長きにわたって聳立《しょうりつ》し続けた政庁は、紅蓮《ぐれん》の炎をあげて焼け落ちていった。純友らは、焼け落ちる政庁と忠平《ただひら》の政府を二重写しにして、勝利の快哉《かいさい》を叫んだ。純友は確信した。これで政府は和解を求めてくる。

二〇日間近く、大宰府は純友勢の占領下で蹂躙《じゅうりん》されていた。部下たちの緊張はゆるみ、大宰府累代の宝物をありったけ盗み出し、焼き尽くした。政庁周囲の官衙区、工房区、官人や庶民の居住区も掠奪し、焼き払った。『大和物語《やまとものがたり》』が「純友が騒ぎにあひて、家も焼けほろび物の具もみなとられはてて、いといみじうなりにけり」と描写するようなありさまだったのであろう。府大寺として栄えた観世音寺の宝蔵もあばき、鏡四面・太刀《たち》五柄・練金《こながね》一五両三分・梓弓《あずさゆみ》・葛壺《かずらつぼ》胡簶《やなぐい》などを奪った（嘉保年間〈一〇九四〜九六年〉「観世音寺資財帳《しざいちょう》」）。乱入した純友勢は、不安な気持ちに苛立ちながら仏像・仏具を傷つけてまわった。

大宰府合戦の爪痕「檜垣《ひがき》の御《ご》」

大宰府には「檜垣の御」という女性がいた。かつて機知《きち》と歌才をもって大宰府官人からもてはやされ，京にもその名が知れ渡っていたが，すでに老齢に達していた。彼女も純友の大宰府焼討ちの巻き添えになり，家を焼かれ，家財道具も掠奪されていた。そうとは知らず，追捕使小野好古が「檜垣の御」の消息を訪ねて焼け跡を探していると，水を汲んでいた白髪の老女があばら屋のなかに入っていった。それが「檜垣の御」だと聞いた好古は，戸の前で声をかけたが，彼女は恥じて家から出てこず，

むばたまの　わが黒髪は　しらかはの　みつはくむまで　なりにけるかな

(私の黒髪もいまはすっかり白くなってしまいました)

と歌を詠んで返した。好古は不憫《ふびん》に思い，身に付けていた袙(あこめ)を脱いでそっとおいて帰った。『大和物語《やまとものがたり》』が伝えるこの挿話は，純友の大宰府焼討ちが庶民も巻き添えにしていたことを語っている。

最後の和平打診

純友はこの軍事的勝利を交渉材料に、和平に持ち込もうとした。純友にはこれが最後の機会であることはわかっていた。純友はこの一撃で、忠平が和を乞《こ》うてくることを願った。大宰府焼亡の目的はこの一点にあったのだった。将門《まさかど》が忠平に切々と弁明の書状を出したように、あるいは約八〇年後の平忠常《たいらのただつね》が、追討使平直方《なおかた》や私君藤原教通《しくんふじわらののりみち》ら何人もの貴族・高僧に書状を出したように、純友も摂政《せっしょう》忠平、伊予守紀淑人《いよのかみきのよしと》、追捕使長官《ちょうかん》小野好古らに書状を出したに違いない。天皇に弓ひく気など毛頭ない。「承平南海賊《じょうへいなんかいぞく》」平定の勲功を評価せず冷遇したことがこの結果を招いたのであって、謀反《むほん》の汚名を着せずこれまでの活動を免責するなら講和に応じる。このような内容ではなかったか。純友は忠平の反応を待った。しかし忠平からの回答はなかった。

　忠平ら政府首脳に、もはや和解という選択肢はなかった。将門の乱の予想以上の早期鎮圧で、忠平は自信を得ていた。政府は、「勲功賞」を約束してよびかけさえすれば、政府軍はいくらでも補充できること、地方で不遇をかこっている荒くれどもが恩賞目当てに命がけで戦うことを知った。何と皮肉なことか。純友たちがあれほど切望していた五位《ごい》の位は、自分を倒すために押し寄せてくる者たちにばらまかれようとしていた。純友の胸にやり場のない憤怒《ふんぬ》が込み上げた。忠平がこの俺のよびかけに反応しなかったら、もはやこれまで、とことんやるしかない。

　五月十九日、追捕使小野好古から反乱軍が大宰府を占領・放火したとの飛駅言上《ごんじょう》が政府に届いた。忠平は、坂東《ばんどう》から帰り節刀《せっとう》を返上した参議《さんぎ》藤原忠文《ただふみ》を今度は征西大将軍《せいせいたいしょうぐん》に任じ、副将

『純友追討記』後段の材料　大宰府合戦日記……………………………………

大宰府合戦で活躍した大蔵春実《おおくらはるざね》ら一人ひとりの合戦日記は，さらに追捕使好古指揮下の書記官によってまとめられ，追捕使奏状または大宰府奏状の副《ふく》進《しん》文書として政府に提出される。政府の事務官として奏状や副進文書の受理・記録・報告にかかわった史《し》・外記《げき》・蔵人《くろうど》らはそれらを読んで，その記述の壮絶な迫真力に興奮し感動したことであろう。彼らか，それらを読む機会を得て同じ興奮を味わった文人・僧侶が，その興奮覚めやらぬうちに，この反乱と鎮圧のパノラマとそのもつ意味を自己の世界観・人生観(神・仏・儒・陰陽道など)によって解釈しながら一気呵成《いっきかせい》に書き留めようとしたのが『将門記』であり，『純友追討記』ではなかったか。前者は作品として完成し，後者は材料を並べただけの未完成作品であったが。

軍・軍監《ぐんげん》も任命した。和平を求める純友の書状は、すでに忠平のもとに届いていたはずだが、忠平は一顧だにしなかった。

最後の決戦

4 『純友追討記』が描く博多津の決戦

大宰府《だざいふ》陥落の報が届き、宮廷内が騒然としていたころ、追捕使《ついぶし》小野好古《おののよしふる》率いる政府軍は、着々と海陸から反乱軍包囲網を縮め、好古から博多津《はかたのつ》・大宰府突入の号令がおりるのを待っていた。『純友追討記《すみともついとうき》』は、三節で引用した記事に続けてつぎのように描く。

（純友勢が部内を寇賊《こうぞく》している間に）官使（追捕使長官《ちょうかん》）好古は武勇を引率して陸地より行き向かい、（追捕使判官藤原《はんがんふじわら》）慶幸・（追捕使主典大蔵《さかんおおくら》）春実《はるざね》等は棹《さお》を鼓して海上より赴き、筑前《ちくぜん》国博多津に向かう。賊（純友勢）は即《すなわ》ち待ち戦い、一挙に死生を決せんとす。春実、戦い

最前線に立つ小野好古の憂い

同じく『大和物語』の挿話。純友追討のため転戦中の追捕使長官小野好古は，天慶４年の正月叙位で四位に定期昇進することに期待をかけていたが，はっきりした連絡は届かず焦燥に駆られていたところ，近江《おうみ》守源公忠《きんただ》からの消息に，

たまくしげ　ふたとせあわぬ　君が身を　あけながらやは　あらんと思いし

の歌が添えられていた。五位が着る朱色の袍《ほう》のままとは意外である，という隠されたメッセージに，好古は「かぎりなくかなしくて」泣いたという。追討戦の最前線のなかでさえ，定期昇進の有無に一喜一憂していたのであった。位階の昇進，官職への就任が，どれだけ大きな関心事であったかがうかがえる。勲功賞にかける武士たちの追討戦は，位階・官職をつかみ取ろうとする命がけの戦いなのであった。好古は５月７日に従四位下になっているが，大宰府合戦より前であり，勲功賞としての加階ではないだろう。彼は前線の指揮官ではあるが，自ら弓矢を取り白刃《はくじん》をかざして戦いの渦中にあったのではないのかもしれない。

彼の子孫は武士になっていない。

酣《たけなわ》にして、裸袒乱髪《らたんらんぱつ》し、短兵を取り、振るい呼びて賊中に入る。（藤原）恒利《つねとし》・（藤原）遠方《とおかた》等（群書類従《ぐんしょるいじゅう》本『純友追討記』は「遠保」とするが諸写本は遠方である）また相随い、遂に入りて数多《あまた》賊を截《き》り得《う》。賊陣（純友の軍勢）、更《さら》に乗船して戦うの時、官軍、賊船に入りて火を着け船を焼く。凶党遂に破れ、悉《ことごと》く擒殺《きんさつ》に就く。取得するところの賊船八百余艘《そう》、箭《や》に中《あた》り死傷する者数百人。官軍の威を恐れ海に入る男女、勝《あげ》て計《かぞ》うべからず。賊徒の主伴《しゅばん》、相共に各《おのおの》分離し、或《ある》いは亡び或いは降り、分散すること雲の如《ごと》し。

この合戦は、『本朝世紀《ほんちょうせいき》』天慶《てんぎょう》四年（九四一）十一月五日条の、神明《しんめい》により将門《まさかど》・純友を誅《ちゅう》伐《ばつ》できたことを奉賽《ほうさい》するための賀茂行幸《かもぎょうこう》が決まった記事のなかに、「藤原純友、今年五月廿日、大宰博多津に於いて、使右近衛少将《うこのえのしょうしょう》小野好古朝臣《あそん》等のために討ち散らさる」とあることから、五月二十日であったことがわかる。純友による大宰府占領の報が政府に飛び込んできた翌日には、好古率いる政府軍が、純友勢が陣取る博多津に突入していたのである。

好古率いる軍勢は陸上から博多に攻め入った。追捕使判官藤原慶幸・主典大蔵春実らは兵船で博多津に上陸した。純友勢は博多津で待ち構えて、一挙に勝敗をつけようと決戦を挑んだ。死にものぐるいの純友勢はしかし寡勢《かせい》であり、数を頼む政府軍と一進一退の戦いを繰り広げていたが、そのとき片肌脱いで髪を振り乱した大蔵春実が太刀《たち》を振りかざし、大音声《だいおんじょう》で名乗りをあげながら反乱軍の陣中に突っ込んでいった。讃岐《さぬき》反乱軍から寝返った藤原恒利、「承平南海賊《じょうへいなんかいぞく》」平定のときには純友・文元《ふみもと》らの盟友で将門追討軍の軍監《ぐんげん》となって坂東《ばんどう》にくだっていた藤原遠方らが後に

大蔵春実の子孫

春実は，大化前代，大蔵の管理に関係した渡来系氏族である大蔵氏(東漢《やまとあや》氏の一族)のうち，9世紀末に朝臣姓に改姓した大蔵氏に出自する。純友の乱の時点で右衛門志《さかん》だった関係から山陽南海道追捕使主典《さかん》に任じられ，大宰府合戦における勲功の恩賞として，従五位下対馬《つしま》守に任官した。これを契機に，春実は大宰府管内に勢力を張っていき，子孫は大宰府府官(大監《だいげん》)の地位を世襲し，原田・秋月・三原・田尻ら大宰府武士団として発展していった。原田種直《たねなお》は，大宰府有力府官として平氏の大宰府管内支配の中心的役割を担い，治承《じしょう》・寿永《じゅえい》の内乱には，大宰権少弐に任じられ，平家一門を大宰府に迎え，源氏軍と戦った。

春実の孫種材は，寛弘《かんこう》2年(1005)ごろ大宰大監であり，寛仁3年(1019)の刀伊《とい》の入寇にあたっては，「種材，齢七旬(70歳)を過ぎるとも，身，功臣の後たり，…命を棄て身を忘れ，一人先ず進み向かわんと欲す」(『小右記《しょうゆうき》』寛仁3年6月29日条)との種材の一声に奮起した大宰府軍が刀伊賊追撃に奮戦した。種材自身は追撃戦に参戦しなかったが，この一声の「忠節」が高く評価され，恩賞として壱岐《いき》守に任じられた。種材の子光弘も恩賞に預かり，大宰監になった。

種材自身「功臣の後」と誇らかに名乗り，世間も「種材がぞう(族)は純友うちたりしもののすじ(筋)なり」(『大鏡』)とみていたように，純友の乱における春実の神話的勲功が，武士として生きる子孫たちを規定している。それは，源氏平氏・秀郷流藤原氏ら天慶勲功者子孫である武士たちに共通する。

続いた。春実らの奮戦で反乱軍の多くが斬殺された。陸上の戦闘で劣勢となった純友勢は乗船して戦おうとしたが、兵船に火をかけられて総崩れとなり、あるいは斬り殺され、あるいは捕獲された。政府軍が捕獲した兵船は八〇〇余艘、戦闘での死傷者数百人、政府軍を恐れて入水した男女は数え切れないほどだったという。合戦のなかで反乱軍の首領純友も「次将」とよばれる配下の有力者たちもばらばらになってしまい、ある者は殺され、ある者は降伏し、純友や文元らも分散して落ち延びていった。

それぞれにとっての「真実」

この大宰府合戦のパノラマ風の記述は『純友追討記』のなかでは圧巻であるが、片肌脱いで奮戦する春実の姿を創作とみるべきではない。彼ら合戦に参加した政府軍の一人ひとりが追捕使好古に提出した戦闘詳報ともいうべき「合戦日記」には、それぞれ自分の奮戦ぶりを大袈裟に書いてあった。しかし客観的にみれば極度に誇張されたその記述も、命がけで戦った彼らの「真実」の感覚なのである。

このようにみれば、『純友追討記』の大宰府合戦の記述は、追捕使好古の奏状《そうじょう》に副進《ふくしん》された「合戦日記」の抄録であるとみて間違いないと思う。春実は、片肌脱いで一番乗りした活躍が評価されて従五位下《じゅごいのげ》対馬守《つしまのかみ》の恩賞を獲得し、そのあとに続いた遠方は左兵衛権少尉《さひょうえのごんのしょうじょう》の恩賞を得たのであった。

こうして純友の最後の賭けは、無惨にも打ち砕かれた。恩賞に群がる政府軍の軍士たちの勢い

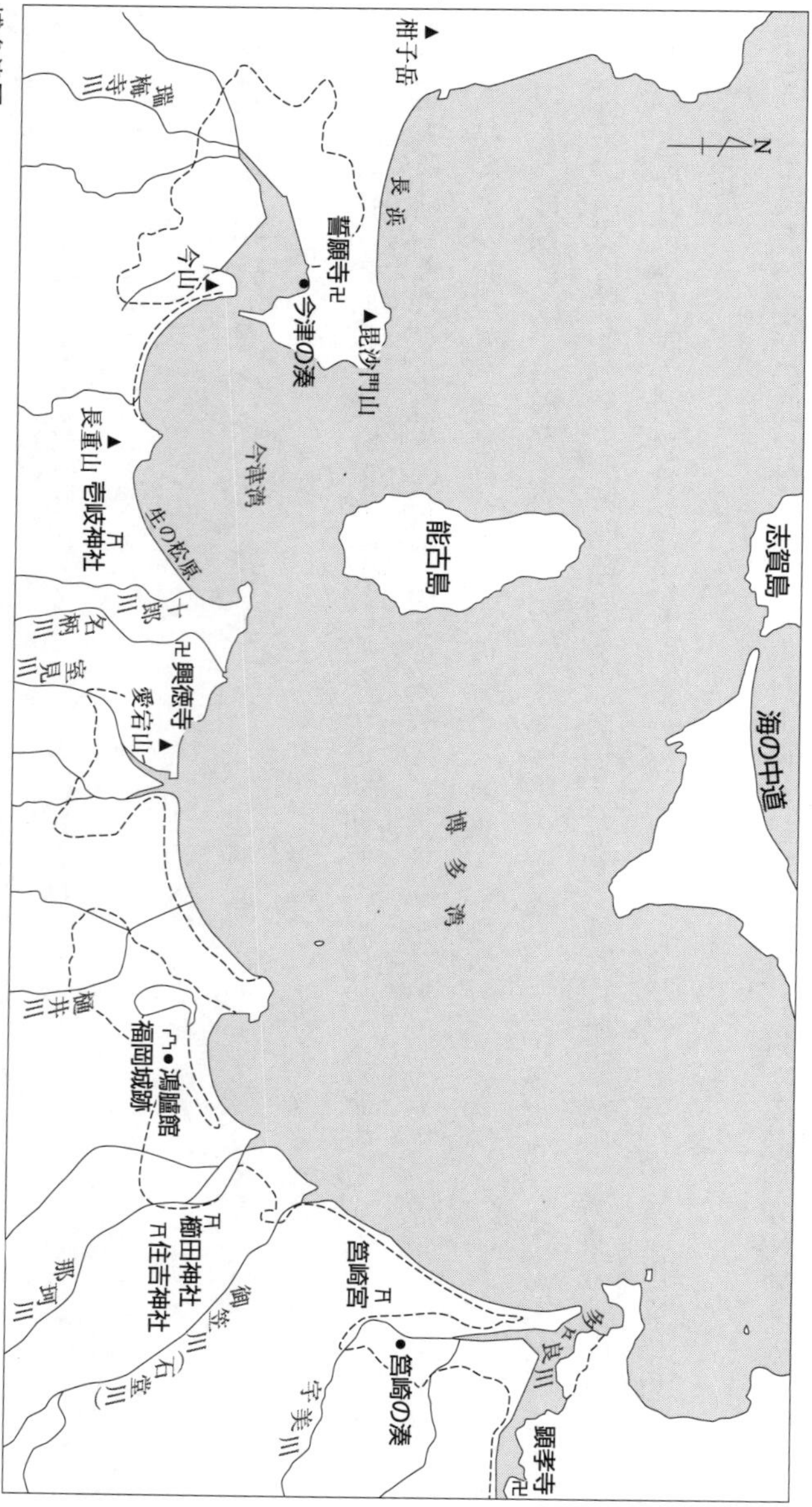
N
志賀島
海の中道
能古島
博多湾
今津湾
柑子岳
長浜
毘沙門山
誓願寺
今津の湊
今山
瑞梅寺川
生の松原
長重山
壱岐神社
十郎川
名柄川
室見川
興徳寺
愛宕山
鴻臚館
福岡城跡
樋井川
櫛田神社
住吉神社
那珂川
御笠川(石堂川)
筥崎宮
筥崎の湊
宇美川
多々良川
顕孝寺

博多津図

をまざまざとみせつけられた純友は、「権力」の本質を悟ったはずだ。

六月六日、追捕使小野好古らの飛駅使《ひえきし》が京に駆け込み、大宰府合戦で反乱軍を撃滅したことを報じた。北野《きたの》（現、京都市北区）の右近衛馬場《ばば》では、ちょうど政府軍として増派する瀧口《たきぐち》の武士、諸家に割り当てた兵員、将門殺害の勲功者である平貞盛《たいらのさだもり》の郎等《ろうとう》たちの閲兵《えっぺい》が行われていた。忠平《ただひら》ら政府首脳は勝利に歓喜し、反乱鎮圧の報はすぐさま京内を駆けめぐった。

7章 終幕

おお、「運命」の神よ！
俺の馬鹿さ加減を責めろ！
（バイロン『海賊』第一編十三）

年号	西暦	月	日	純友・藤原文元・豊後勢力らの動き
天慶4	941	6	上旬	純友，息重太丸とともに上洛を目指すも断念，伊予国へ落ち延びる。藤原文元，南伊予に潜伏。豊後勢力，南伊予を経て日向国へ
			20	純友，重太丸とともに伊予国警固使橘遠保と合戦し，討ち取られる
		7	7	純友父子の首級が京に届けられる
			9	純友父子の首級，東市・西市に晒される
			下旬	文元，南伊予の海辺地域を襲う
		8	17・18	豊後勢力，日向国衙軍勢と合戦し，佐伯是基捕獲される
			7	小野好古，帰京
		9	6	豊後勢力の残党桑原生行，源経基と合戦し敗れる
			17	文元・文茂兄弟と三善文公，備前国に上陸，同日三善文公討ち取られる
			20	是基捕獲の勲功で藤原貞包昇進
			18	文元・文茂，但馬国賀茂貞行宅にて討ち取られる
			26	文元の首級京に届く
7	944	2	6	橘遠保，京中にて斬殺される

1

純友の最期

橘遠保の出自

10世紀前半の東海地域には，橘遠保，遠保の兄弟と推定される近保《ちかやす》(「保」字を共有)，同族と思われる最茂《もちしげ》ら，橘氏一族がいた。近保は天慶元年5月，武蔵国で重犯を犯し，最茂は天慶2年5月に東国「乱逆」対策のために相模介に任じられ，6月に同国押領使を兼帯している。遠保は天慶4年正月に「将門防戦賞」によって遠江掾《とおとうみのじょう》兼押領使に補任されている。天慶の乱終結後の天慶5年6月には，駿河《するが》掾になっていた近保が，駿河守になっていた最茂から進官調物を奪取したとして政府に訴えられたが，この事件は検非違使の捜査妨害によって，天暦元年閏7月になってもなお係争中であった。

これらの断片的事実から，遠保ら橘氏一族は，武蔵・相模・駿河・遠江などの諸国を活動舞台とする武士であり，とりわけ，駿河・遠江両国と深いかかわりがあったことがうかがえる。最茂が出身国と思われる駿河国の守になったのは，藤原秀郷《ふじわらのひでさと》が下野《しもつけ》・武蔵《むさし》両国守になったのと同様に異例のことであり，将門の乱の勲功賞とみてよいだろう。

純友、死す

博多津《はかたのつ》の戦場を離脱した純友《すみとも》は、六月上旬に息子重太丸《しげたまる》とともに備前《びぜん》に上陸していったんは京を目指したが、叶わぬことを悟り伊予《いよ》に落ちていった（1章2「はるかなる京」）。伊予では東国《とうごく》から転戦してきた橘《たちばなのとおやす》遠保が警固使《けいごし》になって純友を待ち構えていた。

『追討記《ついとうき》』は、その結末を「純友、扁舟《へんしゅう》に乗り伊予国に逃げ帰り、警固使橘遠保の為に擒《とりこ》にせらる。（中略）純友を捕るを得、其身を禁固し、獄中において死す」と結ぶ。小舟に乗った純友と重太丸の父子は伊予国警固使遠保の軍勢にみつけられ、難なく捕縛され、禁固・獄死したというのである。「外記日記《げきにっき》」に拠《よ》った『本朝世紀《ほんちょうせいき》』『師守記《もろもりき》』（裏書《うらがき》）によれば、天慶《てんぎょう》四年（九四一）六月二十日の合戦で純友父子は遠保に射落とされ、その日のうちに斬殺、二十九日には伊予から解文《げぶみ》が政府に届いているから、禁固・獄死というのは正確ではなかろう。合戦で射落とされた後、瀕死の状態で捕獲され、運び込まれた国府《こくふ》で事切れ、遠保の手で斬首されたとみたい。

それが正しければ、遠保が戦場で斬首せず、国府まで連行したのはなぜだろうか。国守紀淑人《こくしゅきのよしと》は遠保に殺さず捕えるよう指示していたのか。瀕死の純友が淑人に会わせるよう頼んだのか。そのような想像に駆られながら執筆していると、末期《まつご》にあたって無性に淑人に会わせたくなった。息絶える前に、純友は淑人に何を言い残したかったのか。

純友の晒し首を描く絵師

『今昔物語集』の純友追討譚には，純友父子の首級が右近の馬場に梟首《きょうしゅ》され，京中の貴賤が群がって見物するなか，朱雀《すざく》天皇の命を受けた絵師掃部《かにもりの》在上《ありかみ》が密かに首級を模写して天皇に献上したが，天皇がみたことを世間は知らないというエピソードを載せる。興奮する群衆に交じって，純友の首級を凝視して真剣に模写する絵師の異様な姿が想像される。そのような絵師が実際に純友首級を模写していたのかもしれない。そして天皇のために描いているという噂が広まったのであろう。

闇討ちされた遠保

純友斬首の殊勲者橘遠保は勲功賞によって美濃《みの》介になっていた。彼は，天慶7年2月6日，何者かに斬殺された。純友の死から2年8カ月が経っていた。純友の身内か恩顧を受けた者が，ひそかに付け狙って闇討ちする機会をうかがっていたのであろう。その後，犯人が捜索された気配はない。政府は遠保斬殺を重大事件として扱わないことによって，純友に同情を寄せる京の人びとに配慮したのだろうか。

『平治物語絵巻　信西巻』 平治の乱で討ち取られた信西入道の首が獄門に晒されている有名な場面である。梟首された信西の首級を，見物する多くの人びとが仰ぎみている。西獄門前の樗《おうち》(梟首用の木。栴檀《せんだん》〈＝樗〉を用いたからという)に架けられたはずであるが，画面では獄門の棟に不自然なかたちで架けられている。このポジションで首級をみることができるのであろうか。樗は棟とも書き，棟とよく似ている。絵師が樗を棟と勘違いしたのであろう。

純友の首に群がる人びと

七月七日、橘遠保が純友と息子重太丸の首級《しゅきゅう》を京に進上し、検非違使《けびいし》に預けた。九日、忠平《ただひら》は検非違使に命じて純友父子の首級を東西市《とうざいのいち》に晒《さら》させた。前年の四月二十五日に進上された将門《まさかど》の首も諸人にみせるために長く市に晒されたが、忠平は五月十日になっても収容させず、市外の樹上に首をかけるよう命じていた。純友父子の首級も、将門と同様に、長い間、京人の前に晒され続けたのであろう。

人びとは市に晒される純友父子の首に、どのような視線を送ったのだろうか。『今昔物語集《こんじゃくものがたりしゅう》』(巻二五—第二)「藤原《ふじわら》純友依海賊被誅語《カイゾクニヨリテコロサレヌルコト》」は、『追討記』とはまったく系統を異にする、橘遠保を主役とする純友追討譚《たん》である。遠保が七月七日に純友と重太丸の首をもって京に着くと、「京中ノ上中下ノ人、見喤《みののし》ル事无限《かぎりなし》、車モ不立堪《たてあえず》、歩人ハタラ所无シ《(いうまでもなく)》」という状態であったという。また『今昔物語集』は、重太丸が一三歳であったとする。純友の首を一目みようと、貴族の車が並び下級官人・庶民がひしめき合っている様が想像される。純友首級の入京からちょうど一カ月後の八月七日、追捕使《ついぶし》小野好古《おののよしふる》が入京した。甲冑《かっちゅう》姿の堂々の凱旋《がいせん》行進が、沿道を埋める貴族の車、喧噪たる僧俗老若男女の人垣に迎えられたことであろう。追捕使の進発も凱旋も謀《む》反人《ほんにん》の晒し首も、京人《みやこびと》にとっては「祭《まつり》」であった。

政府が謀反人の首を晒すのは、神仏に守られた天皇と政府が盤石《ばんじゃく》であることを顕示《けんじ》する政治ショーであり、天皇にそむいた者はこのような哀れな末路を遂《と》げ、公衆の前に首を晒され辱《はずかし》めを

橘遠保の子孫

天慶7年2月6日，遠保が何者かによって暗殺されたのち，遠保の子孫は，もともとの基盤であった駿河・遠江に勢力を張っていき，頼朝挙兵のころ，駿河国目代橘遠茂《とおしげ》は，平家家人《けにん》で駿河・遠江の「棟梁」と称されていた。治《じ》承《しょう》4年(1180)8月，甲斐《かい》源氏の挙兵を風聞した遠茂は，駿河・遠江の軍士を率いて甲斐を攻撃したが敗死し，その首級は頼朝追討のために東海道を下る平氏軍の前に晒された。文治《ぶんじ》3年(1187)12月，父が源氏に敵対したことから囚人となっていた遠茂の子為茂はようやく頼朝から赦免され，駿河国富士郡田所職《たどころしき》を賜与されている。

一方，同じく平氏家人であった在京中の橘公長《きみなが》は，頼朝挙兵の報に子息を連れて遠江国に下向し，治承4年12月，鎌倉の頼朝のもとに見参し，源氏軍として各地を転戦，その功によって各地に所領を得た。そのうち伊予国宇和郡を領掌していた公長の子橘次《きつじ》公業は，「先祖代々知行，就中《なかんずく》遠江掾遠保，勅定を承け当国賊徒純友を討ち取りし以来，当郡に居住し子孫に相伝せしめ年久し」(『吾妻鏡』嘉禎《かてい》2年〈1236〉2月22日条)と主張している。純友追討以来，宇和郡相伝というのは事実に反するが，鎌倉期の橘氏は純友追討の殊勲者遠保子孫を称し，遠保以来宇和郡相伝という意識を有していたのである。

兵船に馬・絹・綿を載せる反乱軍

豊後《ぶんご》国海部《あまべ》郡佐伯院《さえきいん》での合戦で，大宰府追捕使源経基《みなもとのつねもと》は桑原生行《くわばらのなりゆき》を生け捕り，賊徒を討ち殺し，「馬船絹綿戎具雑物」を鹵獲《ろかく》した。鹵獲物のなかの馬が注目される。反乱軍は兵船に馬を載せ，海陸どちらでも戦える態勢をとっていたのである。絹・綿があるのも面白い。大宰府で掠奪した財物であろうが，武器や衣料・食料を調達するための代価として使われたのではなかろうか。反乱軍が，一般住民に対して残虐な暴力を振るって衣食を掠奪していたのではなく，代価を払って調達していたのなら(反抗・密告には容赦なかったと思うが)，何かホッとする思いがする。

受ける。群がる人びとは、このような政治ショーの観客であり、自分たちが正しき人であることに安堵《あんど》し、謀反人の愚かさをしたり顔で論評し合うのであろう。そういう空気のなかにあって、純友の人となりを知る人は、純友父子の首の前に立ち尽くし涙していたことであろう。そのなかに、純友誅殺《ちゅうさつ》の英雄遠保に復讐《ふくしゅう》を誓う者がいた。二年八カ月経った天慶七年二月六日、勲功賞で美濃介《みののすけ》になっていた遠保は、京内で何者かの手で斬殺された。

次将たちの末路

2 佐伯是基・桑原生行と大宰府追捕使源経基

『追討記《ついとうき》』は純友《すみとも》最期の部分で、「次将等は皆、国々処々に捕わる」と、「次将」とよばれる幹部たちの末路について、さらっと触れるだけである。しかし、政府記録（「外記日記《げきにっき》」）にもとづく『本朝世紀《ほんちょうせいき》』は、「次将」のうち藤原文元《ふじわらのふみもと》・文茂《ふみしげ》兄弟・佐伯是《さえきのこれ》

源経基

清和《せいわ》天皇の第六皇子貞純親王の子であることから六孫王と称す。「武家の棟梁」清和源氏の始祖。天慶元年(938)，武蔵権守興世王・同介経基と足立《あだち》郡司・判官《はんがん》代(＝国衙在庁官人)武蔵武芝との対立を和解させようと平将門が調停に乗り出し，武蔵国府で和解の酒宴を張ったとき，「いまだ兵道に練れていなかった」経基は，将門が自分を殺そうとしていると怯《おび》え，その場を逃れて上京し(『将門記』)，同２年３月，将門謀反を政府に密告した。経基は律令の規定にもとづき実否が判明するまで左衛門府に禁固されていたが，同年12月，将門の坂東諸国占領の報が政府に届き将門謀反が確定すると，翌天慶３年正月，経基は密告賞として従五位下に叙され，２月，大将軍藤原忠文率いる征東軍の副将軍に抜擢されて坂東に下向した。しかしさしたる勲功はなかったらしく，５月の征東軍帰還後，８月に追捕使次官に任じられ，純友反乱軍追討に参加した。大宰府合戦後は権少弐・大宰府警固使として残党掃討に従事し，乱後も大宰少弐として現地に在任し，天慶９年11月，国籍不明の大船２隻が対馬《つしま》島に来着したことを在京の大弐小野好古に報じている(『貞信公記』)。

『尊卑分脈』に「天性，弓馬に達し武略に長ず」「西八条の池に龍を住まわしむ」とあるように，清和源氏の始祖に相応《ふさわ》しい英雄化・伝説化がすすみ，同書には鎮守府将軍・諸国受領，左衛門権佐・左馬頭・内蔵頭・大宰大弐を歴任し，正四位上に達し，天徳５年(961)11月10日卒去したと書かれているが，この履歴に信憑《しんぴょう》性はない。密告・勲功誇張工作など狡猾《こうかつ》ともみえる上昇志向は没落貴族に共通する心性であるが，当初「兵道に練れず」と批評されながら，「武士」として生きる道を選び得たのは，天慶４年８月・９月の日向・豊後の合戦での勲功が認められたからであろう。

経基の歌が『拾遺和歌集』に２首収められている。

哀とも　きみたにいはゝ　恋侘びて　しなむ命も　をしからなくに

雲居なる　人を遙に　おもふには　わか心さへ　そらにこそなれ

狡猾な政治的行動にくらべ，情熱的な恋慕《れんぼ》の情を率直に歌う心は，経基の別の側面を表している。後者は「とほき所に思ふ人をおき侍りて」という状況で歌われたものであり，あるいは大宰府で追討活動に従事していたときだったのかもしれない。

基《もと》・桑原生行《くわばらのなりゆき》について詳細な記事を載せている。『追討記』の素材を考えるうえで示唆《しさ》的であり、またこの時期の勲功申請手続きを知るうえでも興味深い。

純友と別れ、藤原文元とともに大宰府《だざいふ》から落ち延びた佐伯是基ら豊後《ぶんご》勢は、七月下旬ごろ文元を南予《なんよ》に送って豊後に戻り、日向《ひゅうが》に襲来したが、八月十七・十八両日の日向国衙軍との合戦に敗れて多くが討ち殺され、是基は生け捕りにされた。身柄を受け取った大宰府は、すぐに政府に進上しようとしたが、大宰府警固使 源 経基《みなもとのつねもと》が、自分が帰京するとき一緒に進上すると主張して大宰府に留置された。大宰府から報告を受けた政府は、九月二十日、是基を捕獲した藤原貞包《さだかね》を勲功賞として筑前 権 掾《ちくぜんのごんのじょう》に任じた。

日向で敗れた反乱軍の残党桑原生行らは、九月六日、豊後国海部《あまべ》郡佐伯院《さえきいん》（佐伯是基の本拠地であろう）に姿をあらわした。待ち構えていた大宰府警固使源経基軍は申 刻《さるのこく》から酉《とり》刻まで（午後三時〜七時）「賊徒《ぞくと》」と合戦し、生行を生け捕り、賊徒を討ち殺した。経基は七日、捕獲した「馬船絹綿《うまふねきぬわた》 戎具《じゅうぐ》雑物《ぞうもつ》」を「合戦日記」を添えて大宰府に送った。生け捕った生行は瀕死の重傷を負っており、経基は大宰府に進上するために禁固していたが、八日に死亡したので斬首して大宰府に進上した。経基は十三日、合戦の経緯（すなわち経基の勲功）を太政官《だいじょうかん》に報告するよう豊後国司《こくし》に下文《くだしぶみ》で通知し、それを受けた国司は同日、国解《こくげ》を大宰府に進上した。

生行の首級《しゅきゅう》を受理した大宰府は、政府に進上しようとした。今度も経基は自分がもって帰京すると言い張った。十一月二十九日、経基が大宰府解文使《げぶみし》として是基の身柄と生行の首級をもっ

播磨国石窟山(羅漢の里)

『本朝世紀《ほんちょうせいき》』天慶4年9月22日条によれば，文元一行が逃避行の途中，播磨国軍に追い詰められ合戦になったのは八野郡「石窟山」であった。各種地名辞典に「石窟山」はみえないが，西播丘陵県立自然公園のなかにある相生市矢野町瓜生字羅漢渓谷の「石窟」の「羅漢像」はよく知られている。現在は，ハイキングコース，キャンプ場，市民の憩いの場「羅漢の里」。ここで文元は播磨国軍と必死で戦ったのだった。

渓谷山腹に穿《うが》たれた幅8～9m，高さ5m，奥行き4mの岩窟のなかに19体の石像が安置されている。中央の3体が釈迦三尊，左右各6体が16羅漢像といわれる。制作者・制作時期について，江戸時代の地誌類には6世紀百済《くだら》僧作とも弘法大師作とも伝え，応永8年(1401)評定引付(『東寺百合文書』)にみえる仏像に比定する説もあるが，江戸期まで下がると鑑定する専門家もいる。

しかし合戦場所を「石窟山」と記す播磨国解は，実際に戦った国衙軍の戦士が提出した合戦日記(口頭かもしれないが)をもとに国衙在庁官人が作成したはずであるから，矢野の「石窟」は播磨国ではよく知られていたのである。岩窟だけで石仏はまだなかったといえなくはないが，石仏が安置されていたからこそ「石窟山」として地域社会に知れ渡っていたのであろう。百済僧作，弘法大師作はともかくとして(しかしそのように伝承されていたであろう)，天慶4年ごろ，すでにここ羅漢渓谷には釈迦三尊像と羅漢像が鎮座し，地域社会で信仰を集めていたのである。

備前住人であった文元は，この石窟のことを知っていたであろう。この岩窟に身を隠していて見つかったのか，逃避行の安全を祈るために近づいたのか，9月20日ごろ，文元一行はここ石窟山で国衙の軍勢と合戦のすえ，かろうじて逃げ延びたのだった。西暦なら10月13日ごろ，羅漢の里が目にしみる紅葉で彩られるのは間もなくであった。

時あたかも11月第2日曜日の羅漢の里では，子どもたちの明るい笑い声のあふれる「もみじ祭」が開催される。

て上洛した。受け取った検非違使《けびいし》は、是基を左獄所《さごくしょ》にくだした。経基の行動には、自分の勲功を誇示しようとする、あからさまな野心がみて取れる。将門《まさかど》密告と通底する、経基という人物の人となりがにじみ出ている。豊後佐伯（現、大分県佐伯《さいき》市）での合戦は、これまで目立った活躍のなかった経基が、「武士」として生きる資格を獲得した記念すべき合戦だった。武家清和源氏《せいわげんじ》の誕生である。このときの勲功賞によるものか、彼は大宰少弐《しょうに》に昇任している。

文元の逃避行

大宰府の戦いののち潜伏していた文元は、七月下旬ごろ、豊後の佐伯是基らの手引きで、日振島《ひぶりしま》を経て南予に姿をあらわし、海辺地域に被害を与えた。逃避行のための馬や武器・食料を奪ったのであろう。それから一カ月以上、文元の足跡は途絶える。

九月十七日、文元・文茂兄弟と三善文公《みよしのふみきみ》が、それぞれ従者《じゅうしゃ》一人をしたがえて備前《びぜん》国邑久《おく》郡桑浜《くわはま》（現、岡山県瀬戸内市内か）に上陸した。通報を受けた備前国司は、同日ただちに播磨《はりま》・美作《みまさか》・備中《びっちゅう》の三国に緊急連絡して文元らを追跡し、馳駅使《ちえきし》で政府に緊急報告した。十九日夜、摂政忠平《せっしょうただひら》は緊急公卿《くぎょう》会議を開き、翌二十日にも会議を開いて対策を協議し、文元ら一行が向かう可能性がある一二カ国（山城《やましろ》・大和《やまと》・河内《かわち》・和泉《いずみ》・摂津《せっつ》・丹波《たんば》・播磨・美作・備前・紀伊・淡路《あわじ》・周防《すおう》）に、文元の追捕・進上を命じる官符《かんぷ》を発した。周防をのぞけば、文元の上洛を予測しての緊急配備である。

十七日に備前国から文元らが越境したとの緊急連絡を受けた播磨国司は、ただちに追跡態勢に

羅漢石仏(兵庫県相生市)

石窟山周辺地図

入り、赤穂郡《あこうぐん》八野郷《やののごう》石窟山《せっくつやま》（現、兵庫県相生市矢野町三濃山《みのうさん》。山麓の同町瓜生《うりゅう》に十六羅漢の石窟）に追い詰め、合戦となった。この合戦で、播磨国衙《こくが》軍は三善文公を殺害したものの、文元兄弟は取り逃がした。文元一行の行方は、またわからなくなった。

文元、謀殺される

それから一カ月経った十月十八日酉刻（午後五時〜七時）、文元・文茂兄弟は但馬国《たじまのくに》朝来郡《あさごぐん》の賀茂貞行《かものさだゆき》宅の門前に立ち、面会を求めた。貞行が垣根の隙間からのぞくと、そこには剃髪姿《ていはつすがた》の文元兄弟がいた。貞行は山寺《やまでら》を宿所として提供し、酒宴を用意した。杯を仰ぎながら文元は語った。「政府軍の追跡をかわしてようやくここにたどり着いた。汝《なんじ》の厚意に頼って本懐《ほんかい》を遂《と》げたいと思う。もしも昔の誼《よしみ》を忘れていないなら、旅装と食料と数足の草鞋《わらじ》と従者一人を用意してわれわれを北陸道《ほくりくどう》まで送ってほしい。無事に坂東《ばんどう》に逃れることができたら汝の恩は必ずや報われる」と。貞行は文元の願いどおり家の者に旅装を用意させた。丑刻《うし》（午前一時〜三時）にいったん辞去して帰宅した貞行は、ひそかに「数百之兵」を集め、未刻《ひつじ》（午後一時〜三時）、文元の休む山寺を取り囲んだ。謀《はか》られたと悟った文元は太刀《たち》を抜いて貞行に躍りかかったが、貞行が身命《しんみょう》を顧《かえり》みず、あたれと念じて矢を放つと、みごと文元兄弟に命中し、首を刎《は》ねることができた。

ここに記した臨場感あふれる場面は、後世に創作された物語ではない。貞行自身が但馬国府《こくふ》に注進し、政府に提出した「合戦日記」の実況報告であった。もとより誇張した手柄話であり、「数百人」も動員してはいないだろうし、身命を顧みずとはいっているが、その実、油断させて

文元が望んだ数足の草鞋《わらじ》

北陸道を通って坂東へ落ち延びようとした文元が，賀茂貞行に求めたものは旅装と食料と１人の従者，そして「数足の草鞋」であった。

１日の旅程を30km，草鞋の耐久限度を60kmとすると，草鞋は２日で履き潰すことになる。長旅では大量の草鞋を消耗するのである。近世後期の旅行ブームのなかで，庶民が消耗品である草鞋を多数携帯しなくても長旅をすることができたのは，宿場の旅籠《はたご》で，旅先の茶店で，また宿場や路上で草鞋売り(主に子ども)から，いつでも安価に草鞋を購入することができたからであった(谷釜尋徳「近世後期の庶民の旅と草鞋」『東洋法学』53-2，2009年)。遡《さかのぼ》って鎌倉時代でも宿場町や寺社門前では草鞋が店頭販売されていたが，店の女から草鞋を勧《すす》められているのは，烏帽子《えぼし》姿の武士である(『一遍上人絵伝』)。

10世紀前半の北陸道で，近世後期はおろか鎌倉時代ほどの草鞋販売さえも行われていようはずはなく，ましてや先を急ぐ逃避行であり宿駅には指名手配が回っているから，足下《あしもと》の悪い間道《かんどう》や踏み分け道を選ぶことにもなる。裸足というわけにはいかない。数足の草鞋は，文元にとってもっとも大切な命綱だったといえよう。しかし貞行の騙《だま》し討ちにより，その必要はなくなった。

2011年６月30日(木)放映のNHKドラマ『タイムスクープハンター「風になれ！　マラソン侍」』のなかで，「マラソン侍」たちは腰に数足の草鞋をぶら下げて疾走していた。

猿の生まれ変わりの法華経信者，子高

『今昔物語集』は藤原子高の前世は猿だったという説話を載せる。越後《えちご》の国寺の住僧が昼夜読誦する法華経を熱心に聞いていた猿の夫婦が，発願して人間に生まれ変わった。それが実は子高夫妻であり，越後守になって宿願を果たして法華経を書写し，その後，いよいよ善根を積んだという。

純友の乱の発端となった摂津須岐《せっつすき》駅事件で耳を截《き》り鼻を割《さ》くリンチを受けた子高は，その後20年以上存命して讃岐《さぬき》介在任中の応和元年(961)ないし２年に死去した。リンチの醜い傷跡が残る子高は，生涯，その姿をみる者に純友の乱の記憶を呼び起こさせ，耳と鼻を失ったその面貌から，猿の生まれ変わりだと噂されるようになったのではなかろうか。彼自身，終生，鏡や水面に映る我が身の醜い傷跡をみるたびに，純友と文元の死霊に悩まされ，その苦悶が法華経への深い信心へと導いたのかもしれない。

の騙《だま》し討ちであった。しかし、貞行も悩んだあげく心を鬼にして、旧恩ある文元を手にかけたのかもしれない。勲功賞を前にすれば、旧恩（人と人の絆）など羽毛のごとく軽い。恩賞の物神性《ぶっしんせい》は、さながら現代のマネーである。その物神性に最初に取り憑かれたのが、ほかならぬ純友だった。正々堂々たる抗議ではあったが。

『純友追討記』の素材となった原史料は、これと同じような生々しい記録だったのである。

十九日未刻に首級《しゅきゅう》をあげた貞行は、時をおかずに「合戦日記」をつくり、文元の首級を携えて二十一日には但馬国府に到着した。貞行は国府で但馬国解を受け取り、自身が国衙の使になって京にのぼり、二十六日、外記《げき》庁に参上して文元の首を進上した。伊予での橘遠保や大宰府での経基と同じ行動をとっている。太政官の事務官の弁《べん》と史《し》が内裏《だいり》外郭の建春門《けんしゅんもん》（左衛門陣《さえもんのじん》）外で解文を受け取り、上卿《しょうけい》（担当公卿）大納言《だいなごん》藤原実頼《さねより》に進覧し、実頼は弁に命じて摂政忠平邸に提出させた。首級は貞行の随兵《ずいひょう》に預け、右兵衛馬場《うひょうえのばば》に留めおかせた。『本朝世紀』の記事はここで終わるが、首級は純友父子の首と同じく検非違使が実検し、獄門《ごくもん》前か東市《ひがしのいち》・西市《にしのいち》で衆目《しゅうもく》の前に晒《さら》されることになる。

勲功者の首級の進上から政府の受理まで『本朝世紀』に拠《よ》りながら詳しくみたのは、純友の場合も（将門の場合も）同様な手順で行われたと推察されるからである。

かくして文元の梟首《きょうしゅ》によって純友の乱は完了した。思えば、天慶《てんぎょう》二年（九三九）十二月、摂津須岐《すき》駅で文元が子高《さねたか》を襲撃した事件から、純友の乱ははじまったのだった。文元は、坂東まで

石清水臨時祭……………………………………………………………………………………

京都府八幡《やわた》市男山《おとこやま》(山城国綴喜郡)に鎮座する石清水八幡宮の祭礼。貞観《じょうがん》2年(860)，軍神である豊前国宇佐八幡宮の八幡神(大菩薩応神《おうじん》天皇と母后神功《じんぐう》皇后)を勧請《かんじょう》して神殿を建立し鎮護国家の神とした。貞観5年には石清水放生会《ほうじょうえ》を勅祭として創始した。貞観11年の新羅海賊の博多湾侵入に対し，政府は告文《こうもん》を捧げて「神国」の守護を祈念したが，告文は八幡神を「皇大神」＝天皇の祖先神としている。石清水臨時祭は，天慶5年(942)，将門・純友の反乱平定を奉賽するため勅使を派遣したのがはじまりで，天禄2年(971)から永例となった。恒例の放生会に対して，臨時であることから臨時祭と呼ぶ。内裏清涼殿で天皇出御のもとで勅使に随行する舞人・陪従によって東遊の舞が舞われ，勅使以下石清水に参向し，神楽を奉納した。

落ち延びて再起をはかろうとした。その執念を支えていたのは何だったのだろうか。その原点が天慶二年秋、旱魃《かんばつ》の備前で子高から受けた屈辱的な仕打ちにあったことは間違いあるまい。

エピローグ

3 恩賞乱発と西国武士

文元《ふみもと》の首級《しゅきゅう》が進上されて九日後の十一月五日、政府は、将門《まさかど》と純友《すみとも》が「神明《しんめい》」のお陰で「誅罰《ちゅうばつ》」されたことを報恩するために、朱雀《すざく》天皇の賀茂《かも》社行幸《しゃぎょうこう》と石清水八幡《いわしみずはちまん》宮《ぐう》への舞人《まいびと》・歌人《うたびと》各一〇人の奉献を決定した。『日本紀略《にほんきりゃく》』は「今月以後、天下安寧《あんねい》、海内清平《かいだいせいへい》」という政府の反乱平定宣言を載せる。賀茂行幸と石清水への舞人・歌人奉献は翌年四月に行われ、後者は、天禄《てんろく》二年（九七二）から三月中午日《なかのうま》を祭日とする石清水臨時祭として恒例化された。

だが政府は、実際に純友ら反乱勢力を倒したのが、勲功賞に群がる人びとの活躍であったことを思い知らされていた。天慶《てんぎょう》五年（九四二）三月十九・二十二日の両日、公卿《くぎょう》たちは「東西軍

乱発された勲功賞

天慶5年3月19日に「追捕東西凶賊使等軍功」が，22日にも「東西軍功」が定められている。前年10月に藤原文元の首級が進上され，11月に完全平定が宣言されたあとの軍功査定である。将門の乱の軍功による除目は前年11月16日に行われ，藤原秀郷《ふじわらのひでさと》の下野《しもつけ》守・武蔵《むさし》守，平貞盛《たいらのさだもり》の右馬助など「任人数十人」もの勲功賞が乱発されているから，今回は「東西軍功」というものの，主として純友の乱の「軍功」査定であったとみてよい。このあと25〜29日に行われた除目では，この「軍功」査定にもとづき，将門の乱と同様，「任人数十人」の勲功賞が乱発されたであろう。以下に表示した，史料上確認できる勲功賞の事例は，その一端にすぎない。

表　藤原純友の乱後の勲功賞

年月日	氏　名	勲功前	勲功賞	勲功名	出　典
?	大蔵春実	右衛門志	従五下対馬守		大蔵系図
?	源　経基	大宰権少弐	大宰少弐？*		
天慶4/9/20	藤原貞包		筑前権掾	佐伯是基追捕賞	本朝世紀
天慶5/6/21**	巨勢広利		左衛門少志	去年勲功	同上
同　上	大神高実		左兵衛少志	同上	同上
同　上	藤原為憲		兵庫権少允	同上	同上
同　上	藤原遠方		右兵衛権少尉	同上	同上
同　上	藤原成康		右馬権少允	同上	同上
?	藤原倫実		左馬允		楽音寺縁起
天慶7/2/6***	橘　遠保	遠江掾	美濃介		日本紀略
天暦2/7/18	越智用忠		従五下	海賊時賞	貞信公記

*天慶4年(941) 9月に現任の権少弐(『本朝世紀』)，天慶9年11月に現任の少弐(『貞信公記』)。

**去年勲功賞任官者に対する上京命令の日付。任官後120日以内で着任しなければならないから，任官したのは3月25〜29日の除目であったとみてよい(この年には閏3月がある)。

***遠保が京内で暗殺された日。

功の事」を定め、勲功申請者の査定を行った。その数は、将門の乱平定後の軍功定《さだめ》と同様に「数十人」に達したであろう。この軍功定の三日後の三月二十五日からはじまった除目儀《じもくのぎ》は、二十九日まで五日間におよんだが（通常は三日間）、この異例の五日間にわたる除目で、軍功定の査定結果にもとづく勲功賞が乱発されたのであった。右頁表は、このときの除目に限定されてはいないが、史料で確認できる純友の乱平定の勲功賞である。

純友が希求《ききゅう》し、暴力に訴えてでもつかみ取ろうとした恩賞は、皮肉にもこうしてみずからを倒した者たちにばらまかれたのであった。彼らこそ、西国《さいごく》で中世社会を切り開いていく「武士」たちの始祖なのであった。彼らは、西国における最初の「武士」純友の亡骸《なきがら》を踏み台に、「武士」として成長していくのである。

武士は国家の軍事力

教科書などでは、朝廷の軍事力が衰退したから武士が成長し、承平《じょうへい》・天慶の乱の後、朝廷は武士に頼らざるを得なくなった、という説明がなされる。しかしそれは誤りである。追捕宣旨《ついぶせんじ》（追討《ついとう》勅符《ちょくふ》・追捕官符《かんぷ》）による動員、勲功に対する恩賞、この国家と武士との軍事指揮関係は国家軍制というべきであり、「追捕宣旨」で天皇から直接反乱鎮圧を命じられる武将も、「追捕官符」によって国司《こくし》を通して動員される国衙《こくが》内部の人びとも、国家の軍事力である。ならば、承平六年（九三六）三月「追捕宣旨」で海賊平定を命じられ、その勲功に対する恩賞を希求した純友は、国家の軍事力だったのであり、その武勇、その名望から、西国における

「武士」第一号であったといってよい。

純友の乱においても、「追捕宣旨」「追捕官符」によって国家の軍事力として動員され、勲功をあげた人びとが恩賞として位階《いかい》官職を獲得し、「武士」としての社会的評価を獲得し、世襲的戦士身分としての「武士」（兵《つわもの》の家）の始祖となった。こののちは彼らと彼らの子孫たちが、この国家軍制によって反乱を鎮圧し恩賞を受け、政治的・社会的に地位を高めていった。武士は、国家の軍事力が衰退したから登場したのではなく、国家軍制を通して登場し、登場したときから国家の軍事力だったのである。

だからといって、つねに武士が国家に忠実であるわけではない。自分に対する処遇が公正ではないと感じたら軍事的抗議に訴え、反乱軍にもなる。純友も将門もそのようにして反乱を起こし、鎮圧された「武士」なのであった。

以上をもって、藤原純友の乱についての「真実の物語」、現代版『純友追討記』の幕を閉じたい。

あとがき

本書は、私にとって二冊目の作品である。約束の期限より大幅に遅れ、編集者にご迷惑をおかけしたのは前著と同じである。純友への思い入れが過ぎていることはよくわかっている。読みながら辟易された読者も多いであろう。しかし、本書を書きながら感じたのは、純友の乱を研究していた二〇年前にはあんなにも私の心に響いていた純友の怨嗟《えんさ》の声が、しっかりと耳を澄まさなければ聞きとれなくなっていたことであった。純友のすぐ傍にいたはずの私は、気がついてみると、だいぶ離れたところに立っていた。しかしその距離がかえって、本書の「真実」性を高めてくれたのではないかと思う。

プロローグで、越境するスリルを試すと生意気なことを書いたが、できあがったものは、文学としては稚拙、歴史学としては逸脱、中途半端な作品になってしまった。武士と貴族のあわいをたゆたう純友に似ている。しかしこの中途半端な手法によって、「人間」純友の「真実」に少しは近づけたのではないかと思っている。純友も、草葉の陰でよくぞ語ってくれたと喜んでくれているに違いない。

刷り上がったら、本書を手に純友の鎮魂の旅に出かけよう。

六月二〇日　純友忌に

図版所蔵・提供者（敬称略）

カバー　楽音寺・広島県立歴史博物館
口絵　楽音寺・広島県立歴史博物館

p. 22		宮内庁書陵部
p. 24		国立国会図書館
p. 26		国立国会図書館
p. 30		吉川真司・京都大学総合博物館
p. 44		国立国会図書館
p. 64	上	芦屋市教育委員会
	下	神戸市教育委員会
p. 94		栃木県立博物館
p. 110		香川県埋蔵文化財センター
p. 112		香川県埋蔵文化財センター
p. 120		楽音寺・広島県立歴史博物館
p. 122	上	石清水八幡宮
	中	上賀茂神社・佐藤英世
	下	松尾大社
p. 126	上	知恩院・京都国立博物館
	下	宮内庁三の丸尚蔵館
p. 134		奈良国立博物館
p. 150		日振島公民館
p. 158		下関市経済観光部観光振興課
p. 162		WPE
p. 166		九州国立博物館・九州歴史資料館
p. 182		静嘉堂文庫美術館
p. 190		相生市観光協会

参考文献

藤原純友の乱に関する主な史料

『岩井市史別編　平将門資料集　付藤原純友資料』(岩井市, 1996年)
『安芸国楽音寺-楽音寺縁起絵巻と楽音寺文書の全貌-』(広島県立歴史博物館, 1996年)
『大日本史料』第1編之6・7(東京大学出版会, 1989年)
『日本紀略』『扶桑略記』『本朝世紀』(『国史大系』所収, 吉川弘文館)
『貞信公記抄』(『大日本古記録』岩波書店, 1956年)
『師守記』(『史料纂集』第2-1〜12, 続群書類従完成会, 1968〜82年)
『今昔物語集』(『日本古典文学大系』22〜26, 岩波書店, 1959〜63年)

藤原純友の乱に関する主要文献(下向井論文を除く)

河合正治「海賊の系譜」(『古代の日本　4　中国四国』角川書店, 1970年)
林陸朗『古代末期の反乱』(教育社, 1977年)
小林昌二「藤原純友の乱」(『古代の地方史　2　山陰山陽南海編』朝倉書店, 1977年)
岡田利文『愛媛県史　古代II・中世』第3章第2節2「藤原純友の乱」(愛媛県, 1984年)
福田豊彦「藤原純友とその乱」(『日本歴史』471号, 1987年)
松原弘宣「漁民・海賊・純友の乱」(『古代の地方豪族』吉川弘文館, 1988年)
小林昌二「藤原純友の乱再論」(『日本歴史』499号, 1989年)
松原弘宣『藤原純友』(吉川弘文館, 1999年)
寺内浩「藤原純友と紀淑人」(『続日本紀研究』359号, 2005年)
岡田利文「承平六年の藤原純友」(『ソーシャル・リサーチ』35号, 2010年)

下向井龍彦関連論文

「警固使藤原純友」(『芸備地方史研究』133号, 1981年)
「『藤原純友の乱』再検討のための一史料」(『日本歴史』495号, 1989年)
「部内居住衛府舎人問題と承平南海賊」(『内海文化研究紀要』18・19号, 1990年)
「天慶藤原純友の乱についての政治史的考察」(『日本史研究』348号, 1991年)
「国衙支配の再編成」(『新版古代の日本　4　中国四国』角川書店, 1992年)
「『純友追討記』について」(『瀬戸内海地域史研究』4輯, 1992年)
「平将門・藤原純友の反乱の原因は」(『新視点日本の歴史』3, 新人物往来社, 1993年)
「将門と純友」(『日本歴史館』小学館, 1993年)
「『楽音寺縁起』と藤原純友の乱」(『芸備地方史研究』206号, 1997年)
「藤原純友の乱」(『歴史読本　別冊　日本古代史「争乱」の最前線』新人物往来社, 1998年)
『武士の成長と院政』(『日本の歴史』7, 講談社, 2001年)
「承平六年の紀淑人と承平南海賊の平定-寺内・岡田両氏の研究に接して-」(『史学研究』274号, 2011年〈予定〉)

下向井龍彦（しもむかいたつひこ）1952年生　広島大学大学院文学研究科博士課程単位取得退学
専攻：奈良・平安時代史
現在：広島大学大学院教育学研究科教授
主要著書：『日本の歴史 7　武士の成長と院政』（講談社，2001年）

物語《ものがたり》の舞台《ぶたい》を歩《ある》く

純友追討記《すみともついとうき》

2011年11月1日　1版1刷印刷
2011年11月10日　1版1刷発行

著者———下向井龍彦《しもむかいたつひこ》
発行者——野澤伸平
発行所——株式会社山川出版社
東京都千代田区内神田1-13-13　〒101-0047
電話　03-3293-8131（営業）　03-3293-8135（編集）
http://www.yamakawa.co.jp/　振替　00120-9-43993
印刷所——明和印刷株式会社
製本所——株式会社手塚製本所
装幀———菊地信義

ISBN978-4-634-22420-9

物語の舞台を歩く

企画委員 ＝ 福田豊彦・五味文彦・松岡心平

四六判　本文平均180頁　カラー口絵8～16頁　税込各1890円

将門記------------------------------村上春樹

純友追討記------------------------下向井龍彦

平家物語----------------------------佐伯真一

曽我物語----------------------------坂井孝一

十六夜日記------------------------田渕句美子

徒然草------------------------------久保田淳

義経記------------------------------五味文彦

能　大和の世界--------------------松岡心平

古今著聞集------------------------本郷恵子